시체를 먹는 사람들

EATERS OF THE DEAD

마이클 크라이튼

시체를 먹는 사람들

마이클 크라이튼 / 노영숙 옮김

EATERS of the DEAD

마이클 크라이튼 베스트 시리즈

시체를 먹는 사람들

EATERS of the DEAD

마이클 크라이튼
노영숙 옮김

큰나무

서기 922년
바이킹들과의 체험담을 기술한 이븐 파들란의 모험기

　"웬돌"이라는 이름은 북구의 역사만큼이나 오랜 것으로
'검은 안개'라는 의미이다. 바이킹들에게 이 말은, 밤이 되
면 몰래 습격해 와서 사람들을 죽이고 그 살을 먹는 검은 괴
물을 불러들이는 안개를 의미한다. 이 괴물은 온 몸이 털로
덮여 있고 고약한 냄새를 풍기며 사납고 교활하다. 그들은
사람의 말을 하지는 못하지만 자기네끼리 의사소통을 한다.
그들은 밤안개와 더불어 나타났다가 해가 뜨면 사라진다. 아
무도 감히 쫓아갈 수 없는 어디엔가로.

EATERS OF THE DEAD

머 리 말

이 이븐 파들란의 글은 바이킹 사회의 생활을 직접 목
격한 최초의 문헌으로 알려져 있다. 이는 천 년도 더 된
옛날에 일어났던 사건들을 매우 자세하고 생생하게 묘사
한 놀라운 글이다.

"밤이 되기 전까지는 낮을 칭찬하지 말며, 순장의 화형을 당할 때
까지는 여자를 칭찬하지 말며, 결혼할 때까지는 처녀를 칭찬하지 말
며, 마셔보기 전까지는 술을 칭찬하지 말라."

—바이킹의 속담—

"악의 역사는 오랜 것이다."

—아랍의 속담—

시체를 먹는 사람들
EATERS OF THE DEAD

출처 및 원전

서기 921년 6월, 바그다드의 칼리프는 자신의 신하 아마드 이븐 파들란을 불가르 왕에게 사절로서 파견하였다. 이븐 파들란은 3년간 여행을 계속하였으나 실제로 자선의 임무를 수행하지 못하였다. 여행 도중에 바이킹들을 만나 그들과 함께 많은 모험을 겪었기 때문이다.

마침내 바그다드로 돌아왔을 때, 이븐 파들란은 공문서의 형식으로 자신의 체험담을 왕실에 제출하였다. 그 원본은 오래 전에 유실되었기 때문에 그것을 복원하기 위해서는 후대의 자료들에 의존하지 않을 수 없다.

이 중 가장 잘 알려진 것으로는 13세기경 야쿠트 이븐 압달라가 쓴 아랍지리 사전이 있다. 여기에 그 당시로는 300년 전인 이븐 파들란의 글이 여남은 줄 원문대로 실려 있다. 야쿠트가 원문을 보고 베낀 것이라 추정된다. 그러나 이 내용은 후대의 학자들에 의해 끊임없이 번역되고 다시 번역되는 과정을 거듭하였다.

또 다른 자료는 1817년 러시아에서 발견되어 1823년 페테르스부르크 학회에 의해 독일어로 출판되었다. 이 자료에는 1814년 라스무센이 출판한 내용이 일부 포함되어 있다. 라스무센은 자신이 코펜하겐에서 발견했으나 그 후 유실된, 출처가 의심스러운 원고를 토대로 작업하였다. 이 무렵에 스웨덴어, 프랑스어, 영어 번역판도 나왔는데, 모두 형편없이 부정확하고 하나도 새로운 자료가 첨가되지 않았다.

1878년, 콘스탄티노플 주재 영국 대사인 존 에머슨경의 개인 골동품 소장물 중에서 두 벌의 새 필사본이 발견되었다. 존경은 분명 닥치는 대로 골동품을 열심히 모으는 탐욕스러운 수집가였을 것이다. 앞서 말한 두 벌의 원고는 그가 죽은 후에 발견되었다. 언제, 어디에서 그가 그것들을 입수했는지는 아무도 모른다.

그 중 하나는 서기 1047년 아마드 투시가 아랍어로 쓴 지리책이다. 이 연대는 서기 924 – 926년경으로 추정되는 이븐 파들란의 원고 연대와 가장 가깝다. 그러나 학자들은 이 책을 믿을 수 없는 자료로 치부한다. 이 책이 북유럽을 방문했던 "이븐 파키"라는 사람의 글을 길게 인용하고는 있지만 명백한 오류와 모순으로 가득차 있기 때문에 이 자료의 신빙성을 의심하고 있는 것이다.

두 번째 책은 아민 라지의 것으로 대략 서기 1585 – 1595년대로 추정된다. 라틴어로 씌어져 있는데 저자의 말에 의하면 이븐 파들란의 아랍어 원문을 직접 번역한 것이라 한다. 라지의 책에는 다른 자료에서 찾아볼 수 없는 내용이 들어 있는데 오구즈 터어키족에 관한 이야기와 안개 괴물과의 전투에 관련된 이야기들이 그것이다.

1934년, 중세 라틴어로 씌어진 마지막 자료가 그리스 북동쪽 테살로니카 근방에 있는 크시모스 사원에서 발견되었다. 이 원고에는 이븐 파들란과 칼리프와의 관계, 북유럽 괴물에 대한 그의 체험이 보다 상세하게 기술되어 있다. 크시모스 사본의 작가와 연대는 미상이다.

천년이 넘는 장기간에 걸쳐 아랍어, 라틴어, 독일어, 프랑스어, 덴마크어, 스웨덴어, 영어로 씌어진 이 수많은 책과 번역본을 대조 종합하는 일은 엄청나게 힘든 작업이다. 오직 아주 박식하고 열성적인 사람만이 그 일을 시도할 수 있을 것이다.

그런데 1951년 그런 사람이 이 일을 해냈다. 노르웨이 오슬로 대학 비교 문학과 명예 교수인 페르 프라우스 돌루스가 알려진 자료를 모두 한데 모아서 1957년 자신이 죽을 때까지 방대한 번역 작업을 수행했던 것이다. 그 일부가 『오슬로 국립 박물관 회의록 : 1959 – 1960』에 수

록되었지만 학문적 관심은 별로 끌지 못했다. 이 책이 광범위하게 유통되지 못한 이유에서일 것이다.

프라우스 돌루스의 번역은 철저한 직역이다. 이 자료에 대한 머리말에서 그는 다음과 같이 말한다. "언어의 성질상 미려한 번역은 정확할 수 없으며, 정확한 번역은 스스로 아름다움을 창조해낸다."

프라우스 돌루스 번역본의 주석본을 준비함에 있어 나는 약간의 수정을 가하였다.

몇 군데 반복적인 귀절을 삭제하였는데 이는 본문에 밝혀 두었다. 그리고 현대 어법에 따라 문단의 구조를 변경하였다. 아랍어 이름에 붙는 분음 부호도 생략하였다. 또한, 의미가 보다 쉽게 통할 수 있도록 종속절의 위치를 바꾸든지 하여 원문의 구문을 변경시킨 경우도 종종 있었다.

바이킹

바이킹에 대한 이븐 파들란의 묘사는 이들에 대한 전통적인 유럽인의 견해와는 분명히 차이가 난다. 바이킹에 대한 유럽인의 최초의 글은 성직자들이 쓴 것이다. 그들은 그 당시 글을 쓸 수 있는 유일한 관찰자였으며, 미개한 북구인을 공포의 눈으로 바라보았다. 다음 귀절은 D. M. 윌슨이 12세기 아일랜드 작가의 글에서 인용한 것으로, 바이킹에 대한 과장된 견해를 드러내는 전형적인 문장이다.

요컨대, 목 하나에 백 개의 강철 머리통이 달려 있고, 각각의 머리통에 말 잘하고 녹슬지 않는 백 개의 청동혀가 달려 있어서 각각의 혀가 크고 수다스럽고 끊임없이 떠드는 백 가지 목소리를 낸다 해도, 남녀 노소 귀천을 불문하고, 모든 아일랜드인이 각 가정에서 이 용맹스럽고 사납고 야만적인 인간들로부터 공통적으로 당하는 시련과 고통과 억압을 도저히 설명하거나 묘사하거나 열거하거나 이야기할 수 없을 것이다.

현대의 학자들은 바이킹의 습격에 대한 이같이 소름끼치는 설명이 심하게 과장된 것임을 인정한다. 그러나 유럽의 작가들은 아직도 바이킹을 서구 문화의 사상의 중심 조류와 상관없는 잔인한 미개인으로 여기는 경향이 있다. 종종 이러한 견해는 논리를 벗어나는 경우가 있다. 예를 들면, 데이비드 탤버트 라이스는 이렇게 말한다.

사실상 8세기에서 11세기에 걸쳐 바이킹은 서유럽의 어떤 민족보다 더 큰 영향력을 끼쳤을지 모른다…… 바이킹들은 탁월한 여행가들로서 놀라운 항해술을 발휘하였고, 그들의 도시는 무역의 중심지였으며, 그들의 예술은 독창적이고 창조적이고 영향력이 컸다. 그들은 탁월한 문학과 발달된 문화에 대해 자랑스러워하였다. 그러나 그것이 정말로 문명이었을까? 그것은 문명이 아니라고 생각한다…… 그것에는 문명의 특징인 휴머니즘적 요소가 없기 때문이다.

이와 똑같은 태도가 클라크경의 의견에도 나타나 있다.

세계 고전에 속하는 아이슬랜드 사가(북유럽의 전설, 무용담)를 고려할 때 바이킹이 문화를 생산하였음을 인정하지 않을 수 없다. 하지만 그것이 문명인가?…… 문명은 활력과 의지와 창조력 이상의 무엇을 의미한다. 초기 북구인이 지니지 못했지만 이미 그 무렵 서유럽에 다시 등장하기 시작한 어떤 것을 무어라고 정의내릴 수 있을까? 글쎄, 한 마디로 영원성에 대한 감각이라고 할까. 방랑자요 침략자들인 그들은 끊임없는 변화 속에서 생활하였다. 그들은 다음 달, 다음 항해, 다음 전투 이상의 미래에 대해서는 생각할 필요조차 느끼지 않았다. 그런 이유로 석조 건물을 짓는다거나 책을 쓴다는 생각은 그들에게 전혀 떠오르지 않았다.

이들의 글을 자세히 읽어볼수록 점점 비논리적인 면이 드러난다. 정말이지 어찌하여 높은 학자들이 바이킹을 이토록 하찮게 취급하는지 알 수 없는 일이다. 또한 어찌하여 바이킹이 "문명"을 지니고 있는가라는 어의론적 의문에 이토록 사로잡혀 있는지 참 이상하다. 이는 유럽의 선사 시대에 대한 전통적 견해에서 파생된 오랜 유럽의 편견을 이해할 때에야만 그 설명이 가능해진다.

모든 서구의 어린이들은 근동 지역이 "문명의 요람지"이며 최초의 문명은 나일강 유역의 이집트, 티그리스 — 유프라테스강 유역의 메소포타미아에서 발생하였다고 학교에서 배운다. 이곳으로부터 문명은 크레테와 그리스, 로마로 전파되어 마침내 북유럽의 미개인들에게 도착했다고 배운다.

문명이 그들에게 도착하기를 기다리며 이 야만인들이 무엇을 하고 있었는지는 알려진 바도 없고 의문이 제기되는 일도 드물었다. 오로지 문명 전파의 과정에만 강조점이 두어졌는데 최근에 작고한 고든 챠일드는 그것을 "동방의 문명에 의한 유럽 야만주의의 계몽"이라는 말로 요약하였다. 그리스, 로마의 학자들이 앞서 그러하였듯이 현대의 학자들도 이 견해를 신봉하였다. 제프리 비비는 이렇게 말한다. "북부와 동부 유럽의 역사는 서부와 남부 유럽 사람들의 입장에서 바라본 것이다. 서남부 유럽인은 스스로를 문명인, 북동부 유럽인을 야만인으로 여기는 편견으로 가득차 있다."

이러한 관점에서 보면 스칸디나비아인은 분명히 문명의 발상지에서 가장 먼 곳에 위치하고 있으므로 맨 마지막에 문명을 받아들였다는 결론이 나온다. 따라서 그들은 최후의 미개인으로서, 동방의 지혜와 문명을 흡수하려고 애쓰는 다른 유럽 지역 사람들 입장에서 볼 때 성가신 가시로 여겨질 수밖에 없다.

문제는 유럽의 선사 시대에 관한 이러한 전통적인 견해가 지난 15년 동안 크게 무너져내린 데서 발생한다. 정밀한 방사성 탄소 연대 측정 기술의 발달은 문명 전파 과정에 대한 옛 견해를 뒷받침하던 연대기에 일대 혼란을 가져왔다. 이집트인들이 피라미드를 세우기 전에 유럽인들은 거대한 돌무덤을 만들고 있었다는 사실이 밝혀졌다. 영국에서 발

견된 거대한 돌기둥 집단 스토운헨지는 그리스 미케네 문명보다 오래
된 것이며, 유럽의 야금술은 그리스와 트로이의 금속 세공술에 앞서
발달하였다.

이 발견들이 무엇을 의미하는지의 여부는 아직 밝혀지지 않았지만,
선사 시대의 유럽인이 야만인으로서 동방 문명의 은총을 막연히 기다
리고 있었다고 믿기는 힘들게 되었다. 오히려 유럽인들은 거대한 돌을
다루기에 충분한 조직적인 기술을 지녔으며, 또한 세계 최초의 천문대
인 스토운헨지를 세울 정도로 상당한 천문학적 지식을 지녔던 것으로
짐작된다.

그러므로, 문명화된 동양에 대한 서구인의 편견은 재고되어야 하며
"유럽의 야만주의"라는 개념 자체도 새로운 시각으로 고찰해 볼 필요
가 있다. 이러한 사실을 염두에 둘 때 잔재하는 미개인 바이킹이 새로
운 이미지로 떠오르게 될 것이며, 10세기 스칸디나비아인들에 대해 알
려진 바를 다시 고찰할 수 있게 될 것이다.

먼저 "바이킹족"이라는 말이 하나의 통일된 집단을 일컫는 말이 아
니라는 사실을 알아야 한다. 유럽인이 목격한 바이킹은 포루투갈, 스
페인, 프랑스를 모두 합친 것보다 더 넓은 스칸디나비아반도 지역에서
무역이나 노략질 혹은 이 둘 다를 목적으로(바이킹은 이 둘을 구분하
지 않았다) 배를 타고 온 사람들이었다. 그러나, 이는 그리스 시대로부
터 영국의 엘리자베스 시대에 걸쳐 수많은 뱃사람들이 공유했던 특징
이다.

사실상, 문명을 지니지 못하고 "다음 전투 이상의 미래에 대해서는
생각할 필요조차 느끼지 않는" 사람들치고 바이킹들은 놀랍도록 지속
적이고 목적이 분명한 행동 양식을 보여준다.

광범위한 무역 활동의 증거품인 아랍의 동전들이 일찌기 서기 692
년에 스칸디나비아에 출현하였다. 그 후 400년간 바이킹 상인 해적들

은 서쪽으로는 뉴펀들랜드, 남쪽으로는 시실리와 그리스(이곳에서 그
들은 델로스의 사자상 위에 조각을 남겨 놓았다), 동쪽으로는 러시아
의 우랄 산맥까지 진출하여 중국으로 통하는 실크로드로 들어온 대상
들과 연계 무역을 하였다.

바이킹들은 제국을 건설한 사람들은 아니다. 그리하여 이 광대한 지
역을 오간 그들의 영향력이 일시적인 것이었다고 말하는 것이 일반적
인 통념이다. 그러나, 그들의 영향력은 영국의 수많은 지역에 이름을
붙여줄 정도로는 지속적이었다. 한편 러시아에는 나라 이름 자체를 주
었는데 러시아란 바이킹의 한 부족인 루스에서 따온 이름이다.

그들의 야만적인 정력과 무자비한 힘, 가치 체계 등이 후대에 끼친
보다 미묘한 영향력에 대해서는 이븐 파들란의 보고서가 보여준다. 그
의 글을 통해서 얼마나 많은 전형적인 바이킹적 사고 방식이 오늘날까
지 지속되고 있는가를 알 수 있다. 정말이지 바이킹의 생활 방식에는
현대인의 감수성과 놀랍도록 친숙한 어떤 것, 깊이 우리의 마음을 끄
는 무엇인가가 있다.

원작자에 관하여

1000년도 넘는 까마득한 옛날이고, 그후 각기 다른 언어와 문화 전통을 지닌 수많은 필사가와 번역가의 손을 거쳤음에도 불구하고 자신의 독특한 목소리를 잃지 않고 우리에게 이야기해 주는 원작자 이븐 파들란에 대해 한 마디 하지 않을 수 없다.

그에 관해 알려진 바는 아무것도 없다. 교육받은 사람임에 분명하며 그의 모험담으로 미루어 볼 때 늙은 사람일 리는 없다고 추측될 뿐이다. 그는 칼리프와 친분이 있는 사람이라고 명백히 밝히고 있다. 그러나, 그는 칼리프를 특별히 존경하지는 않았다.(이 문제에 관한 한 다른 사람들도 마찬가지였으리라 생각된다. 칼리프 알 무타디르는 두 번씩이나 폐위되었으며 결국에는 자기 부하의 손에 살해되었기 때문이다.)

그가 살던 사회에 대해서는 좀 더 알 수 있다. 10세기에 평화의 도시 바그다드는 지구상에서 가장 문명이 발달한 도시였다. 백만 명이 넘는 주민이 그 유명한 원형 성곽 안에서 살았다. 바그다드는 놀랍도록 우수하고 우아하고 눈부신 환경을 지닌 도시로 지적 호기심과 상업적 관심의 초점이 되었다. 그곳에는 향기로운 정원과 시원한 정자, 거대한 제국의 풍부한 자산이 가득 쌓여 있었다.

바그다드에 사는 아랍인들은 이슬람교도로서 자기네 종교를 철저히 신봉하였다. 한편 그들은 자기들과는 다르게 바라보고 행동하고 믿는 사람들과 폭넓게 접촉하였다. 사실상 아랍인은 그 당시 세상에서 가장 편협하지 않은 민족이었다. 이런 점이 그들로 하여금 외국 문화에 대한 탁월한 관찰자가 될 수 있도록 하였다.

이븐 파들란 역시 지적이면서 관찰력이 뛰어난 인물이다. 그는 자신이 만나는 사람들의 일상 생활과 믿음에 흥미를 느끼고 있었다. 그가 목격하는 많은 것들이 저속하고 음란하고 야만적이어서 그는 충격을 받는다. 그러나, 그는 분개하느라 시간을 낭비하지 않고, 일단 비난의 뜻을 표한 다음 즉시 치밀한 관찰자의 입장으로 되돌아 간다. 또한, 그는 놀랍도록 꾸밈없는 태도로 자신이 본 바를 적고 있다.

그가 이야기하는 방식은 서구인의 감수성에서 볼 때 괴상하게 여겨질 수도 있다. 그는 서구인이 익숙해 있는 방식으로 이야기하지 않는다. 서구인의 극적 감각은 구전 전통에서 유래한다. 즉, 음유시인이 참을성없이 굴거나 과식으로 꾸벅꾸벅 조는 청중 앞에서 직접 공연을 하는 것이다. 『일리어드』, 『베오울프』, 『롤랑의 노래』 등은 모두 사람을 즐겁게 해주는 역할을 맡은 음유시인들이 노래하도록 만들어진 양식의 문학 작품이다.

그러나, 이븐 파들란은 음유시인이 아니라 작가였으며 그의 주된 목적은 남을 즐겁게 해주는 것이 아니었다. 혹은, 후원자의 공덕을 기리거나 자신이 살고 있는 사회의 신화를 강화하는 것도 그의 목적이 아니었다. 단지 그는 보고서를 제출하는 외교 사절이었다. 그러므로 그의 어조는 음유시인의 어조가 아니라 회계 감사관의 어조이다. 또한 극작가의 어조가 아니라 문화인류학자의 어조이다. 사실상 그는 종종 그의 이야기에서 가장 흥미로운 요소를 가볍게 처리해버림으로써 명료하고 객관적인 서술 방식을 지켜나가고 있다.

때로는 이러한 냉정함에 싫증이 나서 그가 얼마나 비범한 관찰자인지 알아채지 못하는 수도 있다. 이븐 파들란 이후 300년간 여행자들간에는 말하는 동물, 날개 달린 사람, 거대한 괴물, 유니콘 등 놀랍고 환상적인 이야깃거리를 쓰는 것이 전통이었다. 불과 200년 전만 해도 다른 면에서는 제정신을 지닌 유럽인들이 농부들과 전쟁을 벌이는 아프리카 비비 등에 관한 터무니 없는 이야기를 자신의 일기장에 꽉 채우는 일이 비일비재하였다.

그러나 이븐 파들란은 추측하거나 제멋대로 생각하지 않는다. 한 마디 한 마디가 사실에 입각한 것이다. 혹시 남에게 들은 이야기를 전할 때는 그 사실을 꼭 명시한다. 그는 또한 자신이 직접 목격한 것에 대해서는 "나는 내 눈으로 직접 보았다"라는 말을 사용하여 사실임을 밝힌다.

이 절대적인 객관적 사실성 때문에 그의 이야기가 더욱 끔찍하게 들리는 효과가 발생한다. 그가 "시체를 먹는 괴물"이라는 안개 괴물을 만나는 장면도 다른 장면과 마찬가지로 상세하고 객관적으로 묘사되고 있어 한층 소름이 끼친다.

여하튼 이제부터는 독자 스스로가 읽고 판단해야만 한다.

EATERS OF THE DEAD

평화의 도시 바그다드를 떠나다

평화의 도시 바그다드를 떠나다

자비와 자애가 풍부하며 이승과 저승 두 세계를 지배하시는 알라신께 영광을! 예언자의 왕자이며 우리의 군주이신 무하마드께 알라신의 평화와 축복이 믿음의 그날까지 함께 하시라!

이 책은 칼리프 알 무타디르가 사칼리바 왕에게 외교 사절로 파견한 아마드 이븐 파들란이 썼다. 파들란은 무하마드 이븐 술레이만의 부하이기도 하며 이븐 알 압바스, 이븐 라시드, 이븐 하마드라는 이름도 갖고 있다. 이 책에서 파들란은 터어키, 하자르, 사칼리바, 바스키르, 루스, 스칸디나비아 땅에서 그가 직접 목격한 바를 상세히 적고 있다. 특히 이들 나라의 왕에 관한 이야기와 그 나라 사람들의 생활 방식과 풍습이 매우 잘 그려져 있다.

칼리프 알 무타디르에게 사칼리바의 왕 일타와르의 서신이 전달되었다. 그 편지에서 사칼리바 왕은 자신에게 이슬람교의 교리를 가르쳐주고, 회교 사원과 설교단을 세워 모든 그 나라 백성들이 이슬람교로 개종할 수 있는 기초를 닦고, 또한 요새 및 방어 시설 건설도 지휘할 수 있는 유능한 인물을 보내줄 것을 요청하였다. 왕은 이러한 일이 모두 성사될 수 있도록 도와달라고 칼리프에게 거듭 당부하였다. 사칼리바 왕의 편지를 전달한 사람은 다디르 알 후라미였다.

칼리프 알 무타디르는 강력하고 정의로운 교주가 못되었다. 그는 쾌락에 탐닉하고 부하들의 아첨에 마음을 빼앗기는 나약한 정신의 소유자였다. 그의 부하들은 등 뒤에서 그를 놀리고 조롱하곤 하였다. 나는 이러한 패거리에 끼지는 않았지만 칼리프의 특별한 사랑도 받지는 못하였는데 거기에는 다음과 같은 사연이 있다.

평화의 도시 바그다드에는 이븐 카린이라는 늙은 상인이 살고 있었다. 그는 매우 재산이 많았지만 관대한 마음과 인간미는 부족한 사람이었다. 그에게는 엄청난 재산 뿐 아니라 젊은 아내도 있었다. 그녀를 본 사람은 아무도 없었지만 상상을 초월하는 미인이라고 소문이 자자하였다. 하루는 칼리프가 나에게 편지 심부름을 시켰다. 이븐 카린에게 보내는 편지였다. 나는 밀봉된 편지를 받아 들고 상인의 집에 도착하였다. 오늘 이 순간까지도 그 편지의 내용이 무엇이었는지 알지 못하지만, 그건 상관없는 일이다.

상인은 출타중이라 집에 없었다. 내 손으로 직접 본인에게 편지를 전달해야 한다고 칼리프가 엄명을 내렸기 때문에 상인이 돌아올 때까지 기다릴 수밖에 없었다. 문지기 하인에게 이러한 사정을 구구히 설명하자 그는 나를 집 안으로 들여 보내 주었다.

그런데 내가 집 안으로 들어가는 데는 상당한 시간이 걸렸다. 소문난 수전노의 집답게 집 안으로 통하는 대문에 빗장과 자물쇠가 수도 없이 달려 있었기 때문이다. 한참만에 드디어 나는 집 안으로 들어 갔다. 그리고는 온종일 기다렸다. 배는 점점 고파오고 갈증으로 목이 탔지만 인색한 상인의 하인 중에 아무도 나에게 먹을 것을 갖다 주는 사람은 없었다.

오후의 열기는 점점 심해지고 하인들마저 잠들어 집 주위가 조용해지자 나도 슬그머니 졸음이 왔다. 그런데 갑자기 내 눈 앞에 하얀 옷을 입은 젊은 여자가 유령처럼 나타나서 서 있었다. 아무도 본 적이 없다던 상인의 아내 바로 그 여자였다. 그녀는 아무 말도 하지 않고 손짓으로 나를 옆방으로 끌어 들이고는 문을 잠가버렸다. 그리고는 다짜고짜 나에게 덤벼들었다. 나는 반쯤 정신이 나간 상태에서 그녀를 상대하였다. 굶주렸던 동물처럼 그녀는 적극적으로 나를 탐하였고 내 쪽에서 별다른 노력을 기울이지 않아도 몸을 떨며 즐거워하였다. 그녀의 남편이 늙은 데다가 틀림없이 아내를 잘 돌보지 않은 때문이리라. 이리하여, 시간은 쏜살같이 흘렀다. 그러나, 마침내 그 집 주인이 돌아오는 소리가 들렸다. 여자는 급히 일어나 사라졌다. 나에게 한 마디 말도 하지 않은 채. 나는 서둘러 옷을 입기 시작하였다.

대문에 달린 수없이 많은 빗장과 자물쇠 덕에 그 구두쇠가 제 집에 들어오는 데 그토록 시간이 많이 걸리지 않았더라면 나는 꼼짝없이 들키고 말았을 것이다.

그럼에도 불구하고 이븐 카린은 의심스러운 눈초리로 나를 쳐다보며 왜 그곳에 있느냐고 따져 물었다. 심부름꾼이 마땅히 있어야 할 곳은 안마당이라는 것이다. 배가 몹시 고프고 더워서 음식과 그늘을 찾고 있었노라고 나는 대답했다. 그러나, 그것은 궁색한 거짓말에 불과하였고 이븐 카린은 당연히 내 말을 믿지 않았다.

그는 칼리프에게 이 일에 대해 불평하였다. 칼리프는 개인적으로는 매우 흥미를 느꼈지만 공식적으로는 엄한 표정을 짓지 않을 수 없었다. 그때 마침 사칼리바의 왕이 칼리프에게 사절 파견을 요청하였다. 이 심술궂은 상인은 기회를 놓칠세라 나를 파견하도록 칼리프에게 압력을 넣었다. 결과는 그의 뜻대로 되었다.

이렇게 하여 떠나게 된 우리 사절단의 일행을 소개하면 다음과 같다. 먼저 압달라 이븐 바스투 알 하자리라는 사칼리바 왕의 사자가 있었다. 그는 경박하고 말이 많은 수다쟁이였다. 그 밖에 타킨 알 투르키, 바르스 알 사클라비라는 여행 안내인 두 사람이 있었다. 물론 나도

있었다. 우리는 왕과 왕비, 그들의 자녀, 신하들에게 줄 선물을 준비하
였다. 얼마간의 약품도 싣고 갔는데 사우산 알 라시가 그것을 관리하
였다. 우리 일행은 이상이다.

우리는 309년 사파르월 11일(921년 6월 21일) 목요일에 평화의 도
시 바그다드를 떠났다. 나라완에서 하루 묵고 알 다스카라까지 곧바로
가서 3일 머물렀다. 그리고는 지름길로 곧장 전진하여 훌완에 도착하
였다. 거기에서 이틀 묵었다. 그리고 키르미신에 가서 이틀 머물렀다.
그런 다음 그곳을 떠나 후마단에 도착하여 3일간 머물고 사와에 가서
이틀간 묵었다. 그리고 다시 레이로 가서 11일간 체류하였다. 이는 후
와르 알 레이에 있는 알 라시의 형 아마드 이븐 알리를 기다리느라 그
렇게 된 것이다. 그리고, 후와르 알 데이로 가서 3일간 머물렀다.

　　이 귀절은 이븐 파들란의 기록이 여행기의 맛을 내는 부분이다. 아마
　　전체 글의 사분의 일이 이런 식으로 씌어졌을 것이다. 단순히 머문 장소
　　와 머문 날짜를 열거하는 이런 대목은 거의 삭제되었다.
　　이븐 파들란 일행은 분명히 북쪽을 향해 여행중이었다. 그러나 겨울
　　이 닥쳐와서 결국은 한 곳에 오래 체류하게 된 것이다.

구르가니아에서의 체류는 장기화되었다. 이곳에서 우리는 라갑월
(11월) 며칠과 사반, 라마단, 사왈월을 꼬박 묵었다. 이렇게 오래 머문
것은 무서운 추위 때문이었다.

두 사람이 땔감을 구하러 낙타를 몰고 숲으로 들어갔더란다. 그런데
그들은 부싯돌과 불쏘시개를 깜박 잊고 가져가지 않았다. 그래서 불도
피우지 못하고 숲에서 잠을 자게 되었는데 다음 날 아침 눈을 떠 보니
낙타들이 꽁꽁 얼어붙어 있었다고 한다. 나는 이 이야기를 사람들한테
서 들었다.

정말이지 구르가니야의 시장과 거리는 추위 때문에 텅 비어 있었다. 거리를 아무리 활보하고 다녀도 사람 하나 마주치지 않을 정도였다. 한번은 목욕탕에 갔다가 숙소로 돌아오니 내 턱수염이 하얗게 얼음으로 변해 있었다. 나는 불 앞에 앉아서 수염을 녹여야만 하였다. 나는 밤이고 낮이고 집 안에 틀어박혀 있었다.

내가 묵은 집은 이중으로 되어 있었다. 바깥집이 있고 그 안에 집이 또 하나 세워져 있는 것이다. 그 안집 속에는 또 터어키식 모직 텐트가 세워져 있었다. 나는 옷을 두툼하게 여러 겹 껴입고 털담요까지 두르고 천막 속에 들어가 있었다. 그러나, 이 모든 노력에도 불구하고 밤이 되면 나의 두 뺨은 얼어서 베개에 달라붙어 있곤 하였다.

극심한 추위로 인해 때로는 땅이 쩍쩍 갈라지는 경우도 있었다. 이로 인해 거대한 고목이 두 동강이로 갈라져 쓰러지는 것을 내가 직접 목격한 적도 있다.

309년 사왈월(922년 2월) 중순경에 드디어 날씨가 풀리기 시작했다. 얼어붙었던 강물이 녹았기 때문에 우리는 여행에 필요한 물품을 준비하였다. 터어키 땅에서 강을 건너게 될 경우를 대비하여 낙타 가죽으로 만든 배와 터어키산 낙타를 샀다.

우리는 3개월분의 빵, 기장(수수), 소금에 절인 고기를 사들였다. 마을 사람들은 우리에게 필요한 옷을 구입하도록 도와주었다. 그들은 우리 앞에 닥칠 시련에 대해 무서운 말로 묘사해 주었는데 우리는 그 말이 과장인 줄 알았다. 그러나 실제 상황에 부딪혔을 때 그 혹독함은 이야기로 들은 것을 훨씬 능가하였다.

우리는 각자 짧은 웃옷 위에 긴 웃옷을 껴입고 그 위에 덧옷과 장옷을 겹쳐 입고 두 눈만 빠끔히 나오는 털모자를 깊숙이 눌러 썼다. 또한 속바지 위에 바지를 껴입고, 실내화 위에 긴 장화를 덧신었다. 그 결과 몸이 어찌나 둔했던지 낙타를 타려고 해도 움직일 수조차 없었다.

바그다드를 출발할 때부터 우리와 동행하여 함께 여행했던 법률 학자와 교사, 그들이 데리고 다니는 시동들은 새로운 나라땅에 들어가기를 두려워하여 우리 일행과 헤어졌다. 그리하여, 나와 사칼리바 왕의 사자 하자리, 그의 처남과 두 시동 타킨과 바르스만이 여행을 계속하게 되었다.*

우리 일행은 출발 준비를 모두 끝냈다. 클라우스라는 마을 사람을 길안내인으로 채용하였다. 그리하여 전능하고 지극히 높으신 알라신만을 굳게 믿고 309년 둘카다월 3일(922년 3월 3일) 월요일, 드디어 구르가니야 마을을 떠났다.

같은 날, 터어키로 통하는 관문인 잠간이라는 도시에 도착하였다. 그리고 다음 날 아침 일찍 기트로 향해 떠났다. 기트에는 눈이 너무 많이 내려서 낙타가 무릎까지 눈 속에 푹푹 빠졌다. 할 수 없이 그곳에서 이틀간 체류하였다.

마침내 우리는 황량하고 밋밋한 대초원을 달려 곧장 터어키땅으로 들어갔다. 매서운 추위와 계속 불어대는 눈보라와 싸우며 열흘 동안을 끊임없이 달린 것이다. 이 때의 지독한 날씨에 비하면 츠와레즘의 추위는 한여름 날씨에 불과한 셈이었다. 이 혹독한 시련 앞에서 우리가 그 동안 품고 있었던 사소한 불만거리는 몽땅 사라져버렸다. 우리는 그저 포기하고 싶은 심정 뿐이었다.

어느 날, 예의 그 혹독한 추위를 무릅쓰고 우리는 달리고 있었다. 시

---

* 그의 보고서 전편을 통해 이븐 파들란은 사절단 일행의 규모와 구성 인원에 대해 정확하게 밝히지 않고 있다. 이러한 부주의가 원문의 유실로 인한 것인지 파들란 자신이 의도적으로 그런 것인지 분명치가 않다. 사회적인 관습 때문에 그럴는지도 모른다. 이븐 파들란은 그의 일행이 몇 명 정도밖에 되지 않는다고 하지만 실제로는 백 명도 넘는 것으로 보이기 때문이다. 그러나, 파들란은 노예나 하인 등 낮은 신분의 사람은 일행의 수에 넣지 않고 있다.

동 타킨은 내 옆에서, 그 옆에는 터어키 사람이 한 명 나란히 달리고 있었다. 터어키 사람은 타킨에게 터어키말로 무어라 열심히 이야기했다. 타킨이 웃으며 나에게 말했다. "이 터어키 사람이 이렇게 말했어요. '우리 신께서는 도대체 우리를 어쩌시려는 거지? 추위에 우리는 모두 죽어버리고 말 거야. 신께서 무얼 갖고 싶어하시는지 알기만 하면 얼른 드리겠는데 말이야!'"

나는 이렇게 대답했다. "신께서 원하시는 것은 오직 '알라 외에는 아무 신도 없도다'라고 말하는 것이라고 그에게 가르쳐주렴."

그러자 그 터어키 사람은 웃으며 대답했다. "내가 그 말을 알면 기꺼이 할 텐데 말씀이야."

이윽고 우리는 마른 나무가 풍부한 숲에 도착하였다. 일행은 불을 피우고 몸을 녹였다. 그리고 옷을 벗어서 마르도록 펴놓았다.

이때부터는 아마 파들란 일행이 보다 따뜻한 지역으로 들어가고 있었던 것같다. 혹한에 관한 이야기가 더 이상 계속되지 않기 때문이다.

우리는 다시 출발하였다. 매일 자정에서 오후 기도 시간까지 달리고는 멈추어 쉬었다. 정오부터는 한층 속력을 내어 달렸다. 이런 방식으로 15일 동안 달리고 나니까 커다란 바위가 많이 있는 높은 산에 도착하였다. 바위 틈에서 맑은 샘이 솟아 올랐다. 샘물은 웅덩이에 고여서 연못을 이루고 있었다. 우리는 이 아름다운 산을 가로질러 계속 전진했다. 그리하여 마침내 오구즈라고 불리는 터어키족 마을에 도착하였다.

EATERS OF THE DEAD

오구즈 터어키족의 생활 방식

오구즈 터어키족의 생활 방식

오구즈족은 유목민으로서 펠트천으로 천막을 세우고 살았다. 그들은 한 곳에 얼마간 머무르다가 다시 다른 곳으로 이동하였다. 유목민의 관습에 따라 그들의 주거지는 여기 저기 산재해 있었다.

힘들고 고된 생활을 하고 있었지만, 그들은 제멋대로 행동하는 당나귀 같은 사람들이었다. 그들은 신을 믿지 않았다. 그들은 기도하는 법이 없다. 그 대신 부족의 우두머리들을 주님이라고 불렀다. 어떤 사람이 어떤 일에 관해 족장의 조언을 구하고자 할 때면 이렇게 말한다. "오 주여, 여차여차한 일이 있는데 제가 어떻게 하면 좋겠나이까?"

그들은 무슨 일을 하건 자기네들끼리만 의논하여 결정한다. 나는 그들이 이렇게 말하는 소리를 들은 적이 있다. "알라 외에는 아무 신도 없으며 무하마드는 알라신의 예언자도다." 그러나 그들이 이렇게 말하는 것은 그 말을 믿어서가 아니라 이슬람교도와 친해지기 위해서이다.

오구즈 터어키족의 왕은 얍구라고 불린다. 얍구는 왕의 이름이 되기도 하며 이 부족을 다스리는 사람은 누구나 이 이름으로 불린다. 그의 부하는 항상 쿠다르킨이라고 불린다. 그래서 족장의 부하는 모두 쿠다르킨이라 불리게 된다.

오구즈족은 대변이나 소변을 보고 난 후에도 밑을 닦지 않는다. 여자와 잠자리를 해서 사정을 하고도 몸을 씻지 않는다. 기타 여하한 경우에도 몸을 닦지 않는다. 그들은 물하고는 아무 상관없는 족속이다. 특히 겨울에는 더욱 그러하다. 그들이 보는 앞에서 세정식을 거행하면 몹시 화를 낸다. 그래서, 상인이나 기타 이슬람교도들은 그들이 보지 못하는 밤에 세정식을 해야 한다. 만약 그들이 보는 앞에서 하면 그들은 화를 내며 이렇게 말한다. "이 사람이 우리에게 주문을 걸려고 하는 모양이다. 그러기에 물 속에 들어가려는게 아닌가." 그리고는 그에게 벌금을 물린다.

이슬람교도가 터어키에 들어가려면 오구즈인 중 누구라도 그의 주인 노릇을 해주기로 약속한 후에야 가능하다. 그는 자기를 받아들이기로 한 오구즈인네 집에 머물게 되는데 그 대가로 그에게는 아랍산 의복을, 그의 부인에게는 후추, 기장, 건포도, 호두를 선물한다. 이슬람교도가 오구즈인네 집에 오면 주인은 그를 위해 천막을 세워 주고 양을 한 마리 끌고 온다. 이슬람교도는 그 양을 칼로 도살해야 한다. 터어키인들은 가축을 칼로 도살하는 일이 없다. 다만 양이 죽을 때까지 머리통을 때린다.

오구즈족 여자들은 자기네 부족 남자들이건 다른 종족 남자들 면전이건 베일로 몸을 가리는 법이 없다. 또한 누구 앞이건 음부를 가리지 않고 내보인다. 어느 날 우리는 한 터어키 사람 집에 들르게 되었다. 그의 천막에 앉아 있을 때에 그의 부인도 거기에 같이 있었다. 우리가 서로 대화를 나누고 있는데 그 여자는 음부를 드러내더니 그곳을 벅벅 긁는 것이었다. 우리는 그녀의 하는 양을 보고 깜짝 놀라 얼굴을 가리며 급히 중얼거렸다. "신이여 용서하소서."

그러자 그녀의 남편은 껄껄 웃으며 통역자에게 말했다. "저들에게 말하시오. 당신들 앞에서 이렇게 내보이는 것에 대해 당신네들이 부끄러워하는 것은 상관없지만 가지라는 뜻은 아니라고 말이요. 이것이 잔뜩 옷으로 가리고 있다가 빼앗기는 것보다 훨씬 낫지 않소?"

오구즈족에게 간음이란 있을 수 없는 일이다. 만약 간음하다 발각되는 경우에는 그가 누구라도 둘로 찢어 죽인다. 그 방법은 이러하다. 적당한 거리에 나란히 서 있는 나무 두 그루에서 각각 큰 가지 하나씩을 잡아당겨 서로 묶어 놓는다. 그 나뭇가지에 각각 간음한 사람의 다리를 하나씩 동여맨다. 묶어 놓았던 가지를 자르면 탄성력에 의해 그 사람의 몸은 둘로 찢어지게 된다.

터어키인들은 항문 성교를 매우 무서운 죄로 여긴다. 예전에 한 상인이 쿠다르킨의 집에 머물게 되었다. 그런데 그 집 주인에게는 아직 수염이 나지 않은 아들이 하나 있었다. 손님은 그 소년을 계속 유혹해서 마침내 자신의 뜻을 이룰 수 있었다. 한창 일이 벌어지는 중에 주인이 들어와서 그들은 현행범으로 즉시 체포되었다.

터어키인들은 죄의 대가로 그 상인과 소년을 죽이려고 하였다. 그러나 사정사정하여 상인은 몸값을 물고 간신히 풀려날 수 있었다. 그는 자신이 한 짓에 대한 보상으로 양 400마리를 주인에게 배상하고는 급히 서둘러 터어키땅을 떠나버렸다.

터어키 사람들은 모두 콧수염만 남겨 두고 턱수염은 전부 뽑아버린다.

그들의 결혼 풍습은 이러하다. 결혼을 하려는 남자는 다른 가정의 여자를 아내로 맞기 위해 일정량의 지참금을 신부집에 주어야 한다. 종종 낙타나 소, 말, 기타 물건으로 주는 경우도 있다. 지참금의 액수는 여자쪽의 남자들과 합의하여 결정한다. 지참금을 다 지불할 때까지 절대로 여자를 아내로 맞아들일 수 없다. 그러나 지참금을 지불하고 나면 신랑은 아무런 절차를 거치지 않고 신부가 살고 있는 집 안으로 들어간다. 그리고 그녀의 아버지, 어머니, 형제들이 보는 앞에서 그녀를 취한다. 가족은 그가 하는대로 내버려 둔다.

아내와 자녀를 둔 남자가 죽으면 그의 장남이 아버지의 아내였던 여자를 아내로 삼는다. 그녀가 자신의 생모가 아닌 경우에 한한다.

노예를 거느리던 터어키인이 병이 나면 그의 가족은 그의 곁에 얼씬도 하지 않고 노예들이 그를 돌본다. 집에서 약간 떨어진 곳에 천막이 하나 세워지고, 그는 죽거나 회복될 때까지 그 안에서 한 발짝도 밖으로 나올 수 없다. 그러나 노예나 가난한 사람이 병에 걸리면 사막에 버려두고 상관하지 않는다.

지위가 높은 사람이 죽으면 집 모양의 거대한 구덩이를 파고, 그에게 가서 옷을 입히고, 그의 손에 술이 든 나무컵을 놓아 준다. 그의 소지품을 전부 이 구덩이 집에 가져다 놓는다. 그런 다음 그의 시신을 이 집으로 옮긴다. 그리고는 그의 시신 위에 또 하나의 집을 세우고 진흙으로 일종의 둥근 지붕을 만든다.

그리고 사람들은 그의 말을 죽인다. 백 마리건 이백 마리건 그의 말을 몽땅 묘터에 데려다 놓고 죽인다. 그리고는 머리, 말굽, 가죽, 꼬리만 빼고 고기를 몽땅 먹어 치운다. 이 남은 부위들은 나무 기둥들에 높이 매달아 놓고 이렇게 말한다. "이는 그가 천국으로 타고 갈 말들이다."

죽은 사람이 영웅으로서 적을 살해한 적이 있으면, 그가 죽인 적의 숫자만큼 나무로 조각상을 만들어 무덤 위에 놓고 이렇게 말한다. "이는 천국에서 그를 보살필 시동들이다."

때로는 하루 이틀 말 죽이는 일을 지체하는 경우가 있다. 그러면 노인 중에 대표 한 명이 이렇게 말함으로써 사람들을 부추긴다. "어젯밤에 죽은 사람이 꿈에 나타나 이렇게 나에게 말했다. '자, 나를 보시오. 나의 동료들이 나를 앞질러서 가버렸는데 나의 발은 너무 약해서 저들을 따라갈 수 없었소. 그래서 이렇게 뒤에 처져 혼자 남아 있다오.'" 이런 경우에 사람들은 그의 말들을 죽여 무덤 위에 매달아 놓는다. 하루나 이틀 후에 먼젓번의 노인이 나타나 또 말한다. "죽은 사람이 꿈

에 나타나서 말했다. '내가 이제 곤경에서 벗어났다고 나의 가족에게
알려 주시오.'라고."

이런 방법으로 그 노인은 오구즈족의 풍습을 보존한다. 그렇지 않으
면 죽은 사람의 말을 살려 두려는 욕심이 산 사람들간에 생겨날 수 있
기 때문이다.*

계속 여행한 끝에 우리는 마침내 터어키 왕국에 발을 들여 놓게 되
었다. 어느날 아침 터어키 사람 하나가 우리 앞을 막아 섰다. 그는 못
생긴 얼굴에 더러운 몰골, 야비한 태도에 천박한 성정을 하고 있는 사
람이었다. 그는 말했다. "멈춰라." 우리 일행은 그의 명령에 복종하여
얌전히 멈추었다. 그러자 그가 말했다. "한 놈도 움직이지 마라." 우리
는 그에게 말했다. "우리는 쿠다르킨의 친구요." 그는 낄낄대고 웃더
니 말했다. "쿠다르킨이 어떤 놈이냐? 그 놈의 수염에 똥을 갈겨 놓겠
다."

우리는 이 말에 아연하여 어찌할 바를 모르고 있었다. 그러나 그 터
어키인은 다시 소리쳤다. "베켄드." 베켄드는 츠와레즘말로 빵이라는
뜻이다. 나는 그에게 빵을 몇 조각 내주었다. 그는 그것을 받아들더니
말했다. "계속 가도 좋다. 불쌍한 것들."

우리는 에트렉 이븐 알 카타간이라는 이름의 총사령관이 관장하는
지역에 도착하였다. 그는 우리를 위해 터어키식 천막들을 세워 주었
다. 그는 커다란 집과 하인들을 거느리고 있었다. 그는 우리가 도살할

---

* 이븐 파들란의 숭배자 파르잔은 이 대목에 대해 다음과 같이 설명한다. "한 민족의 관
습 뿐만 아니라 그 관습을 유지시키는 기제도 기술함으로써 파들란은 현대의 인류학
자가 지닐 법한 감수성을 보여준다. 유목민 지도자의 말을 죽이는 행위에 대한 경제
학적 의미는 현대의 상속세와 거의 유사하다. 즉, 이 관습은 한 가족 내에 유산이 계
속 축적되는 것을 막는 역할을 한다. 종교가 이러한 행위를 요구했다 할지라도 이런
일이 그 당시 널리 행해졌다고 보기는 힘들다. 이븐 파들란은 매우 교묘하게 이 일을
하고 싶어지지 않는 자들에게 가해진 방식에 대해 기술하고 있다."

수 있도록 양들을 몰아 왔다. 또한 우리가 마음대로 탈 수 있도록 말도 대기시켜 놓았다. 터어키 사람들은 그를 가리켜 최고의 기수라고 칭하였다. 실제로 어느 날 나는 그가 절묘하게 말타는 모습을 목격하였다. 그가 우리와 함께 말을 달리고 있을 때 거위 한 마리가 우리 머리 위로 날아갔다. 그는 활시위를 팽팽히 당기고 말을 몰아 거위를 쫓아 갔다. 그가 화살을 쏘자 거위는 땅에 떨어졌다.

나는 그에게 메르브산 옷 한 벌과 붉은 가죽 장화 한 켤레, 아름다운 무늬가 수놓인 웃옷 한 벌과 실크 웃옷 다섯 벌을 선사하였다. 그는 감탄사를 연발하며 이 선물을 쾌히 받았다. 그는 방금 내가 증정한 제복을 입어보기 위해서 자기가 입고 있던 상의를 벗었다. 그래서 나는 그가 속에 입고 있는 속옷(쿠르타크)이 몹시 더럽고 너덜너덜해져 있는 것을 보았다. 일단 속옷을 한 번 입으면 그것이 다 해져서 저절로 없어질 때까지 갈아 입지 않는 것이 이들의 풍습이었던 것이다. 그는 또한 턱수염 뿐 아니라 콧수염까지도 몽땅 뽑아버려서 마치 내시처럼 보였다. 그러나 내가 목격한 바대로 그는 최고의 기수였다.

우리는 우리가 준 훌륭한 선물 덕분에 그의 신임과 호의를 살 줄로 믿었는데 그것은 오산이었다. 그는 배신자였다.

어느 날, 그는 그와 가까운 지도자들을 초대하였다. 타르한, 야날, 글리즈가 그들이다. 타르한은 이 중 가장 영향력 있는 지도자였는데 절름발이에 장님이고 한 쪽 손은 잘리고 없었다. 그가 동료들에게 말했다. "이 사람들은 아랍왕이 불가르 왕에게 보내는 사절단입니다. 나는 여러분과 의논하지 않고 이들을 통과시킬 수 없습니다."

그러자 타르한이 입을 열었다. "이런 일은 이제까지 한 번도 없던 일이요. 우리와 우리 선조들이 이 땅에 살던 이래로 아랍왕의 사자가 우리 나라를 통과한 적은 없었소. 아랍왕이 우리에게 속임수를 쓰고 있다는 느낌이 듭니다. 그가 이 사람들을 보낸 진짜 이유는 하자르족을 선동하여 우리에게 대항하도록 하려는 것이오. 최선의 해결책은 이 사람들을 두 토막으로 베어버리고 그들이 소지한 물건을 모두 압수하는 것입니다."

다른 지도자가 말했다. "아니오. 그들이 가진 것은 모두 뺏고 맨몸뚱이로 자기네 나라로 돌아가도록 합시다."

마지막 지도자가 말했다. "아니오. 하자르 왕은 우리 쪽 사람들을 포로로 잡아 두고 있오. 그러니 이 사람들을 그들의 몸값 대신으로 그에게 보내야 합니다."

이 문제를 놓고 그들은 꼬박 7일간 의논하였다. 그 동안 우리는 죽은 것과 다름없는 상태에 처해 있었다. 그러나 마침내 그들은 길을 열어 우리를 통과시키는 의견에 동의하였다. 우리는 감사의 표시로 타르한에게 메르브산 카프탄 두 벌과 후추, 기장, 빵 몇 조각을 선물하였다.

우리는 여행을 계속하여 바긴디강가에 도착하였다. 이곳에서 우리는 낙타 가죽으로 만든 배들을 꺼내 펴놓고 낙타 등에 싣고 왔던 물건들을 옮겨 실었다. 배가 모두 찼을 때, 삼삼오오 짝을 지어 배에 올라탔다. 손에는 자작나무 가지를 꺾어 들고 노로 사용하였다. 배는 하류로 떠밀려 내려가기도 하고 빙 한 바퀴 돌기도 하였지만 노를 계속 저었다. 마침내 우리는 강을 건넜다. 말과 낙타들은 헤엄쳐서 건너왔다.

강을 건널 때는 먼저 일단의 무사들이 건너고 그 뒤에 일반 사람들이 건너야 한다. 그것은 전위 부대를 형성하여 바스키르족의 습격을 막기 위해서이다.

이런 방법으로 우리는 바긴디강을 건넜다. 똑같은 식으로 갬강도 건넜다. 차례로 오딜강, 아드론강, 바르강, 아티강, 브나강을 건넜다. 이 모두가 매우 큰 강이었다.

우리는 페세네그족 마을에 도착하였다. 페세네그족은 바다처럼 고요한 호숫가에 주거지를 형성하고 있었다. 그들은 진한 갈색 피부를 가진 힘이 센 부족이었으며 남자들은 말끔하게 면도를 하고 있었다. 그들은 오구즈족과는 대조적으로 무척 가난하였다. 오구즈족 중에는 만 마리의 말과 십만 마리의 양을 소유한 사람들도 있었다. 그러나 페세네그족은 무척 가난하였고 우리는 그들과 하루 동안만 같이 머물렀다.

우리는 다시 출발하여 가이이강에 도착하였다. 이 강은 우리가 본 것 중 가장 크고, 넓고, 빠른 강이었다. 가죽배 한 척이 뒤집혀서 그 안에 타고 있던 사람들이 물에 빠져 죽는 것을 나는 실제로 목격하였다. 일행 중 많은 사람들이 죽었고 수많은 낙타와 말이 익사하였다. 우리는 천신만고 끝에 그 강을 건넜다. 며칠 더 여행을 계속하여 가하강을 건넜고, 그 다음에 아즌강을, 그 다음에 바가그강을, 그 다음에 스무르강을, 그 다음에 크날강을, 그 다음에 수우강을, 마지막으로 키글루강을 건넜다. 이리하여 마침내 우리는 바스키르족 땅에 발을 들여 놓게 되었다.

아쿠트 펙사본에는 이븐 파들란이 바스키르족과 함께 머물렀던 정황이 짧막하게 기술되어 있다. 그러나 많은 학자들이 그 대목의 사실성 여부에 강한 의문을 제기한다. 그 기적은 매우 애매모호하고 지루한 글로, 주로 족장과 귀족들의 이름을 나열하는 것에 불과하다. 이븐 파들란 자신은 바스키르족이 전혀 상관할 만한 족속이 못 된다고 말하고 있다. 이는 호기심의 화신이라도 같은 여행자, 파들란답지 않은 발언이다.

마침내 우리는 바스키르족의 땅을 떠나 게름산강을 건너고, 우른강과 우름강을 건너고, 위티그강과 느바슨강을 건너고, 가우신강을 건넜다. 강과 강 사이를 건너는 데는 이틀이나 사흘, 혹은 나흘 걸렸다.

그리하여 우리는 불가르족의 땅에 도착하였다. 이 땅은 볼가강 기슭에서 시작된다.

EATERS OF THE DEAD

노오스인과의 최초의 만남

노오스인과의 최초의 만남

　나는 노오스인들*이 자기네 짐을 갖고 와서 볼가강 기슭에 천막을
치는 모습을 내 눈으로 직접 보았다.

　나는 그렇게 몸집이 거대한 종족은 처음 보았다. 그들은 키가 종려
나무만큼이나 크고 혈색은 불그레하였다. 그들은 소매없는 속옷과 긴
소매 달린 겉옷을 입지 않았다. 그러나 남자들은 거칠거칠한 천으로
만든 옷을 입고 있었는데 한쪽 손을 자유롭게 쓸 수 있도록 한쪽 어깨
에만 천을 두르고 있었다.

　노오스인은 누구나 도끼와 단도, 장검을 지니고 있었다. 한번도 이
무기들을 갖지 않은 사람을 본 적이 없다. 그들의 장검은 폭이 넓고 물
결모양의 선이 그려져 있는 프랑크제였다. 손톱 끝에서 목에 이르기까
지 모든 사람이 나무 모양, 동물, 갖가지 모양의 문신을 하고 있었다.

　여자들은 자신의 부나 남편의 재산 정도에 따라 각각 철, 구리, 은,
금으로 만든 작은 상자를 가슴에 걸고 다녔다. 이 상자에는 고리가 하

---

* 이븐 파들란이 실제로 사용했던 어휘는 "루스"였다. 루스는 스칸디나비아인의 일족
이다. 본문에서 그는 때때로 스칸디나비아인을 각기 부족의 이름으로 칭하기도 하고
통칭하여 바랑고이족이라고 부르기도 한다. 역사가들은 현재 바랑고이족이라는 용어
를 비잔틴 제국이 고용했던 스칸디나비아인 용병에 한한 것으로 제한한다. 혼동을 피
하기 위해서 이 번역판에서는 노오스인이라는 용어로 통일하여 사용하고자 한다.

나 달려 있고 상자 위에는 단검이 놓여 있었는데 이것들은 모두 가슴
에 단단히 고정되어 있었다. 목에는 금목걸이나 은목걸이를 하고 있었
다.

그들은 신이 만드신 종족 중 가장 더러운 족속이다. 그들은 용변을
보고 난 후에도 밑을 닦지 않고, 밤에 일을 치른 후에도 씻지 않는다.
들나귀보다 나을 것이 하나도 없었다.

그들은 자기네 나라 땅에서 와서 매우 큰 강인 볼가강에 배를 정박
시켜 놓고 강둑에 카다란 나무집을 짓는다. 한 집에 열 명 혹은 스무
명쯤 기거한다. 그보다 많거나 적게 기거하기도 한다. 남자는 각각 침
상을 하나씩 갖고 있다. 그 위에 팔려고 데리고 있는 아름다운 소녀들
과 함께 앉아 있다. 누군가가 어떤 소녀에게 관심을 보이지 않으면 거
들떠도 보지 않다가 누가 관심만 보이면 덩달아서 야단이다. 어떤 때
는 여러 사람이 동시에 일을 치르기도 한다. 다른 사람이 훤히 보는 데
서 말이다.

때때로 상인이 소녀를 한 명 사려고 이런 집에 오는 경우가 있다. 그
러면 그 집 주인은 상인이 사려는 소녀를 끌어안고 자기 욕심을 실컷
다 채운 후에야 내어 준다. 이곳 사람들은 이런 일을 아무렇지도 않게
생각한다.

매일 아침 노예 소녀가 커다란 물통을 하나 들고 와서 주인 앞에 내
려 놓는다. 주인은 세수를 하고 머리를 감고 통 위에 대고 빗질한다.
게다가 그 속에 코를 팡 풀고 침까지 뱉는다. 그리하여 자기 몸에서 나
온 더러운 때나 먼지를 하나도 남기지 않고 말끔히 물통 속으로 옮겨
놓는다. 그가 이 일을 다 끝내면 노예 소녀는 그 물통을 다음 사람에게
갖다 준다. 그도 똑같은 일을 한다. 소녀는 차례차례 통을 날라 준다.
그리하여 집안 사람 모두가 이 통 속에 코를 풀고 침을 뱉고 세수하고
머리를 감고 나서야 일은 끝난다.

이런 일은 노오스인들에게는 지극히 정상적인 일로서 나는 내 눈으로 그것을 직접 목격하였다. 그러나 우리가 도착했을 무렵, 이 거인족 간에는 모종의 불만이 퍼져 있었는데 그 이유는 다음과 같다.

그들의 부족장 위글리프가 병에 걸려 마을에서 조금 떨어진 곳에 세워진 병자용 천막에서 빵과 물로 연명하고 있었다. 아무도 그에게 가까이 가거나 말을 걸거나 방문하는 일이 없었다. 노예를 시켜 간호하는 일도 없었다. 노오스인은 환자가 스스로의 힘으로 회복되어야 한다고 믿었기 때문이다. 위글리프가 회복되어 돌아오지 못하고 죽을 것이라고 많은 사람들이 믿고 있었다.

그리하여 불리위프라는 이름의 젊은 귀족이 새 지도자로 뽑혔다. 그러나 병에 걸린 족장이 살아 있는 동안에는 정식으로 임명될 수 없었다. 이것이 불안의 원인이었다. 그러나, 볼가강변에 자리 잡은 이 부족에게서 슬픔이나 애도하는 모습은 전혀 찾아 볼 수 없었다.

노오스인은 손님 접대를 매우 중요시여긴다. 그들은 모든 방문객을 따스하고 친절하게 맞이하여 음식과 옷을 넉넉히 대접한다. 귀족들은 누가 가장 손님 접대를 잘 하나 경쟁을 벌인다. 우리 일행은 불리위프에게로 안내되었다. 그리하여 우리를 위한 커다란 잔치가 베풀어졌다. 불리위프가 직접 이 잔치를 주관하였다. 그를 보니 키가 크고 힘이 세며, 피부와 머리카락, 수염이 모두 새하얀 빛깔이었다. 그는 지도자로서의 면모를 갖추고 있었다.

그들의 호의를 생각해서 우리는 열심히 먹는 척했다. 하지만 음식은 도저히 먹을 수가 없이 조악하였고, 그들은 몹시 심하게 웃고 떠들면서 음식과 술을 집어던졌기 때문에 우리는 정신이 하나도 없었다. 이렇게 난장판 잔치가 벌어지는 중에 귀족 중 누군가가 동료들이 보는 앞에서 노예 소녀를 데리고 노는 일은 보통이었다.

그 짓을 보고 나는 몸을 돌려 중얼거렸다. "신이여, 용서하소서."

노오스인들은 나의 당황한 모습을 보고 배를 잡고 웃었다. 그들 중 하나가 나에게 다음과 같이 설명해 주었다. 그들은 신이 이러한 솔직한 쾌락을 좋게 여기신다고 믿는다는 것이다. 그는 나에게 말했다. "당신네 아랍사람들은 꼭 늙은 할망구같구려. 생명력 넘치는 광경을 보고 덜덜 떠니 말이요."

나는 이렇게 대답했다. "나는 여러분의 손님입니다. 그리고 알라신께서 나를 정의로 인도하실 것입니다."

내 말에 그들은 또 한 차례 포복절도하였다. 무엇이 그렇게 우스운지 나는 도무지 알 수 없었다.

노오스인에게는 전쟁 숭배 풍습이 있었다. 정말이지 이 거대한 족속들은 끊임없이 싸워댔다. 그들은 잠시도 가만 있지 못하고 같은 부족끼리건 다른 부족하고건 계속 싸웠다. 그들은 전쟁과 용맹함에 대한 찬가를 불렀고 무사로서의 죽음을 최고의 영예로 믿었다.

불리위프의 연회에서 한 가수가 용맹함과 전투에 관한 노래를 불렀다. 아무도 경청해서 듣는 이는 없었지만 모두 좋아하였다. 노오스인의 술은 매우 독해서 그들은 금방 짐승처럼 변해버렸다. 노래가 진행되는 동안 여자를 끌어안고 농탕치는가 하면 두 명의 취한 무사가 치열한 결투를 벌이기도 하였다. 가수는 이 모든 사태 속에서도 노래를 멈추지 않았다. 정말로 나는 피가 날아 그의 얼굴에 확 끼얹어지는 것을 보았다. 그러나, 그는 조금도 노래를 중단하지 않고 태연히 피를 쓱 문질러 닦는 것이었다.

이것을 보고 나는 몹시 깊은 감명을 받았다.

그런데 다른 사람들과 마찬가지로 술에 잔뜩 취한 불리위프가 그들을 위해 노래를 한 곡 부르라고 나에게 명령하는 사건이 발생하였다. 그는 몹시 끈덕지게 굴었다. 나는 그를 화나게 하고 싶지 않아서 코란의 한 대목을 읊었다. 통역자가 노오스말로 반복하였다. 나는 그들 부족의 가수 못지않은 대접을 받았다. 나중에 나는 성스러운 말씀을 모독한 죄에 대해, 또한 엉터리로 번역*한 죄에 대해 알라신께 용서를 빌었다. 통역자 자신도 술에 취해 있었기 때문에 번역은 엉망이었던 것이다.

우리는 노오스인들과 이틀을 같이 지냈다. 떠나기로 되어 있는 날 아침에 통역자를 통해 족장 위글리프가 죽었다는 소식을 들었다. 나는 무슨 일이 벌어지는지 보기로 하였다.

먼저 그들은 무덤 속에 그를 눕히고 그 위에 지붕을 세웠다. 이렇게 열흘** 동안 두었는데 그 사이에 그의 수의가 완성되었다. 그들은 또한 그의 소지품을 한데 모아 두고 세 몫으로 나누었다. 하나는 그의 가족 몫이었고, 하나는 그의 수의 비용으로 삼았고, 나머지는 독한 술을 살 비용이었다. 이 술은 한 노예 소녀가 죽기로 결심하고 자기 주인과 함께 불에 타서 죽는 날 마실 술이다.

앞서 이미 말했듯이, 술에 관한 한 그들은 미친 사람같이 밤낮으로 마셔댔다. 손에 술잔을 든 채 죽는 일도 그리 드물지 않았다.

위글리프의 가족은 그의 노예 소녀와 시동들에게 물었다. "너희들

---

* 아랍 사람들은 코란을 번역하는 일에 대해 항상 마음 불편해 한다. 초기 이슬람교 교주들은 성서는 번역될 수 없다고 주장하였다. 이러한 금지 명령은 종교적인 신념에 따른 것이었다. 그러나, 번역을 시도했던 사람들은 모두 다른 각도에서 이 점에 동의한다. 아랍어는 본질적으로 간명한 언어인데다가 코란은 운문으로 되어 있어 더욱 함축적이기 때문이다. 아랍어 원문의 향기와 멋은 고사하고 의미 전달조차 쉽지 않아 번역가들은 서두에 길게 변명을 늘어 놓게 마련이었다.

동시에, 이슬람교는 적극적이고 포괄적인 사상으로서 10세기는 포교의 절정을 이루고 있었다. 새로운 이국의 개종자를 위해 번역은 불가피했고, 실제로 번역작업이 이루어졌지만, 아랍인의 입장에서 보면 마음이 편치 못한 일이었다.

** 더운 지방에 사는 아랍인이 볼 때 이는 놀라운 일이다. 이슬람교의 장례 의식은 죽은 다음 간단한 의례 절차 후에 바로 매장한다. 그래서 종종 죽은 당일 매장하기도 한다.

중 누가 그분과 함께 죽겠느냐?" 그러자, 그들 중 하나가 "저요."하고
대답했다. 이 말을 입 밖에 내놓은 순간부터 그녀는 자유로운 몸이 아
니었다. 이 말을 취소하고 싶어도 허락되지 않았다.

이 말을 한 소녀는 다른 두 명의 소녀에게 맡겨졌다. 그들은 소녀를
감시하고, 그녀가 가는 곳이면 어디든 따라다니고, 때로는 그녀의 발
을 씻어주는 일도 하였다. 다른 사람들은 죽은 사람에 관련된 일을 하
느라고 바빴다. 수의를 재단하기도 하고 필요한 물건이면 무엇이든 준
비하였다. 이 기간 동안 소녀는 술마시고 노래부르며 명령하고 즐겁게
보냈다.

이 시기에 다음번 부족장이 될 불리위프에게 토르겔이라는 경쟁자
가 나타났다. 그가 누군지 나는 몰랐지만, 그는 추하고 지저분했으며,
이 불그레한 백인족에게 보기 드문 검은 피부를 갖고 있었다. 그는 스
스로가 족장이 될 음모를 꾸미고 있었다. 이 모든 것을 나는 통역자에
게서 들었다. 외견상으로 장례를 준비하는 동안 풍습에 위배되는 것은
하나도 없었기 때문이다.

불리위프 자신은 장례 절차를 관장하지 않았다. 그는 위글리프의 가
족이 아니었기 때문이다. 가족이 장례를 준비하는 것이 규칙이었다.
불리위프는 대중적인 모임에 끼어서 함께 즐겼으며 왕으로서의 역할을
하나도 수행하지 않았다. 다만 밤에 벌어지는 연회에서 왕이 앉는 높
은 의자에 앉아 있을 때만 예외였다.

그가 앉아 있는 자세는 이러하였다. 노오스인의 진짜 왕일 경우에는
상좌에 놓여진 돌로 만든 커다란 의자에 앉는다. 팔걸이도 돌로 되어
있는 의자이다. 위글리프의 의자도 그런 것이었다. 그러나, 불리위프
는 보통 사람이 의자에 앉는 자세로 앉지 않고 팔 하나를 밑에 깔고 앉
아 있었다. 그래서 술을 너무 많이 마시거나 심하게 웃을라치면 밑으
로 떨어지곤 하였다. 위글리프가 매장될 때까지 그의 의자에 똑바로

앉을 수 없는 것이 관습이었다.

이 기간 동안 내내 토르겔은 다른 귀족들과 음모를 꾸미고 비밀 모임을 가졌다. 나는 마술사나 마법사로 의심받고 있다는 사실을 깨닫고 몹시 마음이 괴로웠다. 이런 이야기를 믿지 않았던 통역자는 나에게 귀띔하여 주었다. 토르겔이 주장하기를 내가 위글리프를 죽게 만들었고 불리위프가 다음 족장이 되도록 일을 꾸몄다는 것이다. 그러나 정말이지 나는 이 일과는 아무 상관이 없었다.

며칠 후에 나는 이븐 바스투, 타킨, 바르스와 함께 떠나려고 하였다. 그러나 노오스인은 항상 들고 다니는 단도로 위협하며 우리를 떠나지 못하게 하였다. 장례식이 끝날 때까지 있어야 한다는 것이었다. 할 수 없이 우리는 도로 눌러 앉았다.

위글리프와 노예 소녀가 불에 태워지는 날이 되자, 그의 배가 강둑 기슭으로 끌어올려졌다. 자작나무와 다른 나무 각목들이 배 주위에 쌓였고 사람 모양의 커다란 나무 인형들도 놓였다.

그 동안 사람들은 내가 알아 들을 수 없는 말을 중얼거리며 이리저리 걷기 시작했다. 노오스말은 귀에 거슬리는 소리가 나고 알아 듣기도 힘들다. 한편, 죽은 족장의 시신은 조금 떨어진 무덤 속에 누워 있었다. 사람들은 침상을 하나 가져 와서 배 안에 집어 넣었다. 그리고 그 위를 금실로 짠 그리스제 천으로 덮고 같은 천으로 만든 베개들을 올려 놓았다. 그러자 그들이 죽음의 천사라고 부르는 쭈그렁 할멈이 나타나서 침상 위에 개인 소지품을 펴 놓았다. 수의의 바느질과 모든 장례 도구를 준비한 사람은 바로 그녀였다. 노예 소녀를 죽이게 될 사람도 이 노파였다. 나는 노파를 자세히 보았다. 그녀는 검은 피부에 땅딸막한 체구, 잔뜩 찌푸린 얼굴을 하고 있었다.

그들은 무덤으로 가서 지붕을 벗겨내고 죽은 사람을 끌어내었다. 나는 그의 시신이 아주 검게 변한 것을 보았다. 그 나라 추위 때문에 그런 것이었다. 무덤 속 그의 시신 가까이에는 독한 술, 과일, 류트(기타 비슷한 옛날 현악기 —역주)가 놓여 있었다. 그들은 이 물건들도 끄집어 내었다. 색깔만 빼고는 죽은 사람 위글리프는 하나도 변하지 않았다.

나는 불리위프와 토르겔이 나란히 서 있는 것을 보았다. 그들은 장례 절차가 진행되는 동안 친한 사이인 것처럼 행동했다. 그러나, 이러한 태도가 거짓이라는 것은 확실하였다.

죽은 왕 위글리프는 이제 속바지, 각반, 장화, 금실로 짠 카프탄(소매가 긴 웃옷)을 입고, 금실로 짜서 검은 실로 테두리를 한 모자를 썼다. 그리고 나서 배 안에 세워진 천막으로 옮겨졌다. 사람들은 그를 이불이 깔린 침상 위에 눕히고 베개로 받쳐 주고는 독한 술, 과일, 바질 향료를 가져다가 그의 옆에 놓아 두었다.

그리고 개를 한 마리 끌고 와서 반으로 잘라 배 안으로 던져 넣었다. 그의 무기를 모두 가져다가 그의 옆에 놓아 두었다. 두 마리의 말을 끌어내어 땀으로 범벅이 될 때까지 뒤쫓았다. 한 마리는 불리위프가 또 한 마리는 토르겔이 장검으로 죽여서 토막토막 자르더니 배 안으로 전부 던져 넣었다. 불리위프는 말을 천천히 죽였다. 그 광경을 보고 있는 사람들에게는 어떤 의미가 있는 것 같았지만 나는 그 의미를 전혀 알지 못했다.

황소 두 마리가 앞으로 끌려나와 여러 토막으로 베어져서 배 안으로 던져졌다. 마지막으로 수탉 한 마리와 암탉 한 마리를 가져와 죽이고는 역시 배 안으로 집어 던졌다.

그러는 동안 죽기로 되어 있는 소녀는 이리저리 다니면서 그 곳에 쳐 놓은 천막에 차례차례 들어갔다 나왔다. 각 천막의 주인은 그녀와 함께 동침하고 이렇게 말했다. "나는 오로지 그를 사랑하는 마음에서 이 일을 했노라고 너의 주인께 전하거라."

시간은 흘러 저녁 무렵이 되었다. 그들은 미리 만들어 놓은 문틀처럼 보이는 물체 있는 곳으로 그녀를 이끌고 갔다. 그녀가 남자들이 내민 손에 발을 올려 놓으면 남자들은 그녀를 틀 위로 높이 들어 올렸다. 그녀가 제 나라말로 무슨 말을 중얼거리고 나면 그녀를 내려 놓았다. 그리고 다시 그녀를 올리면 아까처럼 중얼거렸다. 다시 그녀를 내리고 세번째로 들어 올렸다. 그러자 그들은 소녀에게 암탉 한 마리를 건네 주었다. 소녀는 닭의 머리를 잘라서 멀리 던졌다.

나는 통역자에게 그녀가 무슨 말을 했느냐고 물었다. 그는 대답했다. "첫번째는 '보라, 나는 여기에서 나의 아버지와 어머니를 뵈오노라', 두번째는 '보라, 이제 나는 모든 죽은 나의 조상들이 앉아 계시는 것을 뵈오노라', 세번째는 '보라, 나의 주인님께서 천국에 앉아 계시도다. 천국은 너무도 아름답고 초록빛으로 빛나는구나. 그분과 함께 그분의 부하와 시동들도 있구나. 주인님이 날 부르시네. 어서 나를 그분께 데려가 주오.' 라는 뜻이지요."

그러자 그들은 소녀를 배로 데리고 갔다. 여기에서 소녀는 팔찌 두 개를 빼서 죽음의 천사라고 불리는 노파에게 건네 주었다. 이 노파가 그녀를 죽이게 되어 있었다. 그녀는 또한 발찌를 두 개 풀어 내어 시중들던 두 하녀에게 내주었다. 이들은 죽음의 천사의 딸들이었다. 이제 그들은 소녀를 들어올려 배 안으로 넣었다. 그러나 아직 천막 속으로 들여 보내지는 않았다.

이때 사람들이 방패와 막대기를 들고 다가와서 소녀에게 독한 술 한잔을 건네 주었다. 소녀는 이 술잔을 받아 들고 노래를 읊조리더니 단숨에 비웠다. 통역자는 그녀가 읊조린 노래의 내용을 나에게 가르쳐주었다. "이 술을 마심으로써 나는 나에게 소중한 분들 곁을 영원히 떠나네." 그러자 또 술잔이 그녀에게 건네졌다. 이번에도 소녀는 그 술잔을 받아 들고 노래를 읊조리기 시작하였다. 이번에는 아까보다 노래가 길었다. 꾸물대지 말고 빨리 술잔을 비우고 주인이 누워 있는 천막으로 들어가라고 노파는 소녀를 재촉하였다.

내가 보기에 이 무렵 소녀는 제정신이 아닌 것 같았다. 그녀는 천막으로 들어가려는듯 몸을 움직였다. 그때 갑자기 노파가 그녀의 머리를 꽉 붙잡고 천막 안으로 끌고 들어갔다. 이와 때를 같이 하여 남자들이 막대기로 방패를 막 두드리기 시작하였다. 그 소리에 묻혀 소녀의 비명 소리가 들리지 않도록 하기 위해서이다. 그 비명 소리를 들으면 다른 소녀들이 놀라서, 장차 그들의 주인과 함께 죽는 일을 꺼리게 될 수도 있기 때문이다.

여섯 명의 남자가 소녀 뒤를 따라 천막 안으로 들어갔다. 차례차례 그들은 소녀와 성관계를 가졌다. 그리고나서 소녀를 그녀의 주인 옆에 눕혔다. 두 명은 소녀의 발목을 잡고, 두 명은 손을 꼭 잡았다. 죽음의 천사라고 불리는 늙은 여자가 소녀의 목에 밧줄을 매고 양 끝을 두 남자에게 건네 주었다. 그리고, 칼날이 넓은 단검으로 소녀의 갈빗대 사이를 푹 찔렀다가 빼냈다. 그와 동시에 두 남자는 밧줄을 잡아 당겨 소녀의 목을 졸랐다. 소녀는 죽었다.

죽은 위글리프의 친척들이 벌거벗은 채 횃불을 들고 가까이 다가와 뒷걸음질로 배를 향해 걸어갔다. 그리고 쳐다보지도 않고 배에 불을 붙였다. 화장용 장작에 곧 불이 붙어 타올랐다. 배, 천막, 남자와 소녀, 그 밖에 모든 것이 활활 타오르는 불꽃 속에 스러져 갔다.

내 옆에 서 있던 한 노오스인이 통역자에게 무슨 말인지 건넸다. 그가 무슨 말을 했느냐고 물었더니 다음과 같이 대답하였다. "당신네 아랍 사람들은 바보가 틀림없대요. 당신네들은 소중하고 존귀한 사람을 땅 속에 던져 넣어 벌레들이 뜯어먹도록 하니까요. 우리는 그렇게 하지 않고 눈 깜짝할 사이에 그를 태워서 일순간도 지체하지 않고 그가 곧장 천국으로 들어가도록 한답니다."

그러고 보니 정말 한 시간도 채 되기 전에 죽은 사람과 함께 배, 나무, 소녀가 몽땅 재로 변해 있었다.

EATERS OF THE DEAD

노오스인의 장례식이 끝난 후 생긴 일

노오스인의 장례식이 끝난 후 생긴 일

이 스칸디나비아인들은 누가 죽더라도 슬퍼하지 않았다. 가난한 사람이나 노예의 죽음은 물론 관심 밖의 일이고, 비록 족장이 죽더라도 슬픔이나 눈물을 보이지 않았다. 위글리프라는 족장의 장례식이 있던 날 밤에 노오스인의 연회장에서는 큰 잔치가 벌어졌다.

그러나 모든 일이 이 야만인들의 평소때 모습과는 어울리지 않는다는 사실을 나는 알아챘다. 나는 통역자에게 이유를 물어보았다. 그는 이렇게 대답하였다. "토르겔은 당신을 죽이고 불리위프를 축출하려는 계획을 꾸미고 있어요. 토르겔은 몇 명의 귀족을 자기 편으로 끌어들였지요. 하지만 곳곳에서 논쟁이 한창이랍니다."

심히 마음이 괴로워서 나는 말했다. "나는 이 일과는 아무 상관이 없는데요. 어떻게 행동해야 좋을까요?"

통역자는 말하기를 내가 할 수 있다면 도망치라고 하였다. 그러나, 만약 붙잡히면 스스로 죄를 인정한 셈이 되어 도둑으로 취급될 것이라고 하였다. 도둑은 이런 식으로 처벌된다. 노오스인은 도둑을 굵은 나무 아래로 끌고 가서 튼튼한 밧줄로 그의 몸을 묶고 나무에 매달아 놓는다. 그의 몸은 거친 바람과 비에 씻겨 산산히 해질 때까지 계속 매달려 있게 된다.

이븐 알 카타간의 손아귀에서 간신히 죽음을 모면했던 사실을 떠올리고, 나는 전에 했던 방식대로 하기로 결심하였다. 즉, 여행을 계속하도록 통행 허가를 받을 때까지 노오스인들 곁에 남아 있기로 한 것이다.

나는 출발을 순조롭게 하기 위해 불리위프와 토르겔에게 선물을 주면 어떻겠느냐고 통역자에게 상의하였다. 그가 말하기를 두 사람에게 모두 선물을 줄 수는 없으며, 누가 새 족장이 될지 아직 결정이 되지 않았다고 했다. 그러나, 하루 이틀이면 곧 알게 될 것이라고 덧붙였다.

이 노오스인들간에는 지도자가 죽었을 때 새 지도자를 뽑는 확실한 방법이 없었다. 힘이 센 사람이 유력했지만, 무사와 귀족들의 지지를 받는 사람도 무시할 수 없었다. 어떤 경우에는 확실하게 지도자를 뽑지 못하였는데 이번도 그런 경우였다. 통역자는 나에게 참고 때를 기다리며 기도나 하라고 말해주었다. 나는 그의 말대로 하였다.

이 무렵 볼가강 기슭에 몹시 심한 폭풍우가 몰아닥쳤다. 꼬박 이틀 동안 억수 같은 비와 맹렬한 바람이 계속 강변을 휩쓸었다. 폭풍우가 가라앉은 후에는 차가운 안개가 지표면 가까이 좌악 깔렸다. 안개는 흰빛이었는데 어찌나 짙었던지 불과 몇 발자국 앞도 보이지 않을 지경이었다.

그런데 이 거대한 몸집의 노오스 무사들, 엄청난 힘과 잔인한 성정 덕분에 세상에 무서울 것이 하나도 없는 이 남자들이 폭풍우와 함께 온 이 안개를 두려워하였다.

그들은 두려움을 감추려고 갖은 애를 다 썼다. 심지어는 서로서로 자신의 두려움을 숨기고자 하였다. 무사들은 과도하게 웃고 농담하며 아무 걱정 없는 듯한 태도를 억지로 꾸미려고 하였다. 결과는 그 반대 효과로 나타났다.

두려움을 감추려는 그들의 노력은 유치한 수준이어서 그저 진실을 보지 못하는 척하는 것에 불과하였다. 그러나, 사실상 전 마을을 통틀

어 모든 사람들이 기도하고 암탉과 수탉을 제물로 바치고 있었다. 어
떤 사람이 왜 제물을 바치냐고 질문받으면 이렇게 말하곤 하였다. "멀
리 떨어져 있는 가족의 안전을 위해 제물을 바친다우." 혹은 이렇게
말했다. "장사가 잘 되게 해달라고 제물을 바치는 중이라오." 혹은 이
렇게 말하기도 하였다. "죽은 우리 가족 누구누구의 명복을 빌기 위해
제물을 바치고 있지요." 이 밖에 많은 다른 이유가 있을 수 있다. 그렇
지만, 끝머리에는 꼭 이렇게 덧붙였다. "또 안개가 걷히기를 바래서지
요."

그토록 힘이 강하고 호전적인 사람들이, 두려워하지 않는 척할 정도
로 무엇인가를 그토록 두려워한다는 사실이 무척 이상하였다. 더구나
하고 많은 이유 중에 안개 따위를 무서워하다니 나의 사고 방식으로는
도저히 이해하기 힘든 일이었다.

나는 통역자에게 다음과 같은 내용의 이야기를 했다. 사람이 바람이
나 모래 폭풍, 홍수, 지진, 천둥, 번개를 무서워할 수는 있다. 이것들은
사람을 다치게 하거나 죽일 수도 있고 집을 망가뜨릴 수도 있으니까.
그러나 안개 따위는 아무런 해도 입히지 못한다. 그야말로 안개는 가
장 위험하지 않은 형태의 기상 요소이다.

통역자는 내가 선원의 믿음을 몰라서 하는 소리라고 대답했다. 많은
아랍의 선원들도 안개가 깔리면 불안해하는 점에 있어서 노오스인과
같다는 것이다. 그는 덧붙여 말하기를, 안개가 끼면 항해길에 위험이
가중되기 때문에 모든 선원들이 안개를 싫어하노라고 하였다.

나는 그 점은 이해가 간다고 대답했다. 그런데 안개가 바다가 아닌
육지에 깔렸을 때는 왜 무서워해야 하느냐고 물었다. 이 말에 통역자
는 간단히 대답했다. "안개는 언제든지 두려운 존재라오." 또한 노오
스인의 시각에서 보면 육지건 바다건 마찬가지라고 덧붙였다.

그리고 나서 그는 노오스인이 정말로 심하게 두려워하는 것은 아니

라고 부인하였다. 자기만 해도 남자로서 안개 따위는 두렵지 않다고
했다. 안개가 문제되는 것은 아주 사소한 이유 때문이라는 것이다. 그
는 이렇게 설명했다. "안개가 끼면 팔다리 관절에 약간 통증이 오는
수가 있거든요. 그 이상의 의미는 없어요."

이 말을 듣고 나는 통역자도 다른 사람들과 마찬가지로 안개에 대한
두려움을 부인하고 무관심을 가장한다는 사실을 알게 되었다.

안개는 걷히지 않았다. 다만 오후가 되니 흐려지고 엷어졌다. 태양
은 하늘에 둥근 원처럼 떠 있었다. 그러나 그 빛은 하도 약해서 맨눈으
로 똑바로 쳐다볼 수 있을 정도였다.

바로 이날, 노오스인의 배가 한 척 도착하였다. 그 안에는 그들과 같
은 종족의 귀족 한 명이 타고 있었다. 그는 수염이 조금밖에 나지 않은
젊은이로서 시동과 노예 몇 명만 데리고 있었다. 그 중 여자는 하나도
없었다. 그래서 그 청년이 상인이 아니라는 사실을 알아챘다. 이 지역
에서 노오스인들은 주로 여자를 팔기 때문이다.

이 방문객은 배를 강변에 정박시켜 놓고 밤이 될 때까지 그대로 배
옆에 서 있었다. 아무도 그에게 가까이 가거나 인사를 건네지 않았다.
그는 낯선 사람이고 빤히 보이는 곳에 있었는데도 말이다. 통역자가
일러 주었다. "저 사람은 불리위프의 친척이라오. 오늘 밤 연회에 영
접될 것입니다."

나는 물었다. "왜 저 사람은 배 옆에 서 있나요?"

"안개 때문이지요."라고 통역자가 대답했다. "몇 시간 동안 그는 잘
보이는 곳에 서 있어야 합니다. 그래야 모든 사람이 그를 보고 안개와
함께 온 적이 아니라는 것을 알아볼 수 있으니까요." 통역자는 이 말
을 상당히 주저하면서 나에게 해주었다.

밤의 연회에서 나는 그 청년이 연회장으로 들어오는 것을 보았다.
이곳에서 그는 매우 따스한 환대를 받았다. 특히 불리위프는 그 청년

이 방금 도착한 것처럼, 배 옆에서 여러 시간 서 있지 않은 것처럼 행동하였다. 깜짝 놀란 표정으로 처음 본 손님처럼 대했다. 몇 사람과 인사를 나눈 후에 청년은 무슨 이야긴가를 열정적으로 하였다. 불리위프는 예사롭지 않은 태도로 그의 이야기를 들었다. 술도 마시지 않고, 노예 소녀들과 놀지도 않고, 빠르고 높은 어조로 열올리는 청년의 말을 조용한 태도로 경청하였다. 이야기를 끝마칠 무렵 청년은 감정이 격해지는지 눈물이 글썽글썽했다. 사람들은 그의 마음을 진정시키려고 술을 한 잔 갖다 주었다.

나는 통역자에게 청년이 무슨 말을 했느냐고 물었다. 그의 대답은 이러했다.

"이 청년의 이름은 울프가르입니다. 노오스족의 대왕 로쓰가르의 아들이지요. 그는 불리위프의 친척으로서 그의 도움과 원조를 청하러 왔습니다. 울프가르가 말하기를 자기네 나라가 정체를 알 수 없는 무서운 적 때문에 고통당하고 있답니다. 자기네 힘으로는 도저히 그 적에 대항할 수 없어서 불리위프에게 도움을 청하노라고 하였습니다. 속히 그의 나라로 가서 그의 백성과 그의 아버지 로쓰가르의 왕국을 구해달라는 것입니다."

나는 통역자에게 그 무서운 적이 도대체 누구냐고 물었다. 그는 대답했다.

"나는 그 이름을 말할 수 없어요." 통역자는 울프가르의 이야기에 몹시 동요된 듯이 보였다. 다른 많은 노오스인들도 마찬가지였다. 나는 불리위프의 얼굴에서 어둡고 음울한 표정을 읽을 수 있었다. 나는 통역자에게 그 위험한 적에 대해 자세히 이야기해 달라고 졸랐다.

통역자는 말했다. "그 이름을 말할 수는 없어요. 그 이름을 입 밖에 내는 일은 금지되어 있답니다. 그 이름이 악마를 불러들일지 모르니까요." 이 말을 하는 동안 그의 표정이 어찌나 공포로 질려 있던지 나는 더 이상 묻지 않았다. 그는 생각만 해도 두려운 모양이었다.

불리위프는 높은 돌의자 위에 말없이 앉아 있었다. 정말이지 모여 있는 귀족과 신하들, 노예와 하인들도 모두 조용하였다. 아무도 입을 여는 사람이 없었다. 사자 울프가르는 머리를 숙인 채 사람들 앞에 서 있었다. 항상 쾌활하고 소란스럽게 떠들던 노오스인들이 이토록 차분하게 가라앉은 모습을 하고 있는 것을 나는 처음 보았다.

그때 홀 안으로 죽음의 천사라고 불리우는 노파가 걸어 들어와서 불리위프 옆에 앉았다. 가죽으로 만든 주머니에서 사람뼈인지 동물뼈인지 모를 뼈를 몇 개 꺼내더니 낮은 목소리로 중얼중얼하면서 땅바닥에 던졌다. 그리고는 손을 그 뼈 위에 올려 놓았다.

그녀는 뼈를 모았다가 다시 던졌다. 계속 주문을 외우면서 이러한 동작을 여러 번 반복하였다. 다시 뼈를 내던지고 나서 마침내 그녀는 불리위프에게 말을 하기 시작하였다.

나는 통역자에게 그 말이 무슨 뜻이냐고 물었지만 그는 나에게는 신경조차 쓰지 않았다.

그때 불리위프가 일어나서 술잔을 높이 들더니 귀족과 무사들을 향해 상당히 길게 이야기하였다. 차례차례 몇 명의 무사가 일어나더니 그를 향해 섰다. 모두 일어난 것은 아니었다. 내가 세어보니 11명이었다. 불리위프는 이 숫자에 만족감을 표명했다.

토르겔은 일이 진행되는 상황에 매우 흡족한 표정을 짓고 전보다 더욱 지도자다운 거동을 하였다. 그러나, 불리위프는 그에게 전혀 주의를 기울이지 않았다. 또한 조금도 그를 증오하는 표정을 보이지 않았다. 불과 몇 분 전까지만 해도 원수지간이었는데도 말이다. 이제 불리위프는 토르겔에게 아무 관심도 없어 보였다.

그때 죽음의 천사 노파가 나를 가리키면서 무어라고 중얼거리고 연회장을 떠났다. 지금까지 아무 말도 하지 않던 나의 통역자가 드디어 입을 열더니 말했다. "불리위프는 그의 모든 걱정 근심을 뒤에 남겨 두고 이 곳을 빨리 떠나 노오스족의 적을 물리치러 가라는 신들의 부르심을 받았습니다. 이는 마땅히 해야 할 일로서 그는 또한 11명의 무사를 뽑아야 합니다. 그리고 또 당신을 뽑아야 합니다."

나는 놀라서 말했다. 나는 불가르 왕에게 가야 하는 사절로서 지체 없이 칼리프의 명령에 따라야 한다고.

"죽음의 천사가 말했어요."하고 나의 통역자가 대답했다. "불리위프의 일행은 13명이어야 하는데 이 중 한 명은 노오스인이 아니어야 한답니다. 그래서 당신이 13번째 사람으로 뽑힌 셈이지요."

나는 무사가 아니라고 항변하였다. 정말이지 나는 내가 생각해 낼 수 있는 온갖 변명과 구실을 늘어 놓으며 이 무례하기 짝이 없는 종족을 설득해 보려고 기를 썼다. 나는 통역자에게 내 말을 불리위프에게 전해달라고 요구하였다. 그러나, 그는 몸을 홱 돌리더니 마지막 말을 남기고 연회장을 떠났다. "여행 준비나 잘 하도록 해요. 내일 새벽 출발이니까."

EATERS OF THE DEAD

멀고 먼 나라로의 여행

멀고 먼 나라로의 여행

일이 이렇게 되어 나는 일타와르 왕국의 사칼리바왕에게 가는 여행을 계속할 수가 없었다. 그렇다고 해서, 평화의 도시 바그다드의 대 교주인 알 무타디르가 내린 임무에서 면제될 수도 없었다. 나는 다다르 알 후라미와 왕의 사절 압달라 이븐 바스투 알 하자리, 두 시동 타킨과 바르스에게 내가 할 수 있는 최선의 지시를 내렸다. 그리고 그들과 헤어졌다. 그들이 얼마나 더 여행했는지 그 뒤로 나는 소식을 모른다.

나는 나 자신의 상황을 죽은 사람의 상태나 다름없다고 생각하였다. 나는 12명의 노오스인들과 함께 배에 올라 탔다. 배는 북쪽을 향해 불가강 상류로 거슬러 올라갔다. 12명의 명단은 다음과 같다.

대장 불리위프, 그의 부관 에쓰고우, 그의 신하 히글락, 스켈드, 위쓰, 로네쓰, 할가, 그의 무사요 용맹한 투사 헬프다네, 에드그쏘, 레쎌, 할타프, 헤르거* 이다.

나도 일행에 포함되었다. 나의 통역자가 뒤에 남았기 때문에 그들이 하는 말을 하나도 알아 듣지 못하고 한 마디 말도 하지 못하는 내가 말

---

* 울프가르는 뒤에 남겨졌다. 옌센은 노오스인이 보통 사자를 볼모로 잡아둔다고 말한다. 그것이 왕의 아들이나 높은 귀족, 혹은 중요한 인물이 사자로서 적절한 이유이다. 한편, 올라프 요르겐센은 울프가르가 되돌아가기 두려워서 뒤에 남았다고 주장한다.

이다. 그런데 무사 헤르거가 재능이 있는 인물로서 라틴말을 상당히 할 줄 알았다. 이는 순전히 우연한 일로서 오로지 알라신의 은총이었다. 헤르거 덕에 나는 여행 중에 일어나는 사건들의 의미를 알 수 있었다. 헤르거는 젊은 무사로서 몹시 쾌활한 성품이었다. 그는 무슨 일에건 농담거리를 찾아내 즐거워하였는데, 특히 나의 우울한 모습을 보고 재미있어 하였다.

이 노오스인들은 자칭 세상에서 가장 훌륭한 뱃사람이었다. 나는 그들의 태도에서 강과 바다에 대한 지극한 사랑을 엿볼 수 있었다. 배의 구조는 다음과 같다. 길이는 약 18미터, 폭은 6미터 정도로 참나무로 만든 훌륭한 선체를 하고 있었다. 빛깔은 온통 검은색이었다. 천으로 만든 사각형의 돛이 있고 바다표범 가죽으로 만든 마룻줄* 로 조절하게 되어 있었다.

키잡이는 고물 가까이에 놓여진 조그만 단 위에 올라서서 로마식으로 배의 옆구리에 달아 놓은 키를 조정하였다. 배에는 노를 젓기 위한 나무의자들이 놓여 있었지만 노는 한번도 저은 적이 없다. 우리는 돛에만 의지하여 항해를 하였다. 뱃머리에는 흔히 바이킹의 배가 그러하듯이 사나운 바다 괴물의 모습이 나무로 조각되어 있었다. 고물에는 꼬리가 달려 있었다. 물 속에서 이 배는 안정감이 있었고 아주 쾌적하게 미끄러져 나갔다. 또한 무사들의 자신만만한 태도에 내 기분도 한결 나아졌다.

키잡이 옆에는 밧줄로 엮어 만들고 가죽을 씌운 침상이 있었다. 이것이 불리위프의 침대였다. 다른 무사들은 갑판 위 여기저기에 흩어져

---

* 옛날 사람들은 이 귀절을 읽고 밧줄로 돛의 테두리를 두른 것으로 오해한 것 같다. 18세기 그림에 보면 바이킹배의 돛이 밧줄로 테두리된 것이 있다. 그러나, 이에 대한 증거는 하나도 없다. 이븐 파들란의 말이 뜻하는 바는 바다표범 가죽으로 만든 마룻줄을 사용하여 바람을 잘 받도록 각도를 조절한다는 것이다.

서 가죽을 몸에 두르고 잤다. 나도 그렇게 잤다. 우리는 3일간 강을 따라 항해했다. 그 동안 강기슭에 위치한 작은 마을을 수없이 지나쳤다. 그러나 우리는 한 번도 멈추지 않았다. 그러다가 볼가강이 구부러지는 만곡부에 자리잡은 큰 마을을 지나게 되었다. 그 곳은 수백명이 살고 있는 제법 규모가 큰 도시였다. 도시 한 가운데에는 커다란 흙벽으로 된 성곽(혹은, 요새)이 솟아 있었다. 이곳이 어디냐고 나는 헤르거에게 물었다.

헤르거는 대답했다. "이곳은 사칼리바의 왕국, 불가르의 도시요, 저건 사칼리바 왕 일타와르의 성이요."

나는 소리쳤다. "이곳이 바로 우리 칼리프께서 나를 사자로 보낸 왕국입니다." 그리고 칼리프가 내린 임무를 수행할 수 있도록 그곳에 내려달라고 사정사정하였다. 또한 나의 담력이 허용하는 범위 내에서 화가 난 표정을 지어 보이며 내려줄 것을 요구하였다.

정말이지 노오스인들은 내 말을 들은 척도 하지 않았다. 헤르거는 나의 간청과 요구에 아무 대답도 하지 않다가 마침내 나를 보며 웃음을 터뜨리고는 배가 나아가는 방향으로 시선을 돌려버렸다. 이리하여 바이킹의 배들은 불가르의 도시를 지나쳐 갔다. 배와 강기슭의 거리가 하도 가까워서 나는 상인들의 고함소리와 양떼의 울음소리마저도 들을 수 있었다. 그러나, 나는 멍하니 그 광경을 지켜볼 도리밖에 없었다. 한 시간쯤 지나자 이 짓마저도 할 수가 없었다. 불가르시는 앞서 이야기했듯이 강의 만곡부에 위치해 있어서 곧 나의 시야에서 사라졌기 때문이다. 이런 식으로 나는 불가리아에 들어섰다가 다시 떠나게 된 것이다.

독자는 지금쯤 지리적으로 매우 큰 혼난을 겪고 있을 것이다. 현재의 불가리아는 발칸 제국의 하나로서 그리스, 유고슬라비아, 루마니아, 터어키와 국경을 이루고 있다. 그러나 9세기에서 15세기 사이에 볼가강 유역에 자리잡은 또 다른 볼가리아가 있었다. 이곳은 현재의 모스크바에서 동쪽으로 대략 960킬로미터 떨어진 곳에 있었는데, 이븐 파들란이 가려고 한 곳은 바로 이곳이다. 볼가강 유역의 볼가리아는 상당히 중요한 위치를 차지했던 왕국으로서, 그 수도 볼가르는 몽고족이 점령했던 서기 1237년 부와 명성을 누리고 있었다. 볼가 볼가리아와 발칸 볼가리아는 서기 400-600년 사이에 흑해 연안 지방에서 이주해 온 동족의 이주민들로 이루어졌다는 생각이 지배적이다. 그러나 이에 대한 정확한 증거는 없다. 옛 볼가르시는 지금의 카잔 지방에 있다.

그후 우리는 배를 타고 8일간 더 여행하였는데 여전히 볼가강을 벗어나지 못하고 있었다. 강의 계곡 쪽으로 점점 산이 많은 지형이 펼쳐졌다. 그러다가 바이킹이 오커강이라고 부르는 지류에 도착하였다. 이곳에서 우리는 가장 왼쪽으로 뻗어있는 지류를 선택하여 열흘 동안 항해를 계속하였다. 공기는 서늘하고 바람이 심하게 불고 땅에는 눈이 많이 쌓여 있었다. 이 지역에는 바이킹이 바다(Vada)라고 부르는 큰 숲이 많이 있었다.

그러던 중 우리는 마스보르그 마을에 도착하였다. 이곳은 마을이라고 부르기 힘들 정도로 규모가 작았다. 그저 몇 채의 나무집이 모여 있는 야영지에 불과하였다. 집은 바이킹 식으로 크게 지어졌다. 이 마을 사람들은 이 길을 따라 오가는 상인들에게 식료품을 팔면서 생계를 유지하였다. 마스보르그에서 우리는 배에서 내려 말을 타고 육로로 13일간 여행하였다. 날씨는 몹시 춥고, 길은 험한 산길이었다. 힘들고 고된 여정 때문에 나는 몹시 지쳐 있었다. 바이킹들은 밤에는 결코 여행하지 않는다. 밤에는 배를 타는 일도 드물었다. 저녁이면 배를 정박시켜 놓고 새벽이 되기를 기다렸다가 여행을 계속하곤 하였다.

그러나 실상 밤이 너무 짧아서 그 시간 동안 고기 한 점 구워먹기 힘들 지경이었다. 정말이지 자려고 눕자마자 "자, 아침이요, 여행을 계속해야지요."라는 노오스인들의 고함소리에 깨곤 하였다. 날씨가 너무 추워서 잠을 잤다손 쳐도 개운하지가 않았다.

이 스칸디나비아 반도에서는 여름에는 낮이 길고 겨울에는 밤이 길다고 헤르거가 설명해 주었다. 밤과 낮이 비슷한 때는 매우 드물다고 했다. 그리고는 나더러 밤에 하늘의 장막을 보라고 일러주었다. 하루는 저녁에 하늘을 보니 초록, 노랑, 파랑의 희미한 빛이 마치 공중에 높이 쳐 놓은 커튼처럼 아름답게 빛나고 있었다. 나는 이 하늘의 장막을 보고 무척 놀랐으나, 노오스인들은 그것을 전혀 이상하게 생각하지 않았다.

우리는 5일간을 더 여행한 끝에 산악 지대를 빠져나와 밀림 지역으로 들어섰다. 스칸디나비아 반도의 숲은 몹시 춥고, 거대한 나무들로 빽빽하다. 그곳은 습기가 많은 한대 지방인데, 어떤 지역은 온통 초록빛으로 그 빛깔의 눈부심 때문에 눈이 아플 지경이었고, 또 어떤 곳은 반대로 어둠침침하고 칙칙하여 위험스럽게 느껴졌다.

우리는 밀림 속을 7일간이나 여행했다. 그 동안 엄청난 비를 경험하였다. 때로는 빗방울이 어찌나 크고 굵던지 몸에 맞으면 무겁고 아플 지경이었다. 어떤 때는 대기 자체가 물기로 꽉 차 있어서, 그 안에서 익사하는게 아닐까 하는 생각이 들기도 하였다. 어떤 때는 비바람이 휘몰아치기도 하였는데 마치 모래폭풍이 불 때처럼 피부가 따끔따끔 쑤시고 눈알이 쓰라리고 시야가 가려져 아무것도 보이지 않았다.

사막 지방 출신인 이븐 파들란으로서는 싱싱한 초록빛과 풍부한 강우에 깊은 인상을 받은 것이 당연할 것이다.

　바이킹들은 숲에서 강도를 만나는 일에 아무 두려움도 느끼지 않았다. 그들의 힘이 워낙 강해서인지 아니면 산적이 없어서인지 알 수는 없지만, 어쨌든 우리는 숲 속에서 산적을 한 명도 보지 못했다. 북쪽 나라에는 사람이 별로 많이 살지 않는 것 같았다. 적어도 내가 그 곳에 있는 동안은 그렇게 보였다. 우리는 종종 이레씩, 열흘씩 여행하면서 도중에 집이나 농가를 한 채도 보지 못하였다.

　우리의 여행 방식은 이러했다. 아침에 일어나 세수도 하지 않고 말 등에 올라 정오까지 달린다. 그런 다음 무사 한두 명이 작은 동물이나 새를 사냥하였다. 비가 올 때는 이것들을 불에 익히지 않고 날로 먹었다. 비가 여러 날 내렸다. 처음에 나는 적절한 의식 절차에 따라 도살되지 않은 이러한 날고기를 먹지 않기로 하였다. 그러나, 시간이 어느 정도 흐르자 먹기로 하였다. 조용히 입 속으로 "알라의 이름으로"하고 중얼거리고, 나의 딱한 사정을 신께서 이해해 주시리라 믿고 먹었다. 비가 오지 않을 때면, 일행이 갖고 다니는 조그만 불씨에 불을 붙여 고기를 구워 먹었다. 우리는 또한 이름 모를 풀과 산딸기를 따먹기도 하였다. 식사가 끝나면 계속 여행하였다. 밤이 되면 휴식을 취하고 식사를 하였다.

　여러 번, 밤중에 비가 내렸다. 우리는 비를 피해 커다란 나무 밑에 잠자리를 만들었다. 그러나 잠에서 깨어 보면 몸은 흠뻑 젖어 있었고 덮고 자던 가죽 이불도 마찬가지 꼴이었다. 노오스인들은 이런 일에 불평하지 않았다. 그들은 항상 즐겁고 쾌활하였다. 나만 혼자서 툴툴거렸다. 그것도 몹시 심하게. 그들은 이런 나를 본척만척하였다.

　마침내 참다 못해 나는 헤르거에게 말했다. "비가 너무 차가워요." 이 말에 헤르거는 껄껄 웃었다. "어떻게 비가 차가울 수 있단 말이요?"그가 말했다. "당신이 차갑고 당신이 불쾌한 것이요. 비는 차갑지도 않고 불쾌하지도 않아요."

그는 이렇게 바보같은 생각을 굳게 믿고, 다르게 생각하는 나를 어리석다고 여기는 것이 분명했다. 그래도 나는 그와 다르게 생각하였다.

어느 날 밤, 식사 도중에 나는 음식을 앞에 놓고 "알라의 이름으로" 하고 중얼거렸다. 그러자 불리위프가 그게 무슨 뜻이냐고 헤르거에게 물었다. 음식은 정화되어야 한다고 믿으며, 나의 믿음에 따라 이 일을 하노라고 나는 헤르거에게 말해 주었다. 불리위프는 나에게 물었다. "이것이 아랍인의 방식인가?" 헤르거가 통역하였다.

나는 이렇게 대답했다. "아닙니다. 사실은 먹이를 죽인 사람이 정화 의식을 해야 하지요. 나는 그 사실을 잊지 않기 위해서 중얼거린 것입니다."*

내 말을 듣고 바이킹들은 무척 재미있어 하였다. 그들은 실컷 웃었다. 그러자, 불리위프가 나에게 물었다. "당신은 소리를 그릴 줄 아는가?" 나는 그가 무슨 말을 하는지 이해하지 못하여 헤르거에게 물었다. 한참 말을 서로 주고 받은 후에야 나는 비로소 알아 들었다. 소리를 그린다는 것은 글자를 쓴다는 의미였다. 바이킹들은 아랍인의 말을 소리라고 부른다. 쓸 수 있으며 읽을 수도 있노라고 나는 불리위프에게 대답하였다.

그는 땅 위에 무엇이든 써보라고 나에게 명령했다. 모닥불의 빛에 의지하여 나는 막대기를 하나 집어 들고 이렇게 썼다. "신께 찬미를."

---

* 이는 전형적인 이슬람교적 생각이다. 여러 가지 면에서 서로 유사한 기독교와는 또 다르게 이슬람교는 인간의 타락에서 연유한 원죄의 개념을 강조하지 않는다. 이슬람교에 있어서 죄는 매일 매일의 종교 의식 수행을 망각하는 것이다. 당연한 결과로서, 의식을 기억하고 있지만 부득이한 상황하에서 수행하지 못하는 것보다 의식 자체를 까맣게 잊어버리는 것이 보다 큰 죄이다. 이븐 파들란이 말하는 것도 이런 뜻이다. 그가 비록 의식을 수행하지는 못하지만 그것을 염두에 두고 있음으로써 죄를 덜 짓는다는 것이다.

모든 노오스인들이 그 글자들을 바라보았다. 불리위프가 그 글자를 읽어 보라고 나에게 명령하였다. 나는 읽었다. 그러자 불리위프는 고개를 가슴 있는 데까지 깊이 숙이고 그 글자들을 골똘히 바라보았다.

헤르거가 나에게 물었다. "당신은 어떤 신을 숭배하오?" 하나이신 알라신을 숭배한다고 나는 대답했다.

헤르거가 말했다. "신 하나로는 부족할 텐데."

우리는 하루 낮을, 그리고 하룻밤을, 또 하루 낮을 계속 여행하였다. 다음 날 저녁 불리위프는 막대기를 하나 집어 들고 전에 내가 썼던 글자를 땅바닥에 그렸다. 그리고는 읽어보라고 나에게 명했다.

나는 큰 소리로 읽었다. "신께 찬미를." 이 말을 듣고 불리위프는 흡족해 하였다. 그가 나를 시험해 보려고 했다는 사실을 나는 알아챘다. 내가 썼던 글자들을 기억해 두었다가 나에게 다시 그려 보였던 것이다.

불리위프의 부관 에쓰고우는 다른 사람들보다 덜 쾌활하고 엄격한 무사였다. 그는 통역자 헤르거를 통해 나에게 말을 건네왔다. 헤르거나 말했다. "에쓰고우는 당신이 그의 이름 소리를 그릴 수 있는지 알고 싶어 한다우."

나는 할 수 있다고 말하고 막대기를 집어 땅바닥에 그리기 시작했다. 갑자기 에쓰고우는 펄쩍 뛰더니 막대기를 뺏어 집어 던지고 내가 쓴 글자를 발로 뭉갰다. 그는 화가 나서 떠들었다.

헤르거가 설명했다. "에쓰고우는 당신이 그의 이름을 앞으로 절대로 쓰지 않기를 바란다우. 그러겠다고 약속하구려."

나는 영문을 몰라 당황하였다. 그러나 에쓰고우의 극도로 성난 얼굴이 보였다. 다른 사람들도 깊은 관심과 분노를 품고 나를 노려보았다. 나는 앞으로 절대로 에쓰고우의 이름을, 또 다른 누구의 이름도 그리지 않겠노라고 약속했다. 이 말에 모두들 안심하였다.

이 일이 있은 후 나의 글쓰기에 관해서는 더 이상 거론되지 않았다. 그러나 불리위프는 새로운 명령을 내렸다. 그리하여 비가 올 때마다 나는 항상 가장 큰 나무 밑으로 안내되었고, 전보다 많은 양의 음식을 배급받았다.

우리가 항상 숲 속에서 잠을 잔 것은 아니다. 또한 항상 숲 속을 통과하여 말을 달린 것만은 아니다. 숲과 숲이 이어지는 경계 지점에 이르면 불리위프와 그의 무사들은 단숨에 빽빽한 나무들을 베어내며 아무 걱정이나 두려움 없이 앞으로 전진하였다. 또 어떤 숲에 이르러 그가 말을 멈추고 서 있으면, 무사들이 말에서 내려 불을 피우고, 고기나 딱딱한 빵, 손수건 등속을 제물로 바쳤다. 그런 다음에는 숲 속으로 들어가지 않고 숲 가장자리를 돌아 말을 타고 달리곤 하였다.

나는 왜 이렇게 하느냐고 헤르거에게 물었다. 어떤 숲은 안전하지만 어떤 숲은 그렇지 못하기 때문이라고 대답하고 그는 더 이상 설명을 해 주지 않았다. 나는 또 물었다. "안전하지 않은 숲에서는 무엇이 위험한가요?"

그는 이렇게 대답했다. "어떤 사람도 정복할 수 없고, 어떤 검으로도 죽일 수 없고, 어떤 불로도 타지 않는 것이 그런 숲 속에 있답니다."

나는 또 물었다. "그런 것이 있는 줄 어떻게 아나요?"

이 말에 그는 웃으며 대답했다.

"당신네 아랍 사람들은 항상 모든 것에 이유를 달고 싶어 하는 구려. 당신네 가슴은 터질 듯 팽팽한 커다란 이유 주머니인 모양이요."

나는 물었다. "그렇다면 당신네는 이유를 상관하지 않는다는 말씀이요?"

"이유는 아무 쓸모가 없는 물건이라오. 우리는 이렇게 말하지요. '사람은 적당히 똑똑해야 한다. 지나치게 똑똑하면 미리 자신의 운명

을 알게 될지 모르기 때문이다. 마음에 근심 걱정이 하나도 없는 사람
은 미리 자신의 운명을 알지 않는다.'"

나는 그의 대답에 만족해야 한다는 사실을 깨달았다. 내가 어떤 문
제에 관해 물어 보면 헤르거는 대답해준다. 그의 대답을 이해할 수 없
어서 또 물으면 또 대답해준다. 그러나 또 물으면 그 질문이 아무 것도
아닌 것처럼 아주 짤막하게 대꾸해버린다. 그러나 다음부터는 그에게
서 아무 대답도 들을 수 없게 된다. 고개를 흔드는 동작 외에는.

우리는 계속 앞으로 나아갔다. 정말이지 황량한 북쪽 나라의 어떤
숲은 두려움을 불러일으킨다. 뭐라고 설명하기 힘든 이상한 공포심을.
밤이 되면 불가에 둘러 앉아 이야기를 하곤 하였다. 용과 무서운 괴물
이야기. 이들을 죽인 용감한 그들 조상의 이야기를. 이 괴물이 나의 두
려움의 원인이라고 그들은 말했다. 그러나, 정작 그들은 이런 이야기
를 두려운 기색 없이 이야기했고, 나로 말하면 이런 괴물을 본 적도 없
으니 두려움 까닭이 없었다.

어느 날 밤, 우르릉하는 소리를 들었다. 나는 천둥소리라고 생각했
다. 그러나, 그들은 숲 속에 사는 용이 으르렁거리는 소리라고 하였다.
누구 생각이 옳은지 알 수 없지만, 나는 들은 바대로 적고 있을 따름이
다.

북쪽 나라는 춥고, 축축하고, 해가 보이는 일이 드물었다. 하루종일
하늘에 회색빛 구름이 꽉 끼어 있었기 때문이다. 이 지역에 사는 사람
들은 아마포처럼 피부가 창백하고 머리칼은 연한 금발이었다. 여러 날
을 여행했어도 나는 피부가 검은 사람을 하나도 보지 못했다. 오히려
이 지방 사람들은 나의 피부와 머리색을 보고 놀라워하였다. 여러 번
농부, 혹은 그의 아내, 혹은 그의 딸이 나에게로 다가와 쓰다듬는 동작
으로 나를 만져 보았다. 내 살에 검은색을 칠한 줄로 오해하고 검은 빛
깔을 지우려고 그러는 것이라고 헤르거가 웃으며 설명하였다. 그들은

세상이 넓은 줄 모르는 무지한 사람들이었다. 여러 번, 그들은 나를 무
서워하며 내 가까이로 오려고 하지 않았다. 어떤 곳에서는 한 어린 아
이가 나를 보더니 공포에 질려 비명을 지르며 엄마에게 달려가는 것이
었다.

이 모습을 보고 불리위프의 무사들은 몹시 즐거워하며 낄낄 웃어댔
다. 그러나 시간이 흐름에 따라 불리위프의 용사들은 점점 웃음을 잃
고 기분이 나빠져갔다. 술생각이 나서 그러는 것이라고 헤르거가 말했
다. 여러 날 우리는 술을 한 방울도 마시지 못했던 것이다.

농가나 집이 나타날 때마다 불리위프와 그의 무사들은 술을 청하곤
했다. 그러나, 이들 가난한 집에는 술이 없는 경우가 대부분이었다. 그
들은 그때마다 몹시 실망하다가 나중에는 즐거운 기색이 하나도 없이
우울해지고 말았다.

그러다가 드디어 술이 있는 마을에 도착하게 되었다. 바이킹들은 순
식간에 취해버렸다. 그들은 급히 서둔 나머지 턱과 옷에 술을 질질 흘
리기도 했지만 상관하지 않았다. 그야말로 야단법석을 떨며 소란스럽
게 마셔댔다.

엄숙한 표정의 무사 에쓰고우는 술을 어찌나 많이 마셨던지 말 등
위에서 완전히 취해버렸다. 그는 말에서 내리려고 하다가 떨어지고 말
았다. 그러자 말이 그의 머리통을 발로 걷어찼다. 나는 몹시 그가 걱정
되었다. 그러나 에쓰고우는 낄낄거리고 웃으며 말을 되받아 차는 것이
었다.

우리는 이틀 동안 그 마을에서 머물렀다. 나는 몹시 놀랐다. 그때까
지 무사들은 목적지를 향해 급히 서둘러 여행을 강행했었다. 그런데
이제는 모두 술에 취해 잠에 곯아떨어져 있었기 때문이다. 사흘째 되
는 날, 불리위프는 출발 명령을 내렸다. 우리는 출발하였다. 그들은 이
틀간의 손실을 아무렇지 않게 생각하였다.

얼마나 여러 날 여행을 더 계속했는지 확실히는 모르겠다. 그러나 다섯 번 말을 바꾼 사실은 기억한다. 이 말들의 대금으로 금과 작은 초록색 조개껍질을 지불하였다. 노오스인은·이 조개껍질을 세상에서 가장 귀한 물건으로 여겼다. 그러다가 우리는 렌네보르그라는 바닷가 마을에 도착하였다. 하늘처럼 바다도 잿빛이었고, 공기는 몹시 차가웠다. 이곳에서 우리는 또 배를 탔다.

이 배는 모양이 먼젓번 배와 비슷했지만 크기가 더 컸다. 바이킹은 이 배를 호스보쿤이라고 불렀다. 그것은 "바다 염소"라는 뜻인데, 염소가 돌진하듯이 배가 파도를 박차고 달리기 때문에 붙여진 이름이다. 또한, 배가 빠르기 때문에 붙여진 이름이기도 한데, 바이킹들은 염소가 동물 중에서 가장 빠르다고 생각하기 때문이다.

파도가 거칠고 매우 차가웠기 때문에 나는 바다로 나가기가 두려웠다. 손을 담그면 모든 감각이 마비될 정도로 바닷물은 지독히 차가웠다. 그러나 노오스인들은 즐거워하며 바닷가 마을 렌네보르그에서 하룻밤을 보냈다. 그들은 농담을 주고 받고 술을 마시고 여러 명의 여자와 노예 소녀들을 데리고 진탕 놀았다. 이것이 항해를 떠나기 전에 하는 바이킹의 관습이라고 한다. 여행길에서 살아 돌아올지 아무도 모를 일이기 때문에 떠나기 전에 실컷 즐기는 것이다.

우리는 가는 곳마다 환대를 받았다. 그곳 사람들은 융숭한 손님 접대를 미덕으로 여겼기 때문이다. 가장 가난한 농부까지도 자기가 가진 것을 몽땅 우리 앞에 내어 놓았다. 우리는 기탄 없이 그것을 죽이거나 가졌는데 순전히 호의와 선의에서 그런 것이다. 바이킹은 동족을 죽이거나 강탈하는 행위를 용서하지 않고 그 행위자를 엄벌에 처한다. 항상 술에 취해 짐승처럼 싸우면서 심한 경우에는 서로 죽이기까지 하는 사람들이 강도와 살인을 큰 죄로 생각한다는 사실이 언뜻 보면 이상하다. 그러나 이들은 싸우다 죽이는 것을 살인이라고 생각하지 않는다.

그리고, 살인자는 그가 누구든간에 죽음으로써 그 대가를 치르게 된다.

또한 그들은 노예를 매우 친절하게 대하는데 나에게 그것은 놀라운 일이었다.*

그들은 노예가 병이 나거나 사고로 죽는다 해도 큰 손실이라고 생각하지 않는다. 한편 여자 노예는 언제든지, 사람들 앞이건 아니건, 밤이건 낮이건, 어떤 남자의 요구라도 받아들일 준비가 되어 있어야 한다. 노예에 대한 아무런 애정도 품지 않지만 동시에 그들을 심하게 다루지 않는다. 주인은 항상 노예에게 먹을 것과 입을 것을 제공한다.

나는 다음과 같은 사실도 알았다. 어떤 남자라도 노예를 데리고 잘수는 있지만, 아무리 비천한 농부의 아내일 망정 여염집 여자는 족장이나 귀족들도 존중해 준다. 그들이 서로의 부인을 존중하듯이 말이다. 노예가 아닌 자유민 여자를 강간하는 것은 범죄 행위로 간주된다. 내가 직접 보지는 못했지만, 그런 남자는 교수형에 처해진다고 한다.

여자들의 순결은 커다란 덕목으로 일컬어지지만 실제로 지켜지는 것을 본 적은 드물다. 간음은 그다지 큰 문제로 생각되지 않기 때문이다. 신분이 높건 낮건 한 남자의 아내가 음욕이 강해 바람을 피운다해도 별로 이상하게 생각하지 않는다. 그들은 이런 문제에 관해 무척 자유롭고 관대하다. 노오스 남자들은 여자들이 교활하고 믿을 수 없는 존재라고 말한다. 그 문제에 관한 한 체념한 듯, 그들은 평소처럼 쾌활한 태도로 그런 말을 하였다.

나는 헤르거에게 결혼했느냐고 물었다. 그는 아내가 있다고 대답했

---

* 또 다른 목격자들의 글은 노예와 간음에 관한 이븐 파들란의 설명과 차이를 보인다. 그리하여 어떤 학자들은 관찰자로서의 파들란의 자질에 의문을 제기한다. 그러나, 실상 지방마다 부족마다 풍습이 다양한 데서 온 결과로 보여진다.

다. 그녀가 정숙하냐고 나는 매우 조심스럽게 물었다. 그는 나의 면전에 대고 껄껄 웃으며 말했다. "나는 바다를 항해하고 있으니 오랫동안 집에 못돌아갈지도 모르고 아주 못돌아갈지도 모르잖소. 내 아내는 죽은 사람이 아니구요." 그의 말로 미루어 그녀가 그에게 충실하지 않다고 짐작했지만, 그는 전혀 개의치 않았다.

어떤 여자가 누군가의 아내이면 그 여자가 낳은 아이는 사생아로 취급되는 일이 없다. 노예의 아이들은 어떤 때는 노예, 어떤 때는 자유민이 된다. 어떤 식으로 결정되는지는 나도 모른다.

어떤 지역에서는 노예의 귀 끝을 잘라 신분을 표시한다. 또 어떤 지역에서는 쇠로 만든 목걸이로 노예임을 나타낸다. 노예에게 아무런 표식도 하지 않는 지역도 있다. 이는 지방마다 관습이 다르기 때문이다.

항문 성교는 바이킹들과는 상관없다. 그들은 다른 종족이 그런 짓을 한다고 들었지만, 자기네들은 그런 일에 전혀 흥미가 없다고 공언하였다. 그런 일이 발생하는 경우가 없기 때문에 그것에 대한 처벌 규정도 없었다.

헤르거와 이야기함으로써 그리고 여행 중에 목격함으로써 나는 이 모든 사실을 알게 되었다. 여행 중 우리가 머무는 곳마다 사람들은 불리위프에게 무슨 목적으로 여행을 하느냐고 물었다. 나도 잘 모르는 그 목적에 대해 듣고 나면 그들은 우리를 매우 존경하는 태도로 대하며 기도와 희생 제물, 행운을 비는 기념품 등을 주었다.

아까 이야기한 대로 바다에 나가자 바이킹들은 기쁨에 차서 환호하였다. 그러나 파도가 심하여 나의 머리는 어질어질하고 뱃속은 울렁거렸다. 나는 뱃속에 든 것을 모두 토하고 말았다. 그리고, 헤르거에게 사람들이 왜 저렇게 좋아하느냐고 물었다.

헤르거는 대답했다. "곧 야틀람이라고 알려진 불리위프의 고향에 도착하게 되어서 그렇답니다. 그곳에는 불리위프의 부모 형제와 친척이 모두 살고 있고 수년동안 그는 그분들을 뵙지 못했지요."

이 말에 나는 반문했다. "우리는 울프가르의 나라에 가는 것이 아닌가요?"

헤르거는 대답했다. "물론 그렇지요. 하지만 불리위프가 그의 부모님께 문안드리는 것은 당연하지요."

나는 그들의 얼굴에서 다른 모든 귀족과 무사들도 불리위프 자신 만큼이나 기뻐하고 있는 표정을 보았다. 나는 헤르거에게 그 이유를 물었다.

"불리위프는 우리의 대장이므로, 우리는 그를 위해, 그리고 그가 곧 갖게 될 힘을 위해 기뻐하는 것입니다."

나는 그 힘이 무엇이냐고 물었다.

"룬딩의 힘이지요."하고 헤르거가 대답했다. "그게 어떤 힘인데요?"하고 또 묻자 그는 이렇게 대답했다. "조상들의 힘, 거인들의 힘이지요."

바이킹들은 까마득한 옛날 지구상에 거인 족속이 살았다가 사라졌다고 믿었다. 그들은 자기네가 이 거인족의 후손이라고 생각하지는 않았지만, 내가 잘 이해하기 힘든 모종의 방식으로 이 고대 거인족의 힘을 물려 받는다고 믿고 있었다. 이 이교도들은 여러 신을 믿었는데 그 신들 또한 거인이며 힘을 갖고 있었다. 그러나, 헤르거가 이야기한 거인족은 신이 아니라 거대한 사람이었다. 적어도 나에게는 그렇게 느껴졌다.

그날 밤, 우리는 울퉁불퉁한 바위가 많은 해변에 배를 대었다. 바닥에는 어른 주먹만한 돌이 잔뜩 깔려 있었다. 불리위프는 부하들과 함께 그곳에 천막을 쳤다. 밤 늦도록 모닥불 둘레에서 그들은 술마시고 노래하며 놀았다. 헤르거도 그 무리에 끼어 노느라고 정신 없어서 노래의 뜻을 나에게 설명해줄 겨를이 없었다. 나는 그들이 무슨 노래를 부르는지 내용은 알 수 없었지만, 그들이 그토록 행복해하는 이유는 알고 있었다. 다음 날이면 야틀람이라는 불리위프의 고향땅에 드디어 도착하기 때문이었다.

우리는 동이 트기 전에 출발하였다. 날씨가 어찌나 춥던지 뼛속까지 아렸다. 해변의 바위에 부딪쳐 나의 몸은 욱신거리고 아팠다. 사납게 날뛰는 파도와 휘몰아치는 바람을 뚫고 우리는 배에 올라탔다. 오전 내내 우리는 항해하였다. 그동안 바이킹들의 흥분 상태는 더욱 고조되어 마침내 어린아이와 여자같이 변해버렸다. 이 장대하고 힘이 센 무사들이 마치 칼리프의 후궁처럼 킥킥거리고 깔깔대는 모습이 너무 놀랍고 이상했다. 그러나, 당사자들은 그것이 남자답지 못한 일이라고는 전혀 생각지 않는 눈치였다.

뾰족하게 솟은 육지가 보이기 시작했다. 잿빛 바다 위로 우뚝 솟은 회색빛의 높은 바위산이었다. 이 산 너머에 야틀람의 마을이 있다고 헤르거가 가르쳐주었다. 바이킹의 배가 절벽을 돌아갈 때 나는 불리위프의 전설적인 고향 마을을 보려고 잔뜩 긴장하였다. 무사들은 점점 더 큰 소리로 웃고 떠들었다. 상륙하면 여자들과 즐기겠다는 등속의 야비한 농담이 주종을 이루고 있음을 짐작할 수 있었다.

그 때, 바다 위로 연기 냄새가 감돌았다. 우리는 연기를 보았다. 모두들 잠잠해졌다. 곶을 돌자 그곳 마을이 붉은 화염과 검은 연기에 휩싸여 타고 있는 광경이 보였다. 살아 있는 물체의 흔적은 전혀 없었다.

불리위프와 그의 무사들은 상륙하여 야틀람 마을로 걸어갔다. 거기에는 남자와 여자, 어린 아이들의 시체가 있었다. 더러는 불에 타고 더러는 칼에 베인 여러 구의 시체가. 불리위프와 무사들은 입을 열지 않았다. 그러나, 이런 지경을 목격하고서도 그들은 전혀 슬픈 표정을 짓지 않았다. 나는 바이킹처럼 죽음을 받아들이는 종족은 처음 보았다. 나 자신은 여러 번 그 광경에 속이 메스꺼워졌지만 그들은 전혀 동요하지 않았다.

마침내 나는 헤르거에게 물었다. "누가 이런 짓을 했을까요?" 헤르거는 잿빛 바다 뒤로 펼쳐진 숲과 산을 손으로 가리켰다. 숲에는 안개가 서려 있었다. 그는 말없이 그곳을 가리켰다. 나는 물었다. "안개가 그랬단 말인가요?" 그는 "더 이상 묻지 말아요. 알기 싫어도 곧 알게 될 테니까 말이요."

불리위프는 연기가 피어오르는 무너진 집 속으로 들어가더니 검을 하나 들고 우리 일행에게 되돌아왔다. 그 검은 매우 크고 무거웠다. 또한 불에 달구어져 몹시 뜨거웠기 때문에 불리위프는 손잡이 주위를 천으로 싸서 들고 왔다. 정말이지 그것은 내가 본 중 가장 큰 검이었다. 길이가 내 키 정도나 되었다. 칼날은 넓적하였는데 그 폭이 어찌나 넓던지 두 남자의 손바닥을 나란히 펴놓은 크기였다. 그 검은 너무나 크고 무거워서 불리위프조차 낑낑거리며 들고 올 지경이었다. 나는 헤르거에게 이 검이 무엇이냐고 물었다. 그가 "룬딩이라오."하고 대답했다. 불리위프는 모두 배에 타라고 명령했다. 그리하여, 우리는 다시 바다로 나갔다. 아무도 야틀람의 불타는 마을을 뒤돌아보지 않았다. 나 혼자만 돌아보았다. 연기가 피어오르는 폐허, 그 너머 산에는 자욱한 안개가 서려 있었다.

EATERS OF THE DEAD

트렐부르그에서의 야영

트렐부르그에서의 야영

이틀 동안 우리는 평평한 해안을 따라 항해하였다. 그 해안은 단족의 땅이라고 불리는 수많은 섬들 사이에 있었다. 그리하여 마침내 바다로 통하는 폭이 좁은 강들이 교차하는 습지대에 도착하였다. 이 강들은 이름이 없고 모두 "빅"이라고 불린다. 이 좁은 강에서 생활하는 사람들은 "바이킹"이라고 불리웠다. 이 말은 강을 따라 항해하며 마을을 약탈하는 스칸디나비아 반도의 무사들을 의미한다.*

이 늪지대에서 우리는 트렐부르그라는 곳에서 묵었는데 나에게는 아주 놀라운 곳이었다. 이곳은 마을이 아니라 일종의 군대 야영지였다. 주민도 여자와 어린아이는 거의 없고 전부 무사들이었다. 이 트렐부르그 캠프의 방어 시설은 로마식으로 매우 정교하고 훌륭하게 축조되어 있었다.

트렐부르그는 바다로 통하는 두 개의 샛강이 만나는 교차 지점에 위치해 있었다. 마을의 중심부는 둥근 토루로 둘러싸여 있었다. 토루의 높이는 다섯 길이나 되었다. 토루 위에는 방어 효과를 높이기 위해 나

---

* "바이킹"이라는 말의 어원에 관해 학자들간에 아직도 논란이 일고 있다. 그러나, 대부분 샛강이나 좁은 강을 뜻하는 "빅"에서 유래한다는 이븐 파들란의 생각에 동의한다.

무 울타리를 세워 놓았다. 토루 바깥 쪽으로는 물로 채워진 해자가 있었다. 그 깊이는 나도 모르겠다.

이 모든 방어 시설물은 지극히 훌륭했다. 게다가, 마을에서 육지를 향한 쪽으로 제 2의 토루가 반원형으로 높게 둘러져 있었고 그 주위에 제 2의 해자가 있었다.

마을 자체는 안 쪽의 원형 토루 안에 위치해 있었다. 토루의 벽에는 동서남북을 향하는 4개의 문이 뚫려 있었다. 각각의 문에는 무거운 쇠 장식이 달린 단단한 참나무 문짝이 달려 있었고 여러 명의 보초가 지키고 있었다. 성벽 위에도 수많은 보초들이 걸어다니며 밤이고 낮이고 망을 보고 있었다.

마을 안에는 16채의 나무로 만든 가옥이 있었는데 생김새가 모두 똑같았다. 노오스인들은 이것을 길다란 집이라고 불렀다. 실제로, 휘어진 길다란 벽으로 되어 있어 마치 앞뒤를 뭉툭하게 자른 배가 뒤집혀 있는 형국이었다. 길이는 22미터나 되고 가운데는 양 끝 부분보다 넓어서 배가 불룩한 모양이었다. 길다란 집은 정확히 정사각형 모양을 이루며 배치되어 있었다. 네 채가 하나의 정사각형을 이루니까 모두 16채의 집이 4개의 정사각형을 만들고 있었다.*

길다른 집에는 각각 통로가 하나밖에 없었고, 통로끼리 서로 마주보지 않도록 설계되었다. 내가 그 이유를 물으니 헤르거가 이렇게 가르쳐주었다.

"마을이 습격당하면 사람들은 수비를 위해 달려나가야 합니다. 통로가 서로 어긋나게 배치된 것은 사람들이 한꺼번에 몰려들어 서로 부딛

---

* 이븐 파들란의 보고는 고고학적 증거에 의해 증명되고 있다. 1948년 덴마크의 질랜드 서부 지방에서 트렐레보르그 군사 기지가 발굴되었다. 그 기지는 크기, 재료, 구조가 모두 이븐 파들란의 묘사와 정확하게 일치하고 있었다.

히지 않고 신속하게 빠져나가도록 하기 위한 것입니다. 그리하여, 각자 자유롭게 달려나가 수비의 임무를 다할 수 있게 되지요."

실상 한 집은 북문을, 다음 집은 동문을, 다음 집은 남문을, 다음 집은 서문을 하고 있었다. 네 개의 사각형이 모두 그런 식이었다.

그런데 노오스인이 거구임에도 불구하고 이 문들은 높이가 너무 낮아서 나같은 사람도 몸을 반으로 굽혀야 겨우 집 안으로 들어갈 수 있었다. 헤르거에게 물으니 이렇게 대답했다. "적의 공격을 받게 되면 한 명의 무사가 집 안에 남아 있다가 들어오는 적의 머리를 칼로 벨 수 있도록 한 것이지요. 문이 낮아서 머리가 베기 좋게 숙여지거든요."

정말이지 모든 점에서 트렐부르그 마을은 전쟁과 방어를 위해 세워졌다는 것을 나는 알았다. 이곳에서 상거래 행위는 전혀 일어나지 않았다. 길다란 집의 내부를 보면 문이 하나씩 달려 있는 방이 세 개씩 있었다. 가운데 방이 가장 넓었는데 그 안에는 쓰레기 버리는 구덩이가 있었다.

트렐부르그 사람들은 볼가강 유역의 노오스인들과는 다르다는 것을 알게 되었다. 이곳 사람들은 비교적 깔끔한 편이었다. 그들은 강에서 목욕하고 쓰레기는 밖에 내다 버렸다. 그밖에 여러 가지 면에서 내가 알던 사람들보다 훨씬 나았다. 그러나, 다른 부족하고 비교할 때 그런 것이지 그들이 정말 깨끗한 것은 아니었다.

트렐부르그 사회는 주로 남자들로 이루어져 있고, 여자들은 모두 노예였다. 여자들 중 결혼한 여자는 하나도 없고, 모든 여자가 남자들이 원하는 대로 몸을 주었다. 트렐부르그 사람들은 생선과 작은 빵을 주식으로 하였다. 마을을 둘러싸고 있는 늪지대에는 경작에 알맞은 지역도 있었지만 그들은 전혀 농사를 짓지 않았다. 내가 그 이유를 묻자 헤르거가 대답했다. "이곳 사람들은 무사요. 무사는 땅을 갈지 않지요."

불리위프 일행은 트렐부르그 지도자들에 의해 정중하게 영접되었다. 여러 명의 지도자 중 가장 높은 사람은 사가르드라는 사람이었다. 사가르드는 힘이 세고 사나우며 체격이 거의 불리위프 수준이었다.

밤의 연회에서 사가르드가 불리위프에게 여행의 목적과 이유를 묻자 불리위프는 울프가르의 탄원에 대해 이야기해 주었다. 헤르거가 그 말을 모두 나에게 통역해주었다. 그러나, 실상 나도 그들 이교도의 말을 한두 마디 알아들을 수 있을 정도로 충분히 그들과 함께 시간을 보낸 셈이었다. 사가르드와 불리위프의 대화 내용은 다음과 같다.

사가르드가 이렇게 말했다. "울프가르가 로쓰가르왕의 왕자라는 신분에도 불구하고 전령의 임무를 수행하러 간 것은 현명한 처신이었습니다. 로쓰가르의 아들 몇 명이 서로 공격하고 죽이는 사건이 발생했으니까요."

불리위프는 그런 사실에 대해서는 전혀 알지 못했다고 대답했다. 그러나 그는 별로 놀란 눈치도 아니었다. 사실 불리위프는 어떠한 일에도 결코 놀라는 법이 없었다. 그것이 무사의 지도자요 영웅인 그가 지녀야 할 태도였다.

사가르드는 다시 말했다. "로쓰가르에게는 다섯 명의 아들이 있었는데 그중 세 명이 위글리프라는 형제 손에 죽음을 당했습니다. 위글리프는 아주 교활한 인물*이지요.

이 일의 공모자는 로쓰가르왕의 의전관입니다. 울프가르만이 부왕 옆을 충실히 지키다가 전령으로 떠났지요."

불리위프는 사가르드에게 그 소식을 전해준 것에 대해 감사하며 잘

---

* 직역하면 "양수잡이"이다. 앞으로 나오겠지만 노오스인은 양손을 다 사용하며 싸운다. 무기를 이 손에서 저 손으로 옮겨쥐는 것을 아주 놀라운 묘기로 여긴다. 따라서, 양수잡이는 교활하다.

마음 속에 담아두겠노라고 말했다. 이렇게 해서 둘의 대화는 끝났다. 불리위프 뿐 아니라 그의 무사들도 사가르드의 말에 전혀 놀라움을 표시하지 않았다. 이로 미루어 왕의 아들들이 왕좌를 획득하기 위해 서로 죽이는 것이 드문 일이 아니라는 사실을 알아챘다.

때때로 왕관을 얻기 위해 왕자가 부왕을 죽이는 일도 있었다. 그런 일도 그들에게는 별로 놀랍게 받아들여지지 않았다. 노오스인은 그것을 무사들이 술에 취해 싸우다가 서로 죽이는 일 쯤으로 생각했기 때문이다. 노오스인은 "항상 등 뒤를 주의하라"라는 격언을 갖고 있다. 그들은 자기 자신을 방어할 태세를 항상 갖추어야 한다고 믿었다. 심지어 아버지가 아들에 대해서도 말이다.

출발할 즈음에 나는 헤르거에게 물었다. "왜 트렐부르그의 육지 쪽으로 성곽이 하나 더 있고 바다 쪽으로는 그런 것이 없습니까?" 노오스인은 바다에서 공격하는 뱃사람들이었기 때문이다. 그러나 헤르거는 이렇게 대답했다.

"위험한 곳은 육지쪽이거든요."

나는 다시 물었다. "왜 육지가 위험한가요?" 그가 대답했다. "안개 때문이라오."

우리가 트렐부르그를 떠날 때, 그곳 무사들은 모여서 막대기로 방패를 두드려 요란한 소리를 내면서 우리 배를 전송해주었다. 그것은 오딘신의 관심을 끌고자 하는 것이라 했다. 오딘은 그들이 믿는 여러 신 중 하나이다. 그들은 이 오딘신이 요란한 소리를 듣고 나와서 불리위프와 그의 열두 명의 부하를 도와 순탄한 여행이 되도록 해주리라 믿었다.

나는 다음의 사실도 알게 되었다. 13이라는 숫자는 노오스인에게 매우 중요한 의미를 갖는다. 그들의 계산 방식에 의하면 달이 일 년에 열세 번 커졌다 작아졌다 하기 때문이다. 이런 이유로 모든 중요한 계산에는 13이라는 숫자가 꼭 들어간다. 헤르거가 말하기를 그래서 트렐부르그의 가옥 수는 16채가 아니라, 13채 하고 3채 더 있는 것이라 하였다.

노오스인은 일년에 정확하게 13번 달이 차고 기울지 않는다는 사실도 알고 있었다. 그래서 13이라는 수는 그들 마음에 안정되고 변함없는 수가 아니었다. 13번째의 것은 마술적이고 이국적인 것이라고 생각하였다. 헤르거가 말했다. "그래서 13번째 사람으로 외국인인 당신이 뽑힌 것이랍니다."

정말로 노오스인은 미신을 잘 믿었다. 내가 볼 때 그들은 사나운 어린아이들 같았다. 그러나, 나는 그들과 함께 있었기 때문에 그런 말을 입 밖에 내지 않았다. 곧 나는 그렇게 하기를 잘 했다고 생각했다. 다음과 같은 사건이 발생했기 때문이다.

트렐부르그를 떠난 지 꽤 시간이 흘렀을 때 문득, 전에는 한번도 마을 주민들이 방패를 두드려 오딘신을 불러내는 출발 의식을 해준 적이 없다는 사실이 떠올랐다. 나는 헤르거에게 그 사실을 이야기하였다.

"사실이요."하고 헤르거가 대답했다.

"오딘을 부르는 데는 특별한 이유가 있지요. 우리는 곧 괴물의 바다로 들어가게 된답니다."

나는 이 말을 미신이라고 생각했다. 그런 괴물을 본 무사가 있느냐고 나는 물어 보았다. "사실 우리 모두는 본 적이 있답니다. 그렇지 않았으면 어떻게 괴물이 있는 줄 알겠어요?"하고 그가 말했다. 그의 어조로 보아 믿지 못하는 나를 그가 바보로 생각한다는 사실을 알 수 있었다.

시간이 좀 더 흐른 후에, 외침 소리가 들렸다. 불리위프의 무사들이 모두 뱃전에 서서 바다쪽을 가리키며 열심히 바라보고 자기네들끼리 고함지르고 있었다. 나는 무슨 일이냐고 헤르거에게 물었다. "우리는 지금 괴물들에게 포위되어 있어요." 그가 설명하였다.

그때 우리가 있던 바다는 몹시 사나웠다. 바람은 맹렬한 기세로 불어닥쳐, 둥글게 말려 올라가는 파도를 하얀 거품으로 부수어버리고, 선원의 얼굴에 바닷물을 확 끼얹고 그의 시야를 어지럽혔다. 나는 한참 동안 바다를 주시하였지만 바다 괴물의 모습은 통 보이지 않았다. 또한 그들이 말한 바를 믿어야 할 이유는 하나도 없었다.

그때 누군가가 날카로운 목소리로 오딘을 불렀다. 오딘의 이름을 애타게 자꾸 부르며 도움을 청하는 비명에 가까운 기도 소리였다. 그 순간 나도 바다 괴물의 모습을 내 눈으로 직접 보았다. 그것은 커다란 뱀의 모양을 하고 있었다. 머리는 결코 수면 위로 올라오는 적이 없었지만 구불구불한 몸통이 물 밖으로 솟구쳐 올랐다. 몸통은 무지무지 길고, 굵기는 바이킹의 배보다 굵고 빛깔은 새까맸다. 바다 괴물은 공중에 물을 내뿜었다. 마치 분수 같았다. 그리고는 물 속으로 곤두박질하였다. 하늘을 향해 똑바로 뻗은 꼬리는 뱀의 혀처럼 둘로 갈라져 있었다. 꼬리는 무지 컸고 각 부분은 넓은 야자수 잎보다도 더 넓었다.

바다 괴물은 여러 마리였다. 네 마리 혹은 예닐곱 마리쯤 되어 보였다. 그들은 모두 똑같이 행동하였다. 구불구불 물 속을 전진하며 분수를 내뿜고, 둘로 갈라진 거대한 꼬리를 곤추세웠다. 그 광경에 노오스인들은 오딘을 부르며 도움을 청했다. 적지 않은 수는 갑판에 무릎을 꿇은 채 덜덜 떨고 있었다.

바다 괴물들은 우리 둘레에 모여 있다가 시간이 꽤 흐르자 사라졌다. 그후로는 다시 나타나지 않았다. 불리위프의 무사들은 항해를 계속하였다. 아무도 바다 괴물에 관해 이야기하는 사람은 없었다. 그러나, 나는 시간이 한참 지난 뒤에도 계속 두려움에 떨었다. 헤르거는 내 안색이 노오스인의 얼굴처럼 하얗다고 말하며 깔깔 웃었다. "알라신은 괴물을 보고 무어라 하슈?" 그가 물었지만, 나는 아무 대답도 하지 않왔다.*

저녁이 되자 우리는 배를 바닷가에 끌어올리고 모닥불을 피웠다. 나는 헤르거에게 바다 괴물이 바다에 떠 있는 배를 공격한 적이 있느냐고 물었다. 만약 있다면 어떤 식으로 공격하느냐고 물었다. 이 괴물의 머리를 하나도 보지 못했기 때문이다.

헤르거는 대답 대신 불리위프의 부관이자 귀족인 에쓰고우를 불렀다. 에쓰고우는 술 취했을 때를 빼고는 쾌활한 적이 없는 엄숙한 무사였다. 에쓰고우가 탄 배가 괴물의 공격을 받은 적이 있다고 헤르거가 말했다. 에쓰고우는 나에게 이런 말을 해주었다. 바다 괴물은 지구상에 있는 어떤 것보다도 크고 바다에 있는 어떤 배보다도 크며, 그들이 공격할 때는 배 밑을 헤엄쳐 들어가서 공중으로 배를 번쩍 들어올려 나무토막처럼 휙 내던지고는 갈라진 혀로 박살낸다는 것이다. 에쓰고우가 말하기를 그 배에 30명이 타고 있었는데 자기와 다른 두 명만 신들의 은총으로 살아남았다고 했다. 에쓰고우는 평상시와 같은 태도로 말을 했는데, 그 모습이 무척이나 진지해서 나는 그의 말이 사실이라고 믿었다.

에쓰고우가 또 말하기를 바다 괴물들은 배를 자기네 동족으로 착각하고 짝짓기하려는 마음에서 배를 공격한다고 하였다. 이런 이유로 노오스인은 배를 너무 크게 만들지 않는다는 것이다.

헤르거는 에쓰고우가 전쟁에서 이름난 용사이며 모르는 것이 없이

---

* 고래가 분명한 이 동물에 대한 묘사는 많은 학자간에 논란을 야기시켰다. 라지의 필사본은 파들란의 것과 동일하지만, 스요그렌의 번역본은 훨씬 간단하며 노오스인들이 아랍인을 놀리는 것으로 묘사한다. 노오스인은 고래에 관해 알고 있고, 고래와 바다 괴물을 구별할 수 있다고 스요그렌은 말한다. 하산과 같은 학자는 이븐 파들란이 정말 고래를 알지 못했다고 생각하지 않는다. 이 글에서는 그런 것처럼 보이지만 말이다.

박식한 사람이라고 나에게 말했다.

다음 이틀 동안, 우리는 단 지방의 섬들 사이를 항해하다가 셋째날 넓은 바다로 통하는 수로를 통과하였다. 이곳에서 또 바다 괴물을 보게 될까봐 겁이 났지만 무사히 그곳을 지나 드디어 벤덴이라는 지역에 도착하였다. 벤덴의 땅은 험한 산악 지대로 기분좋은 곳이 아니었다.

불리위프의 부하들은 벤덴이 가까워지자 불안한 표정으로 암탉을 한 마리 죽여 바다 속으로 던졌다. 머리는 뱃머리에서 던졌고 몸통은 키잡이 근처 고물에서 던졌다. 우리는 벤덴이라는 새로운 땅에 곧바로 배를 대지 않고 해안가를 따라 계속 배를 타고 가다가 마침내 로쓰가르의 왕국에 이르렀다. 처음으로 내가 본 것은 다음과 같다. 거친 잿빛 바다가 한눈에 내려다보이는 높은 절벽 위에 나무로 지어진 거대한 궁전이 위풍당당하게 서 있었다. 나는 헤르거에게 굉장한 광경이라고 말했다. 그러나, 헤르거와 그의 동료들은 모두 신음 소리를 내며 고개를 절레절레 흔들었다. 왜 그러느냐고 헤르거에게 물어 보았다. 그가 말했다. "로쓰가르왕은 허영심 많은 로쓰가르라고 불린다오. 그의 거대한 궁전은 그의 허영심을 잘 대변하는 표시지요."

나는 또 물었다. "왜 그렇지요? 저 궁전이 규모가 크고 호화롭기 때문인가요?" 정말이지 가까이 다가가자 그 궁전은 조각과 은세공품으로 아름답게 장식되어 멀리서 봐도 반짝거리며 빛났다.

"아니요." 하고 헤르거가 말했다. "로쓰가르가 허영심 많다고 말한 이유는 그가 궁전을 세운 방식 때문이지요. 그는 감히 신에게 자신을 때려 눕혀보라고 도전합니다. 그는 자신이 인간 이상의 존재인 양 행동합니다. 그래서 그는 벌을 받는 것입니다."

나는 그토록 견고하고 거대한 궁전은 처음 보았다. 그래서 헤르거에게 말했다. "이 궁전은 난공불락일텐데요. 어떻게 로쓰가르왕이 패배하겠어요?"

헤르거는 나를 조롱하며 이렇게 말했다. "당신네 아랍인들은 말할 수 없이 어리석고 세상 돌아가는 일은 하나도 모르는군요. 로쓰가르는 그에게 닥친 재앙을 스스로 불러들인 셈입니다. 그를 구할 수 있는 사람은 우리밖에 없어요. 어쩌면 우리도 못 구할지 모르지요."

이 말에 나는 더욱 어리둥절하였다. 나는 불리위프의 부관인 에쓰고우를 보았다. 그는 배 안에 서서 용감한 표정을 애써 짓고 있었지만 그의 무릎은 떨리고 있었다. 그가 그토록 떠는 것은 맹렬한 기세의 바람 때문이 아니었다. 그는 두려워하였다. 그들 모두가 두려움에 떨고 있었다. 나는 도대체 그 이유를 알 수 없었다.

EATERS OF THE DEAD

벤덴땅 로쓰가르의 왕국

벤덴땅 로쓰가르의 왕국

오후 기도 시간에 배는 육지에 닿았다. 나는 기도드리지 못하는 것에 대해 알라께 용서를 청했다. 나는 노오스인들이 보는 앞에서 기도를 할 수가 없었다. 그들은 내 기도가 자기들에 대한 저주라고 생각하고, 내가 기도하는 것을 보기만 하면 죽여버리겠다고 위협했기 때문이다.

배에 타고 있던 무사들은 완전 무장을 갖추고 있었다. 거칠고 튼튼한 털실로 짠 각반과 장화를 신고, 그 위에 무릎까지 내려오는 무거운 털가죽옷을 입었다. 그 위에 갑옷을 입었다. 그리고 장검을 허리에 찼다. 손에는 하얀 가죽 방패와 창을 들었다. 머리에는 쇠나 가죽으로 된 투구를 썼다.*

불리위프만 빼고 모든 사람이 똑같은 차림이었다. 불리위프 혼자서만 검을 손에 들고 있었다. 그 검이 하도 커서 도저히 허리에 찰 수 없었기 때문이다.

무사들은 로쓰가르의 거대한 궁전을 올려다 보고 번쩍거리는 지붕

---

* 스칸디나비아인을 그린 그림을 보면 대개 투구를 쓴 모습이다. 그러나 그것은 잘못된 것이다. 이븐 파들란이 방문했던 당시 그런 투구는 없었다. 뿔투구는 초기 청동기 시대부터 사용되다가 파들란이 방문했을 무렵에는 이미 사라진 지 1000년도 넘었다.

과 정교한 세공 솜씨에 혀를 내둘렀다. 그토록 높은 지붕과 아름다운 조각을 하고 있는 집은 세상에 둘도 없을 것이라고 입을 모았다. 그러나 그 말투는 경의를 표하는 어투가 전혀 아니었다.

마침내 우리는 배를 떠나 로쓰가르의 거대한 궁전을 향해 육로로 접어들었다. 길은 돌로 포장되어 있었다. 검과 갑옷이 덜그럭거리는 소리가 꽤나 시끄러웠다. 얼마 안 가서 우리는 길가에 황소 머리가 장대 끝에 꽂혀 있는 것을 보았다. 방금 죽인 모양이었다.

모든 노오스인은 이 전조를 보고 한숨을 쉬며 우울한 표정을 지었다. 나는 그것이 무엇을 뜻하는지 전혀 알지 못했다. 그 무렵에는 이미 나도, 조금만 불안하거나 성이 나도 짐승을 죽이는 그들의 풍습에 익숙해 있었다. 그러나 이 황소 머리에는 특별한 의미가 있었다.

불리위프는 로쓰가르 땅 들판 너머로 시선을 던졌다. 멀리 외딴 농가가 한 채 보였다. 로쓰가르 땅에서 흔히 볼 수 있는 종류의 농가였다. 벽은 나무로 되어 있고 틈새는 진흙과 짚을 반죽하여 메워 놓았다. 이곳은 비가 자주 오는데 그 때마다 다시 메워야 할 터였다. 지붕도 짚과 나무로 엮어 놓았다. 집 안에는 흙마루와 난로 한 개, 가축의 똥밖에 없다. 농가 사람들은 가축의 몸에서 나는 열기로 몸을 덥히기 위해 가축들을 집 안에 들여 같이 잠자기 때문이다. 가축의 똥은 연료로 사용한다.

이 농가를 향해 가라고 불리위프는 우리에게 명령을 내렸다. 우리는 들판을 가로질러 행군했다. 들판에는 푸릇푸릇 풀이 나 있었지만 습기로 인해 발 밑이 축축했다. 한두 번 일행은 발을 멈추고 땅을 살펴 보았다. 그러나, 그들은 아무것도 발견하지 못하였다. 나도 아무것도 보지 못했다.

하지만 불리위프는 다시 일행을 멈추게 하고 검은 땅 위를 가리켰다. 정말이지, 나도 내 눈으로 직접 보았다. 신발을 신지 않은 맨발 자국이 여러 개 땅에 나 있었다. 그것들은 납작하고 몹시 흉했다. 발가락 하나하나에는 날카로운 뿔발톱으로 땅을 긁은 자국이 있었다. 사람 발 모양 같기도 하고 아닌 것 같기도 하였다. 나는 내 눈으로 직접 보면서 도 도무지 믿어지지가 않았다.

그 발자국들을 보고 불리위프와 그의 무사들은 고개를 옆으로 내저 으며 무어라고 입 속으로 계속 중얼거렸다. 그것은 한 단어였는데 "웬 돌"인지 "웬들론"인지 확실치 않았다. 그 이름이 무엇을 의미하는지 알 수 없었지만 그 순간 헤르거에게 물어볼 엄두가 나지 않았다. 그도 다른 사람들처럼 얼굴에 수심이 그득했기 때문이다. 우리는 급히 서둘 러 농가로 향했다. 땅바닥에 뿔발톱 달린 발자국이 여기저기 더 있었 다. 불리위프와 그의 무사들은 천천히 걸음을 옮겼다. 경계 태세를 갖 추기 위한 것이 아니었다. 아무도 무기를 빼든 사람은 없었다. 그것은 모종의 두려움 때문이었다. 어떤 두려움인지 나로서는 도무지 알 수 없었지만 나도 모르게 그들과 함께 그 두려움 속으로 빠져들었다.

마침내 우리는 농가에 도착하여 그 안으로 들어갔다. 그 안에서 나 는 다음과 같은 광경을 목격하였다. 젊고 체격이 좋은 청년이 있었는 데 그의 팔다리는 모두 잘려서 몸통은 여기, 팔 하는 저기, 다리 하나 는 저기 식으로 흩어져 있었다. 마룻바닥에는 피가 흥건히 고여 있고, 벽, 천장, 사방팔방이 붉은 피로 페인트칠을 한 형국이었다. 여자 시체 도 하나 있었는데 마찬가지로 사지가 잘려 있었다. 두 살 남짓한 사내 아이도 한 명 있었는데 머리통은 어깨에서 비틀려 떼어내졌고 몸통은 피투성이가 된 채 따로 놓여 있었다.

이 광경은 너무나 끔찍하고 처참했다. 나는 토했다. 그리고 정신을 잃었다. 한 시간 후에 깨어난 나는 다시 토하고 말았다.

노오스인들의 태도를 나는 결코 이해할 수 없다. 나는 토하기까지 했건만 그들은 이 끔찍한 장면을 보고도 아무런 동요의 빛을 보이지

않고 태연하였기 때문이다. 그들은 침착한 태도로 눈 앞에 보이는 정
경을 차근차근 살펴보았다. 팔다리에 난 손톱 자국이며 살을 뜯어낸
모양을 두고 서로 의견을 나누었다. 머리들이 몽땅 사라진 점에 특히
관심을 두었다. 또한 가장 끔찍한 점에 주목했는데 그것을 생각하니
지금도 몸에 소름이 끼친다.

사내아이의 몸은 악마같은 이빨에 의해 뜯어 먹혀져 있었다. 넓적다
리 뒷부분의 연한 살과 어깨쪽 살이 뜯겨지고 없었다. 이 끔찍한 광경
을 나는 내 눈으로 직접 보았다.

불리위프의 무사들은 침울하고 잔뜩 찡그린 표정을 지으며 집 밖으
로 나왔다. 그리고는 집 주변의 부드러운 땅을 유심히 살펴보기 시작
했다. 그곳에 말발굽 자국이 하나도 없다는 사실을 알아냈는데 그들에
게는 무척 중요한 문제인 것 같았다. 나는 그것이 왜 중요한지 이해할
수 없었다. 그러나 계속 심장이 떨리고 현기증이 나서 그런 일에 신경
쓸 겨를이 없었다.

우리가 다시 들판을 가로질러 갈 때 에쓰고우가 무엇인가를 발견했
다. 어린애 주먹보다 작은 돌멩이였는데 조야한 솜씨로 다듬고 조각되
어 있었다. 무사들이 모두 모여들어 그것을 자세히 살펴보았다. 나도
그중에 끼어 있었다.

그것은 임신한 여자의 몸통 조각(토르소)이었다. 머리도 팔도 다리
도 없었다. 단지 몹시 부풀어 오른 배와 그 위에 불룩 솟아 늘어진 젖
가슴이 두 개 달려 있을 뿐이었다.*

나는 그 모습이 몹시 조야하고 흉하다고 생각했지만 그 이상은 아무
것도 아니었다. 그러나 노오스인들은 갑자기 압도되어 창백하게 변하

---

* 이 작은 조각상은 프랑스와 오스트리아에서 고고학자들이 발견한 몇 개의 조각상과
  매우 흡사하다.

더니 덜덜 떨었다. 그것을 만지는 손끝이 떨리는 것이 보였다. 마침내 불리위프는 그것을 땅바닥에 내던지고 검의 손잡이로 내리쳐서 잘게 돌조각으로 부숴버렸다. 그리고 나서 무사 몇 사람이 구토증을 일으켜 땅바닥에 토하고 말았다. 모두들 극도의 공포심에 사로잡혀 있었다. 나는 영문을 몰라 어리둥절했다.

이제 우리는 로쓰가르 왕의 거대한 궁전을 향해 출발하였다. 한 시간이 다 되도록 도중에 아무도 입을 열지 않았다. 노오스인은 모두 괴롭고 고통스러운 생각에 휩싸여 있는 듯 하였지만 이제 더 이상 두려운 기색은 아니었다.

이윽고 한 전령이 말을 타고 달려 나와 우리 앞을 막아 섰다. 그는 우리가 들고 있는 무기와 일행과 불리위프의 당당한 태도를 주목하고 경고의 고함을 내질렀다.

헤르거가 나에게 말했다. "저 사람은 우리 이름을 알고 싶어하는 거요. 그것도 꽤나 퉁명스럽게."

불리위프는 전령에게 무어라 대답하였다. 그의 어조로 보아 불리위프는 예절을 차릴 기분이 아닌 모양이었다. 헤르거가 설명해 주었다. "불리위프는 우리가 야틀람 왕국 히글락 왕의 신하로서 로쓰가르 왕에게 임무를 띠고 왔으며 왕을 만나 뵙고 이야기하겠다고 저 사람에게 말합니다." 헤르거가 덧붙여 말했다. "불리위프가 말하기를 로쓰가르 왕은 대단히 훌륭한 왕이랍니다." 그러나, 헤르거의 말투는 그 반대 의미로 들리게 했다.

전령은 왕에게 우리의 도착을 알릴 때까지 궁전 밖에서 기다리라고 명령했다. 우리는 그의 말대로 했다. 그러나, 불리위프와 그의 동료들은 이러한 대접에 기분이 몹시 상한 모양이다. 두런두런 불평하는 소리가 들렸다. 손님 접대를 잘하는 것은 노오스인의 풍습으로서 이런 식으로 밖에서 기다리게 하는 것은 도무지 예의가 아니었기 때문이다.

하지만, 그들은 기다렸다. 또한 검과 창 등의 무기도 내려 놓았다. 그러나, 갑옷과 투구는 그대로 입고 있었다. 무기들은 궁전으로 통하는 문 밖에 내버려두었다.

궁전은 사방에 노오스식으로 지은 몇 채의 집으로 둘러싸여 있었다. 이 집들은 트렐부르그의 집처럼 가운데가 불룩하고 길었다. 그러나 배치 방법은 달랐다. 이곳에는 사각형 모양이 없었다. 성벽이나 토루도 보이지 않았다. 오히려, 거대한 궁전과 그 주위의 길다란 집에서 보면 땅은 길고 평탄한 녹색 평원까지 경사져 있었고 여기 저기 농가가 있었으며 그 건너편으로 산과 숲이 보였다.

나는 헤르거에게 길다란 집은 누구 집이냐고 물었다. 그가 대답해 주었다. "왕의 집도 있고, 왕의 가족 집도 있고, 귀족의 집도 있고, 하인과 신분이 낮은 관리의 집도 있지요." 그는 또한 이곳이 어려운 곳이라고 덧붙였다. 나는 그 말이 무슨 뜻인지 알아 들을 수 없었다.

드디어 우리는 로쓰가르 왕의 거대한 궁전으로 인도되어 들어갔다. 정말이지 그것은 너무도 놀라운 곳이었다. 그것이 야만스러운 스칸디나비아 땅에 존재한다는 사실 때문에 더욱 놀라웠다. 이 궁전은 로쓰가르 사람들에 의해 휴롯이라는 이름으로 불렸다. 노오스인들은 생활도구나 건물, 배, 특히 무기들에 사람 이름을 붙이는 풍습이 있었기 때문이다. 로쓰가르의 거대한 궁전인 이 휴롯은 칼리프의 주 궁전 만큼이나 컸으며, 은과 금으로 풍부하고 아름답게 조각되어 있었다. 금은 스칸디나비아 땅에서 가장 귀한 물건이다. 사방팔방으로 지극히 눈부시고 아름다운 무늬와 장식이 정교하게 세공되어 있었다. 이는 실로 로쓰가르 왕의 힘과 권위를 상징하는 기념물이었다.

로쓰가르 왕은 휴롯 궁전의 깊숙한 곳에 앉아 있었다. 그곳은 너무 넓어서 그의 모습이 잘 보이지 않을 지경이었다. 그의 오른쪽 어깨 바로 뒤편에 우리를 불러 세웠던 전령이 서 있었다. 그 전령이 말을 했다. 헤르거가 통역해 준 바에 의하면 다음과 같다. "오, 왕이시여, 여기 야틀람 왕국에서 파견된 무사들이 와 있습니다. 이들은 방금 바다에서 도착하였고 지도자는 불리위프라는 사람입니다. 이들은 자신들의 임무를 왕께 직접 아뢰겠노라고 했습니다. 오, 왕이시여, 그들이 들어오도록 허락해 주소서. 이들은 귀족의 품위를 지녔고, 이들의 대장은 그 거동으로 보아 굉장한 무사임이 분명합니다. 오, 로쓰가르 왕이시여, 이들을 귀족으로서 영접하소서."

이리하여 우리는 로쓰가르 왕 앞으로 인도되었다.

로쓰가르 왕은 죽을 때가 다 된 사람 같아 보였다. 그는 젊지 않았고, 머리는 백발이었다. 피부는 매우 창백하고 얼굴은 슬픔과 두려움으로 깊이 주름이 패어 있었다. 그는 눈을 찌푸려 잔뜩 주름을 잡으며 우리를 의심스러운 눈초리로 바라보았다. 혹은 그가 거의 장님에 가까워서 잘 보이지 않아 그런 것인지도 모른다. 마침내 그는 입을 열었다. 헤르거가 이렇게 통역해 주었다. "나는 이 사람을 잘 안다. 내가 이 사람을 부르러 보냈기 때문이다. 그는 영웅의 임무를 띠고 온 것이다. 그의 이름은 불리위프다. 나는 그가 어린아이일 때 알았다. 내가 바다를 건너 야틀람 왕국에 갔을 때이다. 그는 히글락 왕의 아들이다. 그 아버지는 나를 극진히 맞아 주었는데 이제 그 아들이 오늘날 곤경과 슬픔에 빠져 있는 나를 구하러 왔구나."

이런 말을 끝내고 로쓰가르는 무사들도 궁전 안으로 들어오도록 했다. 선물이 증정되고 축하연이 시작되었다.

그때 불리위프가 입을 열었다. 그가 길게 이야기했기 때문에 헤르거는 나에게 통역해줄 수가 없었다. 불리위프가 이야기 하는 동안 옆에서 말하는 것은 불경한 행동이 될 터이기 때문이다. 그러나, 그 내용은 대강 이러하다. 불리위프는 로쓰가르의 재앙에 대해 들었으며 그에 대해 유감으로 생각한다. 그의 아버지 왕국도 똑같은 재앙에 의해 파멸 당했다. 그는 로쓰가르 왕국을 그 재앙으로부터 구해내기 위해 온 것이다.

여전히 나는 노오스인들이 재앙이라고 부르는 것이 도대체 무엇인지 알지 못했다. 이미 사람을 갈가리 찢어 놓은 야수들의 짓거리를 목격하고서도 말이다.

로쓰가르 왕은 조금 서두르며 무사와 귀족들이 모두 모이기 전에 무슨 말인가 하려는 것 같았다. 그는 이렇게 말했다. "오, 불리위프, 나는 왕위에 막 오른 청년 시절 당신의 아버지를 뵈었소. 지금 나는 늙고 비탄에 잠겨 있소. 머리는 굽었소. 눈은 나의 허약함을 인정하는 수치심으로 울고 있소. 보시다시피 나의 왕좌는 공허한 폐허나 다름없소. 나의 왕국은 황무지로 화해가고 있소. 악마들이 나의 왕국에 어떤 짓을 저질렀는지 이루 말로 다 표현할 수 없소. 밤이면 종종 나의 무사들이 술에 취해 용감해져서 악마들을 무찌르겠다고 맹세하곤 하지요. 그러나 안개 자욱한 들판 위로 희붐하게 동이 틀 무렵이면 여기저기 피범벅이 된 시체가 보인다오. 이것이 나의 불행이요. 이제 더 이상 이야기하지 않겠소."

긴 나무 의자가 들어오고 식사가 우리 앞에 차려졌다. 나는 왕이 이야기하는 "악마"가 무슨 뜻이냐고 헤르거에게 물어 보았다. 헤르거는 화를 내며 다시는 묻지 말라고 못박았다.

그날 저녁 대연회가 열렸고, 로쓰가르 왕과 그의 왕비 웨일류가 로쓰가르 왕국의 귀족과 무사들을 접대하였다. 왕비는 보석과 금으로 장식된 옷을 입고 있었다. 귀족들은 보잘것 없는 사람들이었다. 모두 늙고 술에 절어 있었으며, 대다수가 절룩거리거나 부상을 입고 있었다. 그들 모두의 눈에는 두려움에 떠는 공허한 시선이 있었고, 그들의 명랑함 속에도 공허함이 깃들어 있었다.

그들 중에는 위글리프라는 이름의 왕자가 있었다. 그는 나도 들은 바 있는, 자기 형제를 셋이나 죽인 로쓰가르의 아들이었다. 이 사람은 젊고, 날씬한 체격에 금빛 턱수염을 하고, 시선은 한 곳에 고정되는 법 없이 끊임없이 이러저리 움직였다. 다른 사람과 시선을 맞추는 일도 결코 없었다. 헤르거는 그를 보더니 이렇게 말했다. "여우로군." 이 말은 좋지 못한 행실을 하는 교활하고 변덕스러운 사람을 뜻한다. 노오스인들은 여우가 제 마음대로 모습을 바꿀 수 있는 동물이라고 믿었기 때문이다.

연회가 중반으로 접어들었을 무렵, 로쓰가르는 전령을 휴룻궁의 문께로 내보냈다. 전령은 그날 밤 안개가 내리지 않을 것이라고 보고하였다. 그날 밤 날씨가 맑을 것이라는 발표를 듣고 모두 기뻐하면서 축하하였다. 위글리프만 빼고 모두가 즐거워하였다.

연회 도중에 위글리프 왕자가 일어서더니 이야기하기 시작했다. "저는 귀한 손님들을 위해 축배를 들겠습니다. 특히 곤경 속에 빠져 있는 우리를 돕기 위해 와 주신 용맹스러운 무사 불리위프를 위해. 너무도 커다란 곤경이라 그가 극복해낼지는 의문입니다만." 헤르거는 나에게 이 말을 속삭여 주었다. 그 말이 칭찬인 동시에 모욕도 된다는 것을 나는 알아챘다.

모든 사람의 시선이 불리위프에게로 쏠렸다. 그의 반응이 궁금해서이다. 불리위프는 일어나더니 위글리프쪽을 보면서 당당하게 말하였다. "나는 아무것도 두렵지 않소이다. 밤에 몰래 기어들어와 자고 있는 사람들을 죽이는 풋내기 악당도 전혀 안 무섭소." 그가 "웬돌"을 가리키는 것이라고 나는 생각했다. 그러나 위글리프는 안색이 창백해지면서 앉아 있던 의자를 꽉 움켜 잡았다.

"날 두고 하는 소리요?" 위글리프가 떨리는 목소리로 말했다.

불리위프는 이렇게 대답했다. "아니요, 그러나 나는 안개 괴물만큼이나 당신도 두렵지 않소."

젊은 왕자 위글리프는 로쓰가르 왕이 자리에 앉으라고 명했는데도 불구하고 계속 불리위프에게 따져 물었다. 위글리프는 그 자리에 있는 모든 귀족들에게 말했다. "외국에서 방금 도착한 이 불리위프라는 인물은 겉으로 볼 때는 몹시 자신감에 넘치고 대단한 힘의 소유자 같습니다. 그러나 나는 그의 용기를 시험해 볼 준비를 해 놓았습니다. 자신감은 남의 눈을 속이는 경우도 있으니까요."

그러자, 불리위프의 뒤쪽, 문 가까이에 있는 식탁 앞에 앉아 있던 한 거구의 무사가 재빨리 일어나더니 창을 뽑아 들고 불리위프의 등을 향해 공격하였다. 이 모든 것이 숨을 한 번 들이마시는 시간보다 더 짧은 순간에 일어났다. 불리위프도 또한 순식간에 몸을 돌려 창을 뽑아 들고는 무사의 가슴팍을 정통으로 찔렀다. 그런 다음 창자루를 잡은 채 무사의 몸을 자기 머리 위로 높이 쳐들고는 벽을 향해 던져버렸다. 이리하여, 그 무사는 창에 몸이 꿰인 채 마루 위에 대롱대롱 매달려서 두 발로 허공을 차는 형국이 되었다. 창끝은 휴롯궁의 벽 속에 깊이 박혀 있었다. 무사는 비명 소리를 한 번 내지르고는 곧 죽었다.

그러자, 커다란 동요가 일었다. 불리위프는 몸을 돌려 위글리프를 똑바로 바라보며 말했다. "이렇게 어떤 위협 세력이라도 무찔러 버리겠소." 헤르거는 즉시 커다란 목소리로 제스처를 많이 쓰며 나에게 통역해 주었다. 나는 이 사건에 무척 당혹감을 느꼈다. 나는 벽에 꽂힌 죽은 무사에게서 눈을 뗄 수 없었다.

그때 헤르거가 나를 보며 라틴어로 말했다. "당신은 로쓰가르 왕을 위해 노래를 불러야 합니다. 모두가 그걸 원하고 있어요."

나는 그에게 물었다. "무슨 노래를 부르지요? 아는 노래가 하나도 없는데요." 그는 이렇게 말했다. "사람들의 마음을 즐겁게 해줄 노래를 부르시오." 그리고 덧붙여 말했다. "당신의 유일한 신 얘기는 하지 말아요. 아무도 그런 어리석은 이야기는 좋아하지 않는답니다."

정말이지 나는 무슨 노래를 불러야 할지 막막하였다. 나는 가수가 아니었기 때문이다. 모든 사람이 나를 바라보는 동안 시간이 점점 흘렀고, 궁전 안은 조용하였다. 그러자, 헤르거가 나에게 말했다. "전투에서 용감하게 싸운 왕들의 노래를 부르시오."

나는 그런 노래는 알지 못했지만, 우리 나라에서 재미있다고 평가되는 이야기를 하나 들려줄 수 있다고 말했다.

이 말에 그는 대찬성이었다. 내가 현명한 선택을 했다고 칭찬해 주었다. 그래서 나는 그들 — 로쓰가르 왕, 그의 왕비 웨일류, 그의 아들 위글리프, 그리고 모든 귀족과 무사들 — 에게 누구나 다 알고 있는 아부 카심의 슬리퍼 이야기를 들려 주었다. 나는 가벼운 어조로 내내 미소를 띠며 말했다. 처음에 노오스인들은 나의 이야기를 퍽 재미있어 하였다. 소리내어 웃으며 자기네 배를 철썩 때리기까지 하였다.

그런데 이상한 일이 벌어졌다. 내가 이야기를 계속함에 따라 노오스인들은 웃음을 멈추고 점점 우울해졌다. 그리하여 내가 이야기를 끝마쳤을 때에는 웃음은 커녕 음산한 침묵만이 실내에 감돌고 있었다.

헤르거가 나에게 말했다. "당신은 이유를 알 수 없겠지만 그것은 우스운 이야기가 아니라오. 내가 분위기를 바꾸어 놓아야겠군요." 그리고는 무슨 말인가를 하였다. 나를 두고 하는 농담 같았다. 그러자, 모두들 '하하' 하고 웃음을 터뜨렸다. 그리하여 마침내 연회는 다시 진행되었다.

아부 카심의 슬리퍼 이야기는 아랍권 문화에서는 아주 오래된 옛날 이야기로서 이븐 파들란과 바그다드 시민들 간에는 잘 알려져 있었다.

이 이야기에는 많은 이본이 있으며, 말하는 사람의 흥에 따라 간단하게도 혹은 길게도 이야기될 수 있다. 간단히 말하면, 아부 카심은 부유한 상인인데 그 사실을 감추고자 하는 구두쇠이다. 장사에서 유리한 거내를 하기 위해서이다. 가난하게 보이기 위해서 그는 각별히 값싸고 볼품 없는 슬리퍼를 신고 있었다. 그는 사람들이 속아주기를 바랬지만 아무도 속지 않았다. 오히려 그를 아는 주변 사람들은 그를 어리석고 엉뚱한 인간이라고 생각하였다.

어느 날, 아부 카심은 운좋게도 유리 그릇을 아주 싸게 샀다. 이를 축하하기 위해, 친구들을 불러 잔치를 여는 대신 혼자 공중 목욕탕에 가는 조촐하고 이기적인 사치를 누리기로 하였다. 그는 대기실에 옷과 신발을 벗어 놓았다. 그러자, 한 친구가 닳아빠지고 볼품 없는 신발을 보고 호되게 그를 꾸짖었다. 그것들이 아직 쓸만하다고 대답하며 아부 카심은 친구와 함께 목욕탕 안으로 들어갔다. 그 후, 한 세도 있는 재판관이 목욕탕에 와서 옷을 벗고는 우아한 신발을 벗어 놓고 탕 안으로 들어갔다. 한편, 목욕을 끝낸 아부 카심이 자기 신발을 찾으니 아무데도 없었다. 자기 신발이 있던 자리에는 아름다운 새 신발이 한 켤레 놓여 있었다. 자기 친구가 선물한 것이려니 지레 짐작하고 그는 그 신발을 신고 갔다.

재판관이 나와 보니 자기 신발이 보이지 않았다. 그가 찾아낸 것이라고는 초라하고 다 낡아빠진 싸구려 슬리퍼밖에 없었다. 그것이 구두쇠 아부 카심의 신발이라는 사실은 삼척동자도 아는 일이었다. 재판관은 화가 났다. 하인을 시켜 없어진 신발을 찾으러 보냈다. 그 신발은 도둑의 발에 신겨진 채로 곧 발견되었다. 도둑은 판사 앞으로 끌려 나와 무거운 벌금형을 선고 받았다.

아부 카심은 자신의 불운을 저주하며, 집에 오자마자 재수없는 슬리퍼를 창 밖으로 내던져 버렸다. 그것들은 티그리스 강의 흙탕물 속으로 풍덩 빠졌다. 며칠 후에 일단의 어부들이 그물을 끌어 올렸다. 그 속에 물고기 몇 마리와 함께 아부 카심의 신발이 있었다. 그런데 신발 바닥에 박힌 징이 그물을 몽땅 찢어 놓은 것이었다. 화가 나서 어부들은 그 축축한 신발을 한 열려 있는 창문 안으로 던져버렸다. 마침 그 창문은 아부 카신네 창이었다. 신발은 새로 산 유리그릇 위로 떨어져 몽땅 그것을 깨뜨리고 말았다.

아부 카신은 속이 몹시 상해서 인색한 구두쇠답게 원통해 하였다. 그는 그 초라한 슬리퍼가 다시는 그에게 해를 입히지 못하게 하겠다고 맹세하였다. 일을 확실히 마무리하기 위해 그는 삽을 들고 정원으로 나가서 신발을 묻었다. 우연히 옆집 사람이 하인에게나 어울릴 천한 땅파기 일을 아부 카신이 하고 있는 것을 보았다. 주인이 그런 막일을 손수하는 걸 보면 분명히 보물을 묻기 위해서일 것이라고 그 이웃은 추측하였다. 그래서 그는 칼리프에게 가서 아부 카신의 일을 고하였다. 그 나라의 법에 의하면 땅 속에서 발견된 보물은 무엇이든 칼리프의 재산이었기 때문이다.

아부 카신이 칼리프 앞으로 불려 갔다. 그가 단지 낡은 신발 한 켤레를 땅에 묻었다고 고하자 법정에 있던 사람들은 박장대소하였다. 그 상인이 자신의 불법적인 의도를 감추려고 거짓말하는 줄 알았기 때문이다. 칼리프는 그런 어리석은 거짓말에 속을 바보로 취급당한 것에 분노하여 벌금을 더욱 중하게 부과하였다. 아부 카신은 선고를 듣고 눈앞이 아찔하도록 놀랐다. 그러나, 벌금을 고스란히 물지 않을 수 없었다.

아부 카신은 그의 신발을 완전히 없애기로 결심하였다. 다시는 그것이 말썽을 부리지 못하도록 확실히 없애기 위해, 그는 마을에서 먼 곳까지 걸어 가 연못 속에 신발을 던져 넣었다. 그리고는 신발짝들이 바닥에 가라앉는 모양을 흡족한 마음으로 지켜보았다. 그러나, 그 연못은 그 시에 물을 공급하는 수원지였다. 시간이 흐르자 신발짝들이 수도관을 막아버렸다. 문제를 해결하도록 급히 파견된 경비원들은 그 신발짝들을 발견하고 그것이 누구의 것인지 곧 알아 보았다. 그 악명 높은 수전노의 슬리퍼를 모르는 사람은 아무도 없었기 때문이다. 아부 카신은 또 다시 칼러프 앞에 붙여 갔다. 시의 수원지를 더럽힌 처로 그가 물게 된 벌금은 지난 번 보다 훨씬 무거웠다. 신발은 다시 그에게 되돌아 왔다.

아부 카신은 신발을 태워버리기로 결심하였다. 그러나 그것들이 아직 젖어 있어서 말리려고 발코니에 널어 두었다. 개 한 마리가 그것을 보고 달려와 갖고 놀기 시작했다. 그러다가 신발 한 짝이 개 주둥이에서 길바닥으로 떨어졌다. 발코니는 길바닥에서 상당히 높은 곳이었다. 마침 그 밑을 지나가던 여자가 그 신발짝에 맞았다. 그 여자는 임산부였는데 그 충격으로 인해 유산되고 말았다. 그녀의 남편은 손해 배상을 청구하기 위해 법정으로 달려갔고 많은 보상금을 받게 되었다. 아부 카신은 이제 빈털터리 가난뱅이가 되었건만 그 돈을 몽땅 물어 주어야만 하였다.

이는 신발을 때맞추어 새로 사 신지 않는 사람에게 어떤 재앙이 떨어질 수 있는가라는 야릇한 교훈을 익살스럽게 표현하고 있는 이야기이다. 그러나 분명, 어떤 짐을 도저히 떨어버릴 수 없는 인간의 운명이라는 숨은 의미 때문에 노오스인들의 마음이 산란해졌으리라.

계속되는 연회로 밤은 점점 깊어갔다. 불리위프의 무사들은 모두 태평한 태도로 여자들과 즐기고 있었다. 위글리프 왕자가 연회장을 떠나기 앞서 불리위프를 노려보았다. 그러나, 불리위프는 그에게 전혀 신경쓰지 않고 노예 소녀들과 자유민 여자들을 데리고 노는 일에 열심이었다. 시간이 어느 정도 흐른 뒤, 나는 잠이 들었다.

아침에 망치 두드리는 소리에 잠이 깨었다. 휴룻궁 밖으로 뛰어나가 보니 로쓰가르 왕국 사람들이 모두 모여 방어물 공사를 하고 있었다. 치밀한 사전 계획 하에 일이 진행되고 있었다. 말들은 울타리 기둥을 날랐다. 무사들은 그것들을 끝이 뾰족하게 깎았다. 불리위프는 칼끝으로 땅에 금을 그으며 방어물이 위치하게 될 장소를 지시하고 있었다. 이 일을 하는 데에 그는 룬딩을 쓰지 않고 다른 검을 사용하였다. 그것에 무슨 까닭이 있는지는 나도 모른다. 한낮이 되자, 죽음의 천사* 라고 불리우는 여자가 와서 땅바닥에 뼈조각을 던지고 그 위에 주문을 외고는 그날 밤에 안개가 내릴 것이라고 발표하였다. 이 소리를 듣고 불리위프는 모든 작업을 중지하도록 명하고 커다란 잔치를 준비시켰다. 이 문제에 대해 모든 사람의 마음이 일치하여 일을 모두 중단하였다. 왜 잔치를 여느냐고 헤르거에게 물어보았지만 내가 너무 많은 것을 물어본다고 시큰둥했다. 내가 좋지 않은 때에 물어본 것도 사실이다. 헤르거는 그를 향해 다정하게 미소짓는 금발의 노예 소녀 앞에서 막 사랑할 자세를 취하고 있던 참이었기 때문이다.

오후가 되자, 불리위프는 자신의 무사들을 모두 소집하여 "전투 준비를 하라"는 명령을 내렸다. 그들은 그 말에 호응하고 서로에게 행운을 빌어주었다. 한편, 연회 준비는 착착 진행되고 있었다.

로쓰가르의 신하와 귀족들이 많이 불참하였지만, 밤의 연회는 전날 밤의 것과 흡사하였다. 사실은 그날 밤 휴롯궁에서 무슨 일이 벌어질지 두려워하여 많은 귀족이 불참하였다는 사실을 나도 알게 되었다. 휴롯궁은 그 지역에서 악마가 관심을 두는 중심 장소로 생각되었던 것이다. 악마는 후롯궁을 몹시 탐내든지 혹은 다른 비슷한 욕심을 품고 있다고 생각되었다. 나는 그 뜻을 확실히 알 수 없었다.

앞으로 닥쳐 올 사건에 대한 불안 때문에 연회는 나에게 하나도 즐겁지 않았다. 그러나 다음과 같은 일이 벌어졌다. 나이 많은 귀족 한 사람이 라틴어와 이베리아 방언을 할 줄 알았다. 그는 젊었을 때 코르도바라는 칼리프 영토로 여행한 적이 있었다고 했다. 나는 그와 대화

---

* 이 여자는 볼가강 유역에 거주하는 노오스인과 함께 살던 "죽음의 천사"와 동일인이 아니다. 각 부족에는 무당의 역할을 수행하는 늙은 여자가 있고 그를 일컬어 "죽음의 천사"라고 했음이 분명하다. 따라서 이는 통칭인 것이다.

를 함께 나누었다. 이런 상황에서 나는 제법 아는 체하지 않을 수 없었
다.

그는 나에게 이렇게 물었다. "그렇다면 당신이 13번째 숫자가 되는
외국인이요?" 그렇다고 나는 대답했다. 노인이 말했다. "당신은 대단
히 용감하겠구려. 당신의 용감성에 경의를 표하는 바요." 이 말에 나
는 겸손한 태도로 불리위프의 무사들에 비하면 나는 겁장이에 불과하
노라고 대답했다. 정말이지, 그 말은 사실 이상이었다. 나는 싸움과는
거리가 먼 일개 서생에 불과하였기 때문이다.

"상관 없어요."라고 노인이 말했다. 그는 그 지역에서 나는 술을 많
이 마셔서 만취된 상태였다. 그것은 미드라고 불리는 술로 맛이 고약
하고 독했다. "웬돌과 맞서다니 당신은 정말 용감한 사람이요." 그가
덧붙였다.

나는 드디어 그 괴물의 정체를 알게 되리라는 예감이 들었다. 나는
노인에게 헤르거가 언젠가 말해준 바이킹의 속담을 인용하였다. "동물
도 죽고, 친구들도 죽고, 나도 죽게 마련이다. 그러나 영원히 죽지 않
는 것이 하나 있다. 그것은 우리가 죽은 후에 남기는 명성이다."

노인은 이 말을 듣고 이빨이 다 빠진 잇몸을 드러내며 히히거렸다.
내가 바이킹의 속담을 알고 있다는 사실이 기분 좋았던 모양이다. 그
는 말했다. "그건 그래요. 하지만 웬돌에게도 명성이 있다우." 그러나,
나는 아무 관심도 없다는 듯이 태연하게 대답했다. "정말입니까? 그런
소리는 금시초문인데요."

노인은 내가 외국인이라서 그렇다며 자기가 모두 이야기해 주겠다
고 말했다. 그가 말한 내용은 다음과 같다. "웬돌" 혹은 "윈든"이라는
이름은 북구의 역사 만큼이나 오랜 것으로 "검은 안개"를 의미한다.
노오스인들에게 이 말은 밤이 되면 몰래 습격해 와서 사람들을 죽이고
그 살을 먹는 검은 괴물을 불러들이는 안개를 의미한다.* 이 괴물은

온몸이 털로 덮여 있고 고약한 냄새를 풍기며 사납고 교활하다. 그들
은 사람의 말을 하지는 못하지만 자기네끼리 의사소통을 한다. 그들은
밤안개와 더불어 나타났다가 해가 뜨면 사라진다. 아무도 감히 쫓아갈
수 없는 어디엔가로.

　노인은 이런 말도 해주었다. "여러가지 방법으로 검은 안개 괴물이
사는 지역을 알 수 있다오. 때때로 무사들이 말타고 개를 데리고 숫사
슴을 사냥할 때가 있지요. 수 마일에 이르는 숲을 지나 산을 넘고 골짜
기를 건너고 평원을 달려 숫사슴을 추격하지요. 그러다가, 숫사슴이
늪지대 호숫가 혹은 소금기 있는 소택지에 이르면 갑자기 발길을 멈춘
다오. 사슴은 그 낯설고 불쾌한 지역으로 들어가느니 차라리 사냥개들

＊ 스칸디나비아인들은 괴물이 사람을 먹는다는 사실보다 몰래 숨어 들어 습격하는 사악
　함에 더욱 공포를 느꼈음이 분명하다. 식인 행위가 스칸디나비아인들에게 혐오스럽
　게 느껴진 이유는 그로 인해 오딘의 신전 발할라에 들어가기가 어려워지기 때문이라
　고 옌센은 주장한다. 하지만 이런 견해를 뒷받침할 증거는 하나도 없다.

　　그러나, 박학다식한 이븐 파들란에게 있어 식인의 개념은 사후의 고난을 암시할 수
　도 있을지 모른다. "디 이터 오브 더 데드(the eater of the dead : 시체를 먹는
　자)"는 이집트 신화에서 잘 알려진 괴물이다. 이는 악어의 머리, 사자의 몸통, 하마의
　등을 하고 있는 무서운 괴물이다. 이 괴물은 저승에서 유죄 판결을 받은 사악한 자들
　을 삼켜버린다.

　　인류의 역사가 시작된 이래로 어떤 형태로든, 어떤 이유로든 제의적인 식인 행위가
　드물지 않게 있어왔다는 사실은 주목할 만한 가치가 있다. 북경인과 네안데르탈인은
　둘 다 분명히 식인종이었다. 또한 시씨안족, 중국인, 아일랜드인, 페루비아인, 마요루
　나족, 자가족, 이집트인, 오스트레일리아의 아보리진족, 마오리족, 그리스인, 휴론족,
　이로쿠아족, 포오니족, 아샨티족 등도 한때 식인종일 때가 있었다.

　　이븐 파들란이 스칸디나비아에 있을 무렵, 어떤 아랍 상인들은 중국에 있었다. 그
　런데 그곳 사람들은 사람의 살을 "두발 달린 양고기"라 부르며 공공연히 합법적으로
　시장에서 팔고 있었다는 그 상인들의 기록이 남아 있다.

　　스칸디나비아인들이 웬돌의 식인 행위를 혐오한 것은 무사의 살이 여자에게 먹히
　운다고 믿었기 때문이라고 마틴슨이 주장한다. 특히 웬돌의 어머니에게 말이다. 이러
　한 견해를 뒷받침할 증거는 하나도 없지만 그러한 사실이 바이킹 무사의 죽음을 더욱
　수치스럽게 만들었음은 확실하다.

한테 갈가리 찢기우는 편을 택하는 것이지요. 그래서 우리는 그 지역이 웬돌의 거주지임을 알게 되지요. 그리로는 짐승들마저 들어가기를 꺼린다는 사실도 말이요."

나는 그의 이야기를 듣고 굉장히 놀란 시늉을 하였다. 그 노인에게서 이야기를 더 끌어내기 위해서였다. 그때 헤르거가 나를 보며 험악한 표정을 지어 보였지만, 나는 조금도 개의치 않고 노인의 말에 귀기울였다.

노인은 이야기를 계속했다. "아주 오랜 옛날, 스칸디나비아에 사는 사람이면 누구나 검은 안개를 두려워했다오. 그런데 우리 아버지, 그분의 아버지, 또 그분의 아버지로 거슬러 올라가는 시절부터 스칸디나비아인 중 검은 안개를 직접 본 사람은 하나도 없다오. 개중의 젊은 무사들은 소름끼치는 검은 안개의 이야기를 아직도 기억하고 있는 우리를 아주 늙은 바보로 취급할 정도라오. 그러나, 스칸디나비아의 왕들은 모두가 심지어 노르웨이의 왕들까지 검은 안개가 다시 올 것에 대비하여 항상 준비를 해놓고 있지요. 우리들의 모든 성채나 성곽은 육지로부터의 공격에 대비하여 단단히 방어 시설을 갖추고 있답니다. 우리 아버지의 할아버지 때부터 우리 민족은 이렇게 조치를 취하여 왔지요. 아무도 검은 안개를 본 사람이 없는데도 말이요. 그런 지금 그 괴물이 다시 나타난 것입니다."

내가 왜 검은 안개가 다시 나타났느냐고 묻자 노인은 목소리를 낮추며 이렇게 대답해 주었다. "로쓰가르 왕의 허영심과 약함 때문에 검은 안개가 다시 온 것이라우. 로쓰가르 왕은 어리석게도 지나치게 호화로운 궁전을 지어 신들의 분노를 샀지요. 게다가 그의 거대한 궁전을 육지로부터의 공격에 대해 전혀 보호시설이 되어 있지 않은 곳에 지음으로써 검은 안개 괴물을 유혹한 셈이지요. 로쓰가르 왕은 나이가 들자 자신이 무공으로 이름을 남기지 못하리라는 것을 깨닫고 이 호화로운 궁전을 지었다우. 이 궁전은 모든 세상 사람들의 화제거리가 되었고 왕의 허영심은 만족되었지요. 로쓰가르는 신처럼 행동했으나 사실은 인간에 불과하지요. 신들은 그를 혼내주고 그에게 겸손을 가르치기 위해 검은 안개를 보낸 것이랍니다."

그의 백성들이 로쓰가르 왕을 원망할지도 모르겠다고 내가 말하자 노인은 이렇게 대답했다. "어떤 사람도 결점이 하나도 없이 훌륭할 수 없고, 또한 장점이 하나도 없이 나쁠 수만은 없는 법이라우. 로쓰가르는 공명정대한 왕이어서 그의 치세 동안 내내 백성들이 번영을 누렸지요. 그가 얼마나 지혜롭게 나라를 잘 다스렸는지는 이곳 휴롯궁이 그 증거물이라오. 참으로 눈부신 결실이지요. 왕의 유일한 결점은 방어 시설을 망각한 것이라우. 우리 속담에 이런 말이 있지요. '사람은 자기 무기에서 한 발짝도 떨어져 있지 말아야 한다.' 로쓰가르 왕은 무기가 하나도 없지요. 사실상 그는 이빨이 다 빠지고 허약한 늙은이에 불과하답니다. 그래서 검은 안개가 마음대로 이 땅에 스며드는 것이라우."

나는 좀더 알고 싶었으나 노인은 지쳐 있었다. 그는 나에게서 몸을 돌리더니 곧 잠들어버렸다. 정말이지 로쓰가르 왕의 연회에 나온 음식과 술의 양은 엄청나서 이미 많은 귀족들이 꾸벅꾸벅 졸고 있었다.

로쓰가르 왕이 베푼 연회의 상차림은 이러하다. 각 사람 앞에는 식탁보와 접시, 스푼과 나이프가 놓여 있다. 주요리는 삶은 돼지 고기, 염소 고기, 생선 등이다. 스칸디나비아인들은 구운 고기보다 삶은 고기를 좋아하기 때문이다. 양배추와 양파도 풍부하고 사과와 개암도 있었다. 약간 단맛이 나고 살이 많은 고리 요리는 내가 전에는 한 번도 먹어 보지 못한 것이었다. 그것은 엘크 혹은 레인 디어라고 불리는 큰 사슴의 고기라고 하였다.

미드라고 불리는 지독히 맛이 고약한 술은 꿀을 발효시켜 만든 것이라 했다. 그 술은 세상에서 사람이 만든 물건 중에 가장 시고, 가장 검고, 가장 고약한 맛이 나는 것이었다. 그러나, 독하기는 말할 수 없이 독했다. 몇 모금만 마셔도 세상이 빙빙 돌 정도였다. 하지만, 나는 마시지 않았다. 알라신께 감사!

그런데, 그날 밤 불리위프와 그의 무사들은 술을 전혀 마시지 않거나 조금 맛만 보는 정도였다. 로쓰가르 왕은 이것을 모욕으로 생각하지 않고 당연한 일로 받아들이는 태도였다. 그날 밤 바람은 전혀 불지 않았다. 휴룻궁에 밝혀 놓은 촛불과 횃불은 조금도 깜박거리거나 흔들리지 않았다. 그러나, 축축한 냉기가 살 속으로 스며드는 날씨였다. 밖에는 산으로부터 안개가 피어오르고 있었다. 안개는 희미한 달빛마저 가려버려 온 세상이 암흑 속에 휩싸였다.

밤이 이슥해지자 로쓰가르 왕과 그의 왕비는 잠자기 위해 궁을 떠났다. 그러자, 휴룻궁의 육중한 문은 빗장과 자물쇠로 잠기고, 그 안에 남아 있던 귀족들은 술에 만취되어 혼수상태에 빠져 코까지 골았다.

불리위프와 그의 부하들은 여전히 무장을 풀지 않은 채 방 안을 이리저리 거닐며 촛불에 물을 뿌리고 난롯불을 살폈다. 불꽃이 작고 약하게 타도록 주의하였다. 나는 헤르거에게 그 이유를 물었다. 그는 목숨을 구해 달라고 기도하든지 잠자는 척 하라고 말했다. 나도 무기를 받았다. 짤막한 단검이었다. 하지만 그것이 나에게는 아무런 위안이 되지 못했다. 나는 무사가 아니었고 그 사실을 스스로 너무 잘 알고 있었기 때문이다.

사실은 모든 사람들이 자는 척하고 있었다. 불리위프와 그의 부하들도 로쓰가르 왕의 신하들 곁에 누웠다. 그 신하들은 진짜 코를 골고 있었다. 얼마나 시간이 흘렀는지 모른다. 내가 깜박 잠이 들었던 모양이다. 그러다가 나는 갑자기 퍼뜩 잠에서 깨어났다. 이상한 기분이 들며 순간적으로 졸음이 싹 달아났다. 내 몸은 여전히 대 연회장 바닥에 깔아 놓은 곰가죽 위에 누운 채였다. 칠흑 같은 어두운 밤이었다. 궁전

안의 촛불은 약하게 타고 있었다. 그런데, 어디에선가 가느다란 바람 줄기가 궁전 안으로 살랑거리며 들어오자 촛불의 노란 불꽃이 파르르 흔들렸다.

그 순간, 바람결을 타고 이상한 소리가 내 귀에 어렴풋이 들려 왔다. 마치 돼지가 땅을 헤집으며 내는 것 같은 그르렁거리는 소리였다. 그러더니 역한 냄새가 코를 찔렀다. 죽은지 한 달도 더 된 시체에서 날 것 같은 시체 썩는 냄새였다. 나는 두려움에 사로잡혔다. 그 그르렁거리는 소리는(다른 말로 표현하기가 힘든 소리이다)점점 커지고 점점 흥분하였다. 그 소리는 밖에서 나고 있었다. 처음에는 한 쪽 방향에서 나더니 점차 그 범위가 넓어져 사방에서 들려 왔다. 궁전은 완전히 포위되었던 것이다. 나는 일어나 앉았다. 심장은 쿵쿵거리며 뛰고 있었다. 궁전 안을 둘러 보았다. 자고 있는 무사 중 아무도 움직이는 사람이 없었다. 그러나, 헤르거는 눈을 말똥말똥 뜬 채 누워 있었다. 불리위프 역시 코고는 소리를 내면서도 눈은 똑바로 뜨고 있었다. 나는 비로소 알아챘다. 불리위프의 용사들은 모두 웬돌과 전투를 벌일 준비를 하고 기다리고 있었던 것이다. 웬돌이 내는 소리는 이제 공중에 꽉 차 있었다.

알라께 맹세코, 그 원인을 모를 때 사람이 느끼는 두려움보다 더 큰 두려움은 없다. 웬돌이 그르렁거리는 소리를 들으며 또 그들의 고약한 냄새를 맡으며 곰가죽 위에서 얼마나 오래 누워 있었던가! 정체를 모르는 존재를 기다리며 얼마나 오래 누워 있었던가! 실제 전투보다 전투 개시 직전 기다리는 시간이 훨씬 두려운 법이다. 나는 다음의 이야기가 생각났다. 스칸디나비아인에게는 고결한 무사의 묘비에 새겨 주는 찬사의 말이 있다. "그는 전장에서 도망치지 않았도다." 그날 밤, 불리위프의 일행 중 단 한 명도 도망치지 않았다. 이상한 소리와 역겨운 냄새가 온통 그들 주위를 감싸고, 때로는 강하게 때로는 약하게, 때로는 이 방향에서 때로는 저 방향에서 그들의 신경을 괴롭혔지만, 불리위프의 용사들은 조용히 기다리고 있었다.

그때, 가장 두려운 순간이 왔다. 갑자기 모든 소리가 사라졌다. 완전한 정적의 순간이었다. 사람들이 코고는 소리와 불꽃이 타들어가는 소리만이 나직하게 들렸다. 불리위프의 용사들은 여전히 조용한 자세로 누워 있었다.

일순간 휴롯궁의 견고한 문이 무엇엔가 쾅하고 부딪히는 소리가 나더니, 모든 문이 일제히 확 열렸다. 시체 썩는 냄새를 풍기며 바람이 휙 불어 들자 촛불이 남김없이 꺼져버렸다. 검은 안개가 궁전 안으로 들어왔다.

그들이 몇 명이나 되는지 나는 도무지 짐작할 수 없었다. 그르렁거리는 검은 물체가 수천이 넘는 것 같기도 하고 불과 대여섯밖에 안될 것 같기도 하였다. 시커멓고 거대한 모습이 전혀 사람 같지 않으면서도 또한 사람 같기도 하였다.

피와 죽음의 냄새가 공중에 감돌았다. 나는 터무니없이 한기를 느꼈다. 온 몸이 와들와들 떨고 있었다. 그러나, 무사들은 여전히 미동도 하지 않았다.

갑자기 벽력같은 고함 소리가 터지며 불리위프가 벌떡 일어났다. 그 소리에 죽었던 사람도 놀라 일어날 판이었다. 그의 손에는 거대한 장검 룬딩이 들려 있었다. 룬딩은 공중에 한 번 휘둘러질 때마다 불꽃이 탁탁튀는 듯한 소리를 내었다.

불리위프의 용사들도 뒤따라 벌떡 일어나 모두 전투에 가담하였다. 용사들의 고함 소리와 돼지 그르렁거리는 소리가 뒤섞여 들리고 검은 안개의 악취가 진동하였다. 순식간에 휴롯궁은 공포와 혼란의 도가니로 화했다.

나는 전투에 참여할 용기가 조금도 없었다. 그러나 안개 괴물 한 명이 나에게로 덮쳐 왔다. 그가 가까이 다가왔을 때 나는 번쩍이는 붉은 눈을 보았다. 정말 그 눈은 불꽃처럼 빛나고 있었다. 고약한 냄새가 확 끼쳤다. 내 몸이 번쩍 들리더니 방을 가로질러 휙 날아갔다. 아이가 조약돌을 집어 던진 격이었다. 내 몸은 벽에 부딪힌 다음 바닥으로 떨어졌다. 나는 정신이 몹시 혼미해져서, 주위에서 벌어지는 사건이 실제보다 한층 혼란스럽게 느껴졌다.

가장 생생하게 기억나는 것은 괴물이 나에게 닿을 때의 감촉이었다. 특히, 몸에 난 털의 촉감이 생생하게 기억난다. 안개 괴물은 털북숭이 개처럼 길고 숱이 많은 털이 온몸에 덮여 있었기 때문이다. 또한, 나를 집어 던진 괴물의 입김에서 나던 지독한 냄새가 기억난다.

싸움이 얼마나 오랫동안 계속되었는지 모르지만 갑작스럽게 끝나버렸다. 검은 안개는 사라졌다. 그르렁거리며, 헉헉거리며, 냄새를 풍기면서 슬그머니 도망쳐버린 것이다. 파괴와 죽음을 뒤에 남기고. 촛불을 새로 켤 때까지는 어느 정도 희생이 발생했는지 알 수 없었다.

불이 밝혀지자 희생자가 드러났다. 불리위프의 일행 중에는 세 명이 죽음을 당했다. 귀족인 로네쓰와 할가, 무사인 에드그쏘였다. 첫번째 사람은 가슴이 찢겨 벌어져 있었다. 두번째 사람은 척추가 부러졌다. 세번째 사람은 이미 이전에 목격했던 방식대로 머리가 뜯겨져 있었다. 이 세 무사는 모두 죽어 있었다.

두 명의 무사 할타프와 레쎌은 부상당했다. 할타프는 귀 한 쪽을 잃었고 레쎌은 오른손 손가락 두 개를 잃었다. 두 사람의 부상은 치명상이 아니었다. 두 사람은 조금도 언짢은 기색이 아니었다. 전투에서 입은 상처를 유쾌하게 참으며 무엇보다 생명을 보전했다는 사실에 감사하는 것이 스칸디나비아인의 태도였기 때문이다.

불리위프와 헤르거, 그 밖의 사람들은 모두 피로 흠뻑 젖어 있었다. 마치 피 속에서 목욕을 하고 나온 듯했다. 그런데 도무지 믿어지지 않

을 일이 발생하였다. 우리 동료들이 안개 괴물을 한 명도 죽이지 못했
다는 사실이다. 안개 괴물은 몽땅 도망치고 없었다. 몇 명은 심한 부상
을 입었을지도 모르지만 여하튼 도망쳐버린 것이다.

헤르거는 이렇게 말했다. "나는 두 명의 괴물이 죽은 한 명을 데리
고 가는 것을 보았소." 아마 그의 말이 사실일는지 모른다. 모두가 이
구동성으로 그의 말에 동의했기 때문이다. 안개 괴물은 자기 동료를
절대로 인간의 손에 남겨두지 않는다는 사실을 나는 알게 되었다. 그
들은 커다란 위험을 감수하면서까지 동료를 인간이 보지 못하도록 데
려 가는 것이다. 또한 그들은 희생자의 머리를 간수하여 갖고 가는 습
관이 있었다. 우리는 에드그쏘의 머리를 어디에서도 찾아낼 수 없었
다. 괴물이 그것을 갖고 가버렸기 때문이다.

그 때, 불리위프가 말했다. 헤르거가 나에게 그의 말을 통역해 주었
다. "다들 보시오. 어젯밤의 피비린내 나는 전투에서 나는 전리품을
하나 획득하였소. 자, 여기 괴물의 팔 한 개가 있소이다."

이 말을 증명하려는 듯이 불리위프는 안개 괴물의 팔 하나를 번쩍
들어올렸다. 그 팔은 룬딩에 의해 어깨 부분이 잘려 있었다. 무사들이
모두 모여들어 그것을 관찰하였다. 나도 그것을 살펴 보았다. 팔은 작
았는데 손은 비정상적으로 커다랬다. 근육은 단단했지만 팔은 손에 비
해 몹시 작았다. 손바닥만 빼고 팔에는 온통 길고 검은 털이 빽빽이 나
있었다. 또한 그 팔은 괴물의 고약한 냄새를 풍기고 있었다. 검은 안개
의 그 역겨운 냄새를.

모든 무사들이 불리위프와 그의 칼 룬딩을 향해 찬사를 보냈다. 괴
물의 팔은 휴롯궁의 서까래 위에 높이 매달아 놓았다. 로쓰가르 왕국
사람들은 그것을 보고 몹시 놀라워하였다. 이렇게 하여 웬돌과의 첫번
째 전투는 끝이 났다.

EATERS OF THE DEAD

첫번째 전투 후에 발생한 사건들

첫번째 전투 후에 발생한 사건들

정말이지 스칸디나비아 사람들은 이성과 분별이 있는 인간으로서 행동하는 적이 없다. 안개 괴물의 공격을 불리위프와 그의 동료들(그들 중에 나도 포함된다)이 무찔러 쫓아 보냈는데도 로쓰가르 왕국 사람들은 아무런 반응을 보이지 않았다.

축하연도, 잔치도, 기쁨의 표시도 전연 없었다. 멀리에서까지 로쓰가르 왕국 사람들은 궁전에 매달려 있는 괴물의 팔을 보기 위해 찾아왔다. 그것을 보고 사람들은 놀람과 경악을 금치 못했다. 그러나 로쓰가르 왕 자신은 아무런 기쁨도 표시하지 않았고, 불리위프와 그의 동료들에게 아무런 상도 내리지 않았으며, 잔치를 열 계획도 세우지 않았고, 불리위프에게 노예나 은, 귀중한 의복 혹은 명예가 될 만한 아무 물건도 주지 않았다.

기쁨의 표시는 커녕, 반 장님 노인인 로쓰가르 왕은 우울한 표정을 짓고 엄숙한 태도를 하고 있었다. 오히려 전보다 더욱 두려워하는 눈치였다. 나는 입 밖에 소리내어 말하지는 않았지만 로쓰가르 왕이 검은 안개가 패해서 도망가기 전의 상태를 더 좋아하는 게 아닐까하고 의심하였다.

불리위프의 태도도 다를 바 없었다. 그는 축하연도, 잔치도, 술이나 음식도 전혀 요구하지 않았다. 밤의 전투에서 용감하게 싸우다 죽은 귀족들의 시신은 꼭대기에 나무 지붕을 얹은 구덩이 속으로 재빨리 옮겨졌다. 그리하여, 그곳에 열흘 간 놓여 있었다. 이 일을 하는 동안 서두르는 기색이 역력했다.

불리위프와 그의 동료들이 기쁨을 보이거나 혹은 미소를 조금이라도 보인 것은 죽은 무사들의 시신을 나란히 눕혀 놓을 때 뿐이었다. 스칸디나비아인들과 한참 더 사귄 후에야 나는 그들이 전투에서 죽은 사람을 보면 그가 누구이든 미소를 짓는다는 사실을 알게 되었다. 그때의 미소는 살아있는 사람을 위해서가 아니라 죽은 사람을 위해 짓는 것이다. 누구라도 무사로서 싸우다 죽으면 그들은 기뻐한다. 그 반대의 경우에는 슬퍼하게 된다. 어떤 사람이 잠자다 죽거나 침대 위에서 죽으면 그들은 몹시 비통해 한다. 그러한 사람에 대해 그들은 이렇게 표현한다. "그는 짚단 속의 암소처럼 죽었다." 이 말은 모욕은 아니지만 죽음을 애도해야 할 이유가 된다.

스칸디나비아인들은 인간이 어떻게 죽느냐의 문제가 죽은 후의 조건을 결정한다고 믿는다. 그들은 전투에서 무사로서 싸우다 죽는 것을 최고의 죽음으로 생각한다. "짚단 죽음"은 수치스러운 죽음이다.

누가 자다가 죽으면 그가 "마란" 혹은 "밤의 암말"에 의해 목졸려 죽었다고 말한다. 이 "밤의 암말"은 여자인데 그 사실이 그런 죽음을 수치스럽게 만드는 것이다. 여자의 손에 죽는 것은 무엇보다도 가장 수치스러운 일이기 때문이다.

또한 무기를 지니지 않은 상태에서 죽으면 수치스러운 일로 생각한다. 스칸디나비아 무사는 항상 무기를 곁에 둔 채로 산다. 그래야 마란이 밤에 찾아 와도 무기를 사용할 수 있기 때문이다.

무사가 병으로 죽거나 나이가 들어 쇠약해서 죽는 일은 거의 없다. 아네라는 왕의 이야기를 들은 적이 있다. 그는 너무 오래 살아서 어린

아이처럼 변해버렸다. 이는 몽땅 다 빠지고 어린애 음식을 먹고 살았다. 그는 하루 종일 우유가 든 뿔을 빨며 침대에 누워 있었다. 그러나, 이는 스칸디나비아에서 매우 희귀한 경우라 한다. 나는 아주 늙은 노인을 거의 보지 못했다. 수염이 하얗게 센 정도가 아니라 아예 빠져버린 노인을 두고 하는 말이다.

여자들 중에는 나이를 아주 많이 먹도록 사는 경우가 종종 있다. 특히 그들이 죽음의 천사라고 부르는 늙은 노파의 경우가 그러하다. 이렇게 늙은 여자들은 병을 고치고, 주문을 외며, 악의 세력을 몰아내고, 미래를 예언하는 마술적 힘을 지니고 있다고 여겨졌다.

스칸디나비아의 여자들은 자기네끼리 싸우지 않는다. 나는 여자들이 두 남자의 싸움이 격렬해지면 가운데 들어서 양쪽의 화를 풀어주는 것을 종종 목격하였다. 무사들이 술에 취해 화를 내거나 행동이 느릴 때 특히 그러하였다. 이런 일은 이곳에서 드물지 않게 일어났다.

낮이고 밤이고 가리지 않고 하루 온 종일 술을 퍼마시던 노오스인들이 전투 다음 날에는 아무것도 마시지 않았다. 로쓰가르 왕국 사람들이 그들에게 술을 권하는 일도 거의 없었다. 혹시 있더라도 사양하고 마시지 않았다. 나는 그런 사실이 너무나도 이상스러워 마침내 헤르거에게 그 까닭을 물어 보았다.

헤르거는 관심없다는 뜻으로 어깨를 흔드는 노오스인의 몸짓을 하며 말했다. "모두가 두려워서 그런다우."

왜 아직도 두려워해야 할 이유가 있느냐고 나는 물었다. 그가 이렇게 대답했다. "검은 안개가 다시 오리라는 것을 알고 있기 때문이죠."

지금 고백하건대 그 때 나는 무사의 오만함으로 꽉 차 있었다. 사실 나 자신도 나에게 그럴 자격이 없다는 것을 잘 알고 있었음에도 말이다. 그래도 나는 내가 살아남았다는 사실에 들떠 있었고 로쓰가르 사람들은 나를 강력한 무사로서 대해 주었다. 나는 대담하게 말했다.

"그게 무슨 상관이요? 그놈들이 다시 오면 이번에도 지난 번처럼 혼내 주면 되잖아요."

정말이지 그 때 나는 젊은 수탉처럼 허영심에 들떠 있었다. 그렇게 뽐내던 내 모습을 생각하면 지금도 부끄럽다. 헤르거는 이렇게 대답했다. "로쓰가르 왕국에는 무사가 한 명도 없다우. 그들은 오래 전에 모두 죽었지요. 그러니 우리 힘만으로 이 왕국을 지켜야 할 형편이요. 어제까지 우리는 열 셋이었지만 오늘은 열 명 밖에 없소. 우리 중 두 명은 부상을 입어서 정상인처럼 싸울 수가 없는 형편이요. 그리고 검은 안개는 화가 났을테니 무서운 반격을 가해 올 거요."

헤르거는 전투 중에 몇 군데 작은 상처를 입었다. 그러나, 내 얼굴에 나 있는 손톱 자국에 비하면 아무것도 아니었다. 나는 이 상처를 자랑스럽게 보이며 다녔다. 나는 헤르거에게 그 괴물들이 무슨 짓을 하건 하나도 무섭지 않다고 말했다.

그는 내가 아랍인이어서 북쪽 나라 일은 하나도 모른다고 퉁명스럽게 대답했다. 그리고는 검은 안개의 반격이 무시무시하리라고 덧붙였다. "그놈들은 코르곤(Korgon)으로서 반격해 올 것이요."

나는 그 말이 무슨 뜻인지 몰랐다.

"코르곤이 뭔가요?"

그가 대답했다. "공중에서 습격해오는 글로우웜 드래곤이지요."

이 말이 나에게는 매우 공상적인 이야기로 들렸다. 그러나, 이미 나는 그들이 말한 바대로 바다 괴물이 있는 것을 본 적이 있었다. 또한 헤르거의 긴장되고 피로한 안색을 보면서 나는 그가 개똥벌레 용(글로우웜 드래곤)의 존재를 믿고 있음을 알았다. 나는 물었다.

"코르곤이 언제 올까요?"

"아마 오늘 밤일거요." 그가 대답했다.

사실 그가 말하고 있는 동안에도 불리위프는 휴롯궁 주위에 방호 시설을 새로 짓는 일을 진두 지휘하고 있었다. 간밤에 한숨도 잠을 못자서 그의 눈은 피로로 붉게 충혈되어 있었다. 불리위프와 그의 부관 에쓰고우의 지휘 하에 왕국 사람들이 모두 모여 일하고 있었다. 어린애, 여자, 노인, 노예들까지 합세하였다.

그들이 하는 작업은 다음과 같다. 휴롯궁과 인근 주택, 즉 로쓰가르 왕과 귀족들이 사는 집, 이들의 노예가 사는 초라한 오두막집, 그리고 바다 가까이에 사는 농부들의 오두막집 주변에 엇갈려 묶은 창과 끝을 뾰족하게 깎은 기둥으로 일종의 울타리를 세우는 일이었다.

이 울타리는 사람 어깨 높이도 되지 못했다. 비록 끝이 뾰족하여 위협적이기는 했으나 이 방어물이 무슨 소용이 있는지 나는 도무지 알 수 없었다. 사람들은 쉽사리 그것을 뛰어 넘을 수 있었기 때문이다.

헤르거에게 그런 말을 하니까 그는 나를 어리석은 아랍인이라고 욕했다. 헤르거는 기분이 몹시 나쁜 상태였다.

또 다른 방호물이 만들어지고 있었다. 기둥 울타리 밖에 약 1미터쯤 떨어진 곳에 해자를 팠다. 이 해자는 매우 특이했다. 깊이는 깊지 않았다. 사람의 무릎 높이 정도거나 그보다 낮기도 했다. 해자는 울퉁불퉁하게 파졌다. 그래서 어떤 곳은 아주 얕고 어떤 곳은 깊고 작은 웅덩이가 있었다. 어떤 곳은 땅 속에 끝이 위로 향하도록 짧은 창을 꽂아 놓았다.

나는 울타리나 마찬가지로 이 보잘것 없는 도랑이 무슨 도움이 되는지 알지 못하였다. 그러나, 그의 기분을 이미 알고 있었기 때문에 헤르거에게 감히 묻지 못했다. 그대신 나도 최선을 다하여 그 작업을 도왔다. 딱 한 번 바이킹의 방식대로 노예 여자와 사랑을 나누느라고 잠시 중단했을 뿐이다. 간밤의 전투와 그날의 준비 태세가 일으킨 흥분 상태 속에서 나의 정력은 최고조에 달해 있었기 때문이다.

불리위프와 그의 무사들과 함께 볼가강을 따라 올라갈 때 헤르거가

모르는 여자를 주의하라고 나에게 말해준 적이 있다. 특히 매력적이거
나 유혹적인 여자는 절대로 믿지 말라고 하였다. 북쪽 나라의 숲과 황
무지에는 "숲의 여자"라고 하는 여자들이 살고 있다고 했다. 이 숲의
여자들은 자신들의 미모와 달콤한 말로 남자들을 유혹한다. 그러나,
남자가 그들에게 가까이 가서 보면 등이 텅 빈 유령이라는 것이다. 그
때, 숲의 여자들은 그 남자에게 마술을 걸어 자기들의 노예로 삼는다
고 한다.

헤르거가 나에게 그렇게 경고하였기 때문에 나는 한 노예 여자에게
불안감을 느끼며 접근하였다. 그녀를 알지 못했기 때문이다. 내가 손
으로 그녀의 등을 더듬자 그녀가 깔깔거리고 웃었다. 그녀는 내가 만
지는 이유를 알고 있었고, 자기가 숲의 정령이 아님을 나에게 확신시
켜 주기 위함이었다. 나는 그 순간 바보가 된 느낌이었다. 그래서 이교
도의 미신을 믿은 나 자신에게 욕설을 퍼부었다.

그러나, 주위에 있는 사람들이 모두 어떤 특정의 사실을 믿으면 곧
그것을 같이 믿고 싶은 유혹에 빠지게 된다는 사실을 나는 깨달았다.
나의 경우도 그런 것이었다.

스칸디나비아의 여자들은 남자들처럼 안색이 창백하고 키도 남자만
큼이나 컸다. 그 여자들 대부분이 나를 쳐다 볼 때는 아래로 내려다 볼
정도였다. 여자들은 푸른 눈을 하고 머리를 길게 길렀다. 머리카락은
너무 가늘어서 쉽게 엉켰다. 그래서 그들은 목이나 머리 위로 머리타
래를 틀어 올렸다. 그리고는 온갖 종류의 머리핀과 장식물을 은이나
나무로 만들어 머리에 꽂았다. 이것들이 그들의 주요한 장식품이다.
또한 부유한 남지의 아내는 금목길이나 은목걸이를 하였다. 여자들은
용이나 뱀 모양으로 만든 은팔찌도 좋아한다. 이것들은 팔꿈치와 어깨
사이에 걸고 다녔다. 스칸디나비아인들의 문양은 매우 복잡하고 얽혀
있어서 마치 나뭇가지나 뱀들이 꼬여 있는 형상을 하고 있다. 이 무늬

들은 참으로 아름다웠다.*

스칸디나비아인들은 스스로 여성미를 날카롭게 판단한다고 믿고 있었다. 허나 사실상 내가 보기에 그들의 여자들은 모두 비쩍 말라서 온몸이 각지고 뼈가 우툴두툴 솟아 있었다. 얼굴도 뼈만 앙상하고 광대뼈가 높이 솟아 있었다. 스칸디나비아인들은 이런 점을 높이 평가하고 칭찬하였다. 만약 그런 여자가 평화의 도시 바그다드에 나타난다면 시선을 끌기는 커녕 굶어서 갈빗대가 튀어 나온 개 취급밖에 못 받을 것이다. 스칸디나비아 여자들의 갈빗대는 꼭 그런 식으로 튀어나와 있었다.

왜 여자들이 그렇게 말랐는지 나는 이해가 안 간다. 그들은 너무나 게걸스럽게 잘 먹고 남자들만큼 많이 먹기 때문이다. 그런데도 몸에는 살이 하나도 붙지 않는다.

여자들은 또한 남자에게 존경심을 나타내거나 새침떠는 행동을 전혀 하지 않는다. 그들은 베일을 쓰는 법이 없고 공공 장소에 마음대로 나타난다. 그리고, 자기 마음에 드는 남자가 있으면 대담하게 접근한다. 마치 자기네도 남자인 것 같이 말이다. 무사들은 여자들의 이런 행동에 대해 결코 비난하지 않는다. 그 여자가 노예일 경우에도 마찬가지다. 앞에서도 이야기했듯이 스칸디나비아인들은 노예에 대해 매우 친절하고 관대하기 때문이다. 특히, 여자 노예의 경우는 더욱 그러하다.

하루가 점점 저물기 시작하자, 불리위프가 지휘하는 방호물 건설 작

---

* 아랍인으로서는 특히 그렇게 느껴질 것이다. 이슬람교의 예술은 추상적인 경향을 띰으로 해서 스칸디나비아 예술과 흡사한 특징을 보이기 때문이다. 스칸디나비아 예술은 종종 순수한 무늬를 선호하는 듯하다. 그러나, 아랍인과는 달리 스칸디나비아인들은 신들을 재현하지 말라는 금지 명령을 받고 있지는 않았으며 종종 그런 작업을 하였다.

업이 밤까지 완성되지 못하리라는 사실이 분명해졌다. 기둥 울타리도 얕은 해자도 미완성이었다. 불리위프도 이 사실을 깨닫고 로쓰가르 왕에게 보고하자 왕은 늙은 노파를 불러오게 하였다.

시들어 쪼그라들고 남자의 턱수염을 하고 있는 늙은 노파는 양을 한 마리 죽여서 그 내장을 땅바닥 위에 늘어 놓았다. 그러더니 여러 가지 찬가를 부르기 시작했다. 꽤 오랫동안 노래는 계속되었다. 하늘을 향해 많은 탄원도 하였다.

나는 여전히 헤르거에게 묻지 않았다. 그의 기분 때문이다. 그대신 나는 불리위프의 다른 무사들을 바라보았다. 그들은 바다를 보고 있었다. 바다는 잿빛으로 파도가 거칠었고 하늘은 납빛이었다. 그러나, 강한 해풍이 육지 쪽으로 불고 있었다. 이에 무사들은 무척 만족한 듯한 표정이었다. 나는 그 이유를 다음과 같이 추측해 보았다. 육지 쪽으로 해풍이 불면 안개가 산에서 내려오는 것을 막아 주지 않을까? 그것은 사실이었다.

밤이 되자, 방호물 건설 작업은 중단되었다. 그런데 놀랍게도 로쓰가르 왕은 성대한 연회를 개최하였다. 그날 밤, 내가 보고 있으려니 불리위프와 헤르거, 다른 무사들도 모두 미드주를 많이 마시고 웃고 떠들며 진탕 즐겁게 놀고 있었다. 아무 근심 걱정 없는 사람들 같이. 그들은 노예 여자들과 실컷 즐기고 나서는 모두 혼수 상태같은 잠에 곯아 떨어졌다.

나는 다음과 같은 사실도 알게 되었다. 불리위프의 무사들은 각기 여자 노예들 중에서 특별히 자기네가 좋아하는 여자를 선택해 놓고 있었다. 그렇다고 다른 여자를 멀리하는 것은 아니었다.

취중에 헤르거는 자기가 좋아하는 여자에 대해 말해 주었다. "필요하다면 그 여자는 나와 함께 죽을 거요." 그 말을 나는 불리위프의 무사들 각자가 자기네가 화장될 때 같이 죽어 줄 여자를 골라 놓았다는 의미로 받아들였다. 그들은 이런 여자를 다른 여자들보다 더욱 정중하고 주의를 기울여 잘 대해 주었다. 그들은 이 나라 사람이 아니고 방문객에 불과하므로, 자기 친척의 명령에 따라 죽을 여자 노예를 갖지 못했기 때문이다.

벤덴족과 함께 있던 시절, 처음에는 스칸디나비아인 여자들이 나의 검은 피부와 머리 때문에 나에게 가까이 오려고 하지 않았다. 그런데 내 쪽을 바라보며 자기네끼리 수근거리기도 하고 서로 히히덕거리며 웃기도 하였다. 또한 베일을 쓰지 않는 이 여자들이 때때로 손으로 베일을 만들어 얼굴을 가리기도 했다. 특히 웃을 때 그랬다. 영문을 몰라서 나는 헤르거에게 물어 보았다. "여자들이 왜 저럽니까?" 나는 스칸디나비아 풍습에 어긋나는 행동을 하고 싶지 않았기 때문이다.

헤르거가 이렇게 대답해 주었다. "저 여자들은 아랍 남자들이 숫말처럼 정력이 강하다고 믿고 있답니다. 소문이 그렇게 났거든요." 이 말이 나에게 그리 놀라운 것은 못되었다. 다음과 같은 이유 때문이다. 즉, 내가 여행했던 모든 나라에서, 또한 평화의 도시 바그다드의 둥근 성 안에서, 정말이지 사람들이 모여서 사회를 이루는 곳이면 어디서나 다음과 같은 편견을 갖고 있었다. 첫째, 특정한 나라의 백성들은 자기네 풍습이 다른 나라 풍습보다 더욱 훌륭하다고 믿는다. 둘째, 여자든 남자든 외국인을 보면 생식을 제외한 모든 점에서 자기네만 못하다고 여긴다. 이리하여 터어키인들은 페르시아인을 타고난 연인들로 생각한다. 페르시아인들은 검은 피부를 하고 있는 사람들을 경외감에 차서 바라본다. 검은 피부를 한 사람들은 또 다른 나라 사람을 그렇게 생각한다. 이야기는 점점 확대되어 때로는 성기의 크기를 이유로, 때로는 성행위의 지속 시간을 이유로, 때로는 특별한 기술이나 체위를 이유로 든다.

스칸디나비아 여자들이 정말 헤르거의 말대로 믿고 있는지 알 수는 없지만, 나의 수술 자국*을 보고는 무척 놀라워했다.

　스칸디나비아인들은 할례가 무엇인지도 몰랐다. 그들은 더러운 이교도에 불과하였기 때문이다.

　스칸디나비아 여자들은 남자와 사랑의 행위를 할 때 몹시 소리를 지르고 정력적이었다. 냄새는 어찌나 심하게 나던지 나는 행위 도중 내내 숨을 멈추고 있지 않을 수 없었다. 또한 그들은 야생마처럼 펄쩍펄쩍 날뛰고, 온 몸을 비틀고, 손톱으로 남자의 몸을 할퀴고, 이빨로 물어 뜯는 등 요란하기 그지 없었다. 스칸디나비아식 표현을 빌면, 올라탔던 남자가 밑으로 떨어질 지경이었다. 나의 경우를 보더라도 그러한 전 과정이 즐겁다기보다 오히려 고통의 연속이었다.

　스칸디나비아인들은 여자와 자고 나서 이렇게 말한다. "나는 이러저러한 여자하고 한바탕 격전을 벌였다네." 그리고는 동료들에게 푸른 멍자국과 붉은 상처들을 자랑스럽게 보여 준다. 마치 진짜 전투에서 입은 상처인양 말이다. 반면에 남자들은 어떤 여자에게도 상처를 입히는 일이 결코 없었다.

　그날 밤, 불리위프의 무사들은 모두 잠들었건만, 나는 술마시거나 웃고 떠들 기분이 아니었다. 나는 웬돌이 다시 올까봐 두려웠다. 그러나, 그들은 오지 않았고 마침내 나도 잠이 들었다. 밤새 나는 자다 깨다 하였다.

　다음 날은 바람이 잠잠했다. 로쓰가르 왕국 사람들은 모두 두려움을 느끼며 열심히 일했다. 코르곤이 그날 밤 공격해 오리라는 이야기가 확실성을 띠고 사람들 사이에서 오갔다. 내 얼굴에 난 발톱 자국이 새삼 아프기 시작했다. 상처가 아물면서 살이 땡겼기 때문이다. 음식을 먹거나 말하려고 입을 움직일 때마다 상처가 욱신거렸다. 무사가 된

* 할례(포경 수술)

듯한 착각에 빠져 흥분했던 기운이 가라 앉은 것도 사실이다. 나는 다시 두려움에 사로잡혀 여자와 노인들 틈에 끼어 묵묵히 일했다.

정오가 가까워지자 지난 번 연회 때 나와 이야기를 나누었던 늙고 이빨 빠진 귀족이 나를 찾아왔다. 이 늙은 귀족은 나를 찾아내더니 라틴어로 이렇게 말했다. "당신에게 할 말이 있소." 그는 방호물을 만드는 사람들에게서 몇 발짝 떨어진 곳으로 나를 데리고 갔다.

그는 나의 상처를 매우 관심있게 살피는 척했다. 사실 상처는 별로 대수롭지 않았다. 상처를 살피면서 그는 나에게 말했다. "당신네 동료들을 위해 충고할 게 있소. 로쓰가르 왕의 심중이 편치 못하다오." 그는 이 말을 라틴어로 했다.

"무엇 때문이지요?" 내가 물었다.

"전령과 아들 위글리프 때문이지요. 그는 왕의 곁에 바짝 붙어 서 있어요." 늙은 귀족이 말했다.

"또 위글리프의 친구도 있어요. 위글리프는 로쓰가르 왕에게 불리위프와 그의 동료들이 왕을 죽이고 그의 왕국을 차지할 음모를 꾸미고 있다고 이간질하고 있습니다."

"그건 사실이 아니요." 나는 잘 알지도 못하면서 그렇게 말했다. 솔직히 말하면 나는 때때로 이 문제에 관해 생각해 보았다. 불리위프는 젊고 혈기왕성한데 로쓰가르는 늙고 허약하다. 스칸디나비아인들의 행동 방식이 이상한 것은 사실이지만, 사람은 모두 똑같다는 것도 사실이 아닌가.

"전령과 위글리프는 불리위프를 시기하고 있어요." 늙은 귀족이 말했다.

"그들은 왕의 귀에 독약을 부어 넣고 있어요. 내가 당신에게 이런 이야기를 해주는 것은 당신 동료들에게 주의하라고 말해주고 싶어서요. 이는 바실리스크에 해당하는 문제이기 때문이지요." 그는 나의 상처가 가벼운 것이라고 말하고는 몸을 돌려 가버렸다.

그리고는 그 노인이 다시 나에게로 왔다. 그가 말했다. "위글리프의 친구는 라그나르요." 그는 다시 가버렸다. 되돌아보지도 않고.

나는 몹시 놀란 심정으로 땅을 파며 방호물 공사를 거들었다. 그러다가 헤르거 가까이 접근하게 되었다. 헤르거의 기분은 전날과 마찬가지로 여전히 음울했다. 그는 나를 보더니 이렇게 말했다. "나는 바보의 질문은 듣고 싶지 않소."

나는 질문하려는 것이 아니라고 말하고, 늙은 귀족이 나에게 말해준 내용을 그에게 알렸다. 또한 이는 바실리스크*에 해당되는 문제라고 덧붙였다.

내 말을 다 듣고 나더니, 헤르거는 상을 찌푸리고 욕을 해대고 발을 쾅쾅 굴렀다. 그러더니 자기와 함께 불리위프에게 가자고 말했다.

불리위프는 건너편 쪽에서 해자 파는 일을 감독하고 있었다. 헤르거는 그를 불러 내어 스칸디나비아말로 빠르게 말했다. 가끔 손짓으로 날 가리키기도 하였다. 그의 말을 듣고 불리위프는 헤르거가 했던 것

---

* 이븐 파들란은 바실리스크(전설상의 괴물뱀으로서 한번 노려보거나 입김을 쐬면 사람이 죽는다고 함—역주)에 대한 아무런 설명을 하지 않고 있다. 분명히 독자들이 알고 있으리라 생각해서일 것이다. 이 괴물은 일찌기 서구 문화에 등장하였다. 일명 코카트리스(cockatrice)라고도 알려진 바실리스크(basilisk)는 보통 뱀의 꼬리와 여덟 개의 다리를 갖고 있는 수탉의 변종을 뜻한다. 때로는 깃털 대신 비늘로 덮여 있기도 하다. 바실리스크에 관해 변함없는 사실은 그것이 노려보면 고르곤(Gorgon)이 노려보았을 때처럼 상대방이 죽는다는 것이다. 특히 바실리스크의 독은 치명적이다. 바실리스크를 칼로 찌르면 그 독이 칼을 타고 찌른 사람의 손으로 올라와 목숨을 구하려면 그 손을 자르지 않을 수 없다는 이야기도 있다.

　노인이 바실리스크를 언급한 것은 이러한 위험 때문이라고 여겨진다. 문제가 되는 사람들과 정면으로 대결하는 것이 능사가 아니라는 점을 늙은 귀족은 이븐 파들란에게 말하고자 한 것이다. 흥미롭게도, 바실리스크를 죽이는 한 방법으로 거울을 비추어 거울 속의 자기 모습을 보게하면 된다고 한다. 그러면 자기 시선에 의해 스스로 죽게 되기 때문이다.

과 똑같이 상을 찌푸리고, 욕을 하고 발을 쾅쾅 굴렀다. 그러더니 무엇인가를 물어보았다. 헤르거가 나에게 말했다. "불리위프는 누가 위글리프의 친구인지 묻고 있소. 누가 위글리프의 친구인지 노인이 당신에게 말해 주었소?"

나는 그렇노라고 하며 그 친구의 이름은 라그나르라고 대답했다. 이 말을 듣고 헤르거와 불리위프는 둘이서 무슨 이야기를 나누었다. 논의를 간단히 끝내고 불리위프는 돌아서서 가버렸다. "결정되었소." 헤르거가 말했다.

"무엇이 결정되었나요?" 나는 물었다.

"이빨 단단히 붙이고 있어요." 헤르거가 말했다. 이는 입을 열지 말라는 뜻의 스칸디나비아식 표현이다.

이리하여 나는 처음보다 더 알게 된 것은 조금도 없이 내 작업장으로 되돌아 왔다. 다시 한번 나는 이 스칸디나비아인들이 지구상에서 가장 특이하고 모순 투성이라는 생각을 하였다. 어떤 일이든 그들은 사리분별이 맞지 않게 행동하였기 때문이다. 하지만 나는 그들의 어리석은 울타리, 그들의 얕은 해자를 만드는 작업을 계속했다. 나는 사태를 주의 깊게 살피며 조용히 기다렸다.

오후 기도 시간 무렵, 나는 헤르거가 체격이 크고 건장한 청년 가까이에 자리를 잡고 일하는 모습을 보았다. 헤르거와 이 청년은 한동안 도랑 속에 나란히 서서 열심히 일했다. 그런데 내가 보기에 헤르거가 애를 써서 청년의 얼굴에 흙을 끼얹는 것이었다. 청년은 정말이지 헤르거보다 머리 하나는 더 컸고, 게다가 더 젊었다.

청년이 항의하자 헤르거가 사과했다. 그러나, 곧 흙이 다시 날아갔다. 다시 헤르거는 사과했다. 이제 청년은 화가 나서 얼굴이 불그락 푸르락했다. 얼마 안되어 헤르거는 다시 흙을 던졌다. 그러자, 청년은 입에 들어간 흙을 퉤퉤 뱉어냈다. 그는 화가 머리 꼭대기까지 치밀었다.

그는 헤르거에게 무어라고 소리질렀다. 헤르거가 나중에 그들이 나눈 대화 내용을 말해주었지만, 그 당시에도 그 의미는 분명하였다.

청년이 말했다. "당신은 개처럼 땅을 파는군요."

헤르거가 대답했다. "당신 나보고 개라고 했소?"

이 말에 청년은 대답했다. "아니요, 나는 당신이 개처럼 땅을 판다고 했소. 동물처럼 함부로 흙을 내던지면서* 말이요."

---

* 아랍어와 라틴어로는 "내던지는(flinging)"이 아니고 "매질하는(flogging)" 혹은 "채찍질하는(whipping)"의 뜻이다. 이븐 파들란은 "채찍질"이라는 비유를 모욕을 강조하기 위해 사용한 것 같다. 그러나, 그는 의식적으로든 무의식적으로든, 모욕에 대한 스칸디나비아적 반응을 생생하게 전달하려고 이런 표현을 사용했을지도 모른다.

알 타르투쉬라는 아랍인은 서기 950년 헤데비족의 마을에 간 적이 있는데 이렇게 보고하였다. "스칸디나비아인들의 처벌 방식은 매우 특이하다. 그들에게는 범죄를 처벌하는 법이 세 가지밖에 없다. 가장 무서운 벌은 부족에서 추방되는 것이다. 두번째는 노예로 팔려 가는 것이고 세번째는 사형이다. 죄를 지은 여자는 노예로 팔려 간다. 남자들은 항상 죽는 쪽을 택한다. 스칸디나비아 인들은 매질을 모른다."

독일의 교회 역사가 브레멘의 아담은 이와 견해가 다르다. 1075년에 그는 이렇게 썼다. "여자가 부정한 짓을 저지르면 즉시 팔려 간다. 남자가 반역죄 혹은 다른 범죄를 저지르면 매맞기 보다 목이 잘리기를 원한다. 도끼나 노예 제도 이외의 처벌 방법을 그들은 모른다."

역사가 스요그렌은 남자들이 매맞기 보다 목이 잘리기를 원한다는 아담의 말을 매우 중요시여긴다. 이 말은 채찍질이 스칸디나비아인들 간에 알려져 있다는 사실을 암시하기 때문이다. 스요그렌은 매질이 노예에 대한 처벌일 가능성이 크다고 주장한다. "노예는 재산이다. 따라서 작은 잘못 때문에 그들을 죽이는 것은 경제적으로 현명하지 못한 처사이다. 매질이 노예를 위한 벌이기 때문에 무사들은 매질을 굴욕적인 벌로 여겼을 가능성이 있다." 그는 또한 이렇게 주장한다. "바이킹의 생활에 대해 우리가 아는 바는 그것이 죄의식이 아니라 수치심을 바탕으로 한 사회라는 사실이다. 바이킹들은 어떤 것에든 결코 죄의식을 느끼는 법이 없다. 그러나, 자신의 명예를 지키는 데 결사적이며 어떤 일이 있어도 수치스러운 행위를 하지 않도록 애쓴다. 수동적으로 매를 맞는 것은 가장 수치스러운 행위로서 죽음보다 훨씬 못한 것으로 간주될 것임에 틀림없다."

이러한 생각들은 다시 이븐 파들란의 원고와 "흙으로 매질하며"라는 표현을 선택 헤르거가 말했다. "그렇다면 당신 날 동물이라고 부르는 거요?"

청년이 대답했다. "내 말을 잘 못알아 들으시는군요."

그러자, 헤르거가 말했다. "정말이지 당신 말은 골골거리는 늙은 여자의 말처럼 비비 꼬이고 소심하구려."

"이 늙은 여자가 너에게 죽음의 맛을 보여 주겠다." 청년은 이렇게 외치면서 칼을 뽑아 들었다. 그러자, 헤르거도 칼을 뽑았다. 이 청년이 바로 위글리프의 친구 라그나르였던 것이다. 나는 이 사건에서 불리위프의 의도를 명백히 읽었다.

스칸디나비아인들은 자신의 명예에 대해 매우 민감하게 반응하였다. 그들간에 결투는 화장실 드나들듯 다반사이며 싸우다 죽는 일도 보통이었다. 모욕받은 그 자리에서 결투가 벌어지기도 하고, 예의를 갖추어 행해지는 경우에는 세 갈래 길이 만나는 지점에서 두 사람이 대결한다. 라그나르가 헤르거에게 도전한 것도 그런 방식이었다.

스칸디나비아인의 풍습은 다음과 같다. 지정된 시간에 결투자들의 친구와 친지가 결투 장소에 모여서 땅바닥에 가죽을 깔아 놓는다. 가죽의 네 귀퉁이는 월계수 기둥으로 고정시킨다. 결투는 이 가죽 위에서 하게 된다. 각 결투자는 한 발 혹은 두 발을 결투 내내 가죽 위에 올려 놓아야 한다. 이런 식으로 그들은 서로 접전을 계속할 수 있다. 두 결투자는 각각 검 하나와 방패 세 개를 갖고 결투 지점에 나온다. 방패

한 그의 의도를 돌아보게 한다. 아랍인이 하도 깔끔한 민족이라 그의 말이 이슬람교적 태도를 반영한 것이 아닐까 하고 생각할 사람도 있을 것이다. 이븐 파들란의 세계가 확실히 깨끗하고 더러운 것으로 양분되어 있는 것은 확실하지만, 흙 자체는 꼭 더러운 것이 아니다. 그와 반대로, 흙이나 모래로 하는 세정식, 타얌뭄(tayammum)이 물 세정식이 불가능할 때면 언제라도 행해진다. 따라서, 이븐 파들란은 자기 몸에 흙이 묻는 것을 특별히 싫어하지 않았다. 오히려 금잔으로 술을 마시도록 요구된다면 그는 훨씬 당혹감을 느꼈을 것이다. 그런 행위는 엄히 금지되어 있기 때문이다.

세 개가 모두 깨지면 그는 보호 장비 없이 결투를 계속해야 한다. 그리하여, 한 쪽이 죽게 되는 것이다.

죽음의 천사인 늙은 노파가 이러한 규칙을 읊조렸다. 그녀는 펴 놓은 가죽 위에 서 있고 불리위프 일행과 로쓰가르 왕국 사람들은 그 둘레에 모여 있었다. 나도 그곳에 있었다. 나는 앞에서 조금 떨어진 곳에 서 있었다. 나는 사람들이 불과 조금 전까지도 그렇게 두려워하던 코르곤의 일을 까맣게 잊은 것으로 보여 몹시 의아했다. 아무도 결투 이외의 것에 대해 조금도 상관하지 않는 태도였다.

라그나르와 헤르거의 결투는 다음과 같이 진행되었다. 헤르거가 먼저 공격을 가했다. 그가 도전받은 쪽이기 때문이다. 그의 검은 라그나르의 방패를 힘있게 쟁하고 내리쳤다. 나는 헤르거 때문에 마음이 불안했다. 청년은 헤르거보다 훨씬 몸집이 크고 힘도 세었기 때문이다. 염려했던 대로 라그나르의 첫번째 공격으로 헤르거의 방패는 손잡이에서 떨어져 나가버렸다. 헤르거는 두번째 방패를 가져오게 하였다.

그러자 싸움은 다시 벌어졌고 점점 치열해졌다. 불리위프 쪽을 바라보니 그의 얼굴은 무표정했다. 반대편인 위글리프와 전령을 보니 그들은 전투가 치열하게 진행되는 동안 종종 불리위프 쪽을 보고 있었다.

헤르거의 두번째 방패도 부서졌다. 그는 세번째이자 마지막 방패를 가져오게 했다. 헤르거는 몹시 지쳐 있었다. 그는 전력을 다해 싸웠기 때문에 얼굴은 땀으로 얼룩지고 붉게 상기되어 있었다. 청년 라그나르는 별로 힘들이지 않고 수월하게 싸우는 것처럼 보였다.

헤르거의 세번째 방패도 부서졌다. 그는 절망적인 궁지에 몰린 셈이었다. 적어도 잠깐 동안은 그렇게 보였다. 헤르거는 극도로 지쳐서 몸을 숙이고 숨을 가쁘게 내쉬며 두 발을 땅에 단단히 붙이고 서 있었다. 라그나르는 이 기회를 노려 공격해 들어갔다. 이 순간 헤르거는 마치 새의 날갯짓처럼 가볍게 살짝 옆으로 비켜 섰다. 청년 라그나르의 칼은 허공을 가르고 말았다. 헤르거는 그 순간 칼을 다른 손으로 잽싸게 옮겨 쥐었다. 스칸디나비아인들은 양손을 똑같이 자유자재로 사용하여 싸울 수 있다. 헤르거는 재빨리 몸을 돌려 뒤쪽에서 단 한 칼에 라그나르의 머리를 베어 버렸다.

라그나르의 목줄기에서 피가 뿜어져 나오고 머리가 사람들이 모여 있는 곳을 향해 날아가는 것을 나는 내 눈으로 똑똑히 보았다. 머리가 땅에 떨어지는 순간 몸통도 땅에 쿵하고 쓰러지는 것도 보았다. 헤르거는 옆으로 비켜 섰다. 그때 나는 그가 속임수를 썼다는 사실을 그제서야 알아보았다. 헤르거는 이제 숨을 몰아쉬지도 않고, 지친 기색이 전혀 없이 서 있었다. 그는 검을 가볍게 쥐고 있었다. 앞으로도 열두 명은 더 죽일 수 있을 듯한 표정이었다. 그는 위글리프를 보고 말했다. "당신의 친구에게 경의를 표하시오." 이는 장례 준비를 하라는 뜻이다.

결투 장소를 떠나면서 헤르거가 나에게 말해 주었다. 그가 속임수를 쓴 이유는 위글리프에게 불리위프의 부하들이 강하고 용감한 용사일 뿐만 아니라 교활하기도 하다는 사실을 보여 주기 위해서라는 것이다. "이 일로 그는 우리를 더욱 두려워하게 될 거요. 그리고 앞으로는 감히 우리를 모함하는 이야기를 하지 못할거요." 헤르거가 말했다.

과연 그의 말대로 될지는 의문이었다. 그렇지만 어쨌든, 스칸디나비아인의 속임수는 가장 속임수에 능한 하자르보다, 정말이지 거짓말을 하도 잘하여 속임수가 예술의 경지에 이른 바레인의 상인보다도 한 수 위였다. 스칸디나비아인들은 싸움과 같이 남성적인 일에서도 영리하게 행동하는 것이 그저 힘만 센 것보다 훌륭하다고 생각했다.

그러나 헤르거의 기분은 좋지 않았다. 불리위프의 기분도 마찬가지였다. 해가 뉘엿뉘엿 저물자 고지대의 산에 안개가 자욱이 끼기 시작하였다. 그들은 죽은 라그나르를 생각하고 있었음에 틀림없다. 그는 젊고 강하고 용감해서 만약 살아 있다면 앞으로 다가 올 전투에서 한 몫 단단히 할 터였기 때문이다. 헤르거는 그런 뜻에서 나에게 이렇게 말했다. "죽은 사람은 누구에게든 무용지물이라오."

EATERS OF THE DEAD

글로우웜 드래곤 코르곤의 공격

글로우웜 드래곤 코르곤의 공격

어둠이 내리자 안개는 산에서 내려오기 시작하였다. 손가락처럼 나무 주위를 살짝 감돌고, 초록빛 들판을 살금살금 지나 휴롯궁과, 기다리고 있는 불리위프의 용사들을 향해 점점 다가왔다.

일은 거의 마무리 단계에 접어들었다. 새로 판 샘에서 물을 끌어 와 얕게 파 놓은 도랑을 채웠다. 그제서야 나는 도랑을 판 이유를 알아챘다. 물이 채워지자 단창과 깊은 웅덩이가 보이지 않게 되었다. 이제 해자는 어떤 침입자에게도 매우 위험한 존재가 되었다.

여자들은 염소 가죽 물부대에다 우물물을 길어다가 울타리와 집에 끼얹었다. 휴롯궁은 온통 물로 적셔져서 번들거렸다. 불리위프의 용사들도 샘물을 떠서 갑옷을 입은 채로 몸에 끼얹었다. 그날 밤은 축축한 냉기가 도는 날씨였다. 나는 이런 짓을 일종의 이교도적 의식이라고 생각하고 극구 사양하였지만 아무 소용이 없었다. 헤르거는 머리 꼭대기에서 발끝까지 내 몸에도 물을 끼얹어 주었다. 나는 물을 뚝뚝 떨어뜨리고 덜덜 떨면서 서 있었다. 나는 이러한 찬물 세례에 놀라 소리를 지르며 이유를 말해 달라고 요구하였다. "글로우웜 드래곤은 불을 뿜는다오." 헤르거가 나에게 말했다.

그리고 그는 한기를 덜어 주기 위해 미드주 한 잔을 나에게 주었다. 나는 그것을 단번에 죽 들이켰다. 기분이 한결 나아졌다.

완전히 캄캄한 밤이 되자 불리위프의 용사들은 코르곤이 오기를 기

다렸다. 모든 시선이 산 쪽을 향했다. 산은 이제 밤안개 속에 가려 보이
지 않았다. 불리위프는 성벽 주위를 걸으며 낮은 목소리로 용사들을 격
려하고 있었다. 그의 손에는 거대한 장검 룬딩이 들려 있었다. 그 한 사
람은 빼고 모두 조용한 자세로 기다리고 잇었다. 한 사람은 부관 에쓰고
우였다. 그는 손도끼의 명수였다. 조금 떨어진 곳에 튼튼한 나무 기둥이
하나 세워져 있었다. 그는 거듭거듭 이 기둥에 손도끼를 던지며 연습하
였다. 많은 손도끼가 그의 옆에 있었다. 그의 넓은 허리띠에 오륙개가
꽂혀 있고 손에도 몇 개, 주위의 땅바닥에도 여러 개 흩어져 있었다.

헤르거와 스켈드도 자기네의 활과 화살을 들고 활줄을 팽팽히 당기며
시험해보고 있었다. 이 두 사람은 스칸디나비아 무사들 중에서 가장 뛰
어난 궁술의 소유자였다. 스칸디나비아 화살은 끝이 쇠붙이로 되어 있
고, 화살대는 팽팽하게 당겨진 밧줄처럼 매우 곧았다. 참으로 잘 만들어
진 훌륭한 화살이었다. 각 마을마다 알름스만(almsmann)이라고 불리
는 사람이 하나씩 있다. 흔히 그들은 절뚝거리거나 다리를 저는 경우가
많았다. 그들은 그 지역의 무사들을 위해 화살과 활을 만들었다. 그리
고, 그 대가로 금이나 조개 껍질, 음식과 고기를 받곤 하였다.*

스칸디나비아의 활은 자작나무로 만들며 그 길이가 거의 사람 키 만
큼이나 된다. 활을 쏘는 방식은 다음과 같다. 화살대는 눈이 아니라 귀
있는 데까지 당겼다가 발사한다. 화살이 날아가는 힘은 굉장해서 화살

* 이 대목을 보고 1869년 노엘 할레이 목사가 다음과 같이 말했으밍 분명하다. "야만적
인 바이킹족에게 있어서는 도덕 관념이 제멋대로 꼬여 있어서, 자선과 무기 제조공에
게 지불하는 급료가 같은 개념으로 받아들여지고 있다." 그러나 할레이는 빅토리아적
자신감에 가득 찬 나머지 대단한 오해를 하고 있다. 알름(alm)이라는 스칸디나비아
말은 엘름(elm)을 의미한다. 엘름은 스칸디나비아인들이 그것으로 활과 화살을 만드
는 탄력성이 뛰어난 느릅나무의 일종이다. 영어에도 이와 똑같은 단어가 있다. 것은
순전히 우연이다. 영어의 자신(alm)이라는 단어는 "동정심에서"라는 그리스어 엘레
오스(eleos)에서 파생된 것으로 알려져 있다.

대가 사람 몸에 박히지 않고 그대로 깨끗이 뚫고 지나갈 정도이다. 또한 화살대는 사람의 주먹 두께만한 나무 판자도 꿰뚫을 수 있다. 정말로 나는 화살이 그런 판자를 뚫고 지나가는 것을 내 눈으로 직접 본 적이 있다. 그래서, 나도 한번 그들의 활을 쏘려고 시도해 보았다. 그러나, 그러한 노력이 아무 소용이 없다는 것을 알았다. 화살은 너무 크고 무거워서 도저히 내 힘으로는 다룰 수 없었기 때문이다.

스칸디나비아인들은 온갖 전투 기술에 능하며 그들이 소중히 여기는 몇 가지의 무기로 능숙하게 상대방을 죽일 수 있다. 그들도 전선이라는 말을 사용하는데 이는 군대의 정렬이라는 뜻이 아니다. 그들에게 있어 전투는 일대일의 싸움이기 때문이다. 전선은 무기를 뜻하는 말로서 전선이 둘이라는 것은 서로의 무기가 다르다는 뜻이다.

넓적한 장검은 결코 찌르는 데 쓰이지 않고 항상 활모양의 호를 그리며 휘둘러진다. 바이킹은 이 칼을 두고 이렇게 말한다. "이 검은 호흡선을 노린다." "호흡선"은 목을 의미한다. 따라서 목을 쌍둥 베어낸다는 뜻이다.

창, 화살, 손도끼, 단검, 기타 찌르는 무기들에 대해서는 이렇게 말한다. "이 무기들은 지방선*을 노린다." 이 말은 머리에서 허리까지의

---

* 이 대목의 해부학적인 지식에 대해서는 의문의 여지가 없지만(몸의 중심선은 중요한 신경과 장기가 있는 부분이므로), "지방선(fat line)"이라는 말이 어디에서 파생된 것인지는 수수께끼이다.

1874년 미국의 역사가 로버트 밀러는 이븐 파들란의 이 대목을 두고 이렇게 말했다. "바이킹은 사나운 무사이기는 하나 인체 구조에 대해서는 잘 몰랐다. 그들은 상대편 몸의 중심선을 노리도록 교육 받았다. 그러나 그렇게 하면 당연히 왼쪽 가슴에 위치한 심장을 맞힐 수 없게 된다."

인체 구조를 잘 모르는 사람은 바이킹이 아니라 밀러이다. 지난 수 세기 동안 서구인들은 심장이 왼쪽 가슴에 있다고 믿어 왔다. 미국인들은 국기에 대해 충성을 서약할 때 손을 가슴에 얹는다. 병사들이 가슴 포켓에 성경책을 넣고 다닌 덕분에 총알을 막아 목숨을 구했다는 옛날 이야기도 적지 않다. 그러나, 사실상 심장은 가운데 부분에 위치하며 왼쪽 가슴 쪽으로 걸쳐 있다. 그러므로, 가슴의 중심선을 공격하면 항상 심장이 찔리게 되어 있다.

몸의 중심부를 뜻한다. 이 중심부에 부상을 입히면 상대방이 확실히
죽는다고 생각한다. 또한 가슴이나 머리 부분보다 배를 찌르는 것이
가장 좋다고 믿는다. 배는 부드럽기 때문이다.

불리위프와 그의 동료들은 그날 밤 꼬박 밤을 새우며 지켰다. 그 중
에 나도 포함되어 있다. 팽팽한 긴장 상태에서 계속 있으려니 몹시 피
로하였다. 나는 전투를 한바탕 치르고 난 뒤처럼 곧 기진맥진했다. 실
제로는 아무 일도 없었는데 말이다. 바이킹들은 조금도 피곤해하지 않
고 만반의 태세를 갖추고 있었다. 바이킹은 세상에서 가장 경계 태세
를 잘 갖추는 사람들이다. 그들은 항상 전투나 위험 사태에 대비하여
준비를 하고 있다. 그들은 그런 일에 조금도 힘들어하지 않는다. 태어
날 때부터 그런 일에 익숙해 있었기 때문에 언제 어디서나 그들은 신
중하고 주의깊었다.

나는 깜박 잠이 들었다. 그런데 헤르거가 다음과 같은 퉁명스러운 방
법으로 나를 깨웠다. 내 머리 근처에서 쿵하는 큰 소리와 쉬익하고 바람
가르는 소리가 잠결에 들려 왔다. 내가 놀라 눈을 번쩍 떠 보니 바로 코
앞에 화살 하나가 나무 기둥에 박혀 부르르 떨고 있었다.
그야말로 화살과 나의 코 사이의 거리는 머리카락 한 올 두께밖에 되
지 않았다.

그 화살은 헤르거가 쏜 것이었다. 내가 몹시 당황해하는 꼴을 보고
헤르거와 다른 무사들은 모두 배를 잡고 웃어댔다. 헤르거가 나에게
말했다. "잠을 자면, 전투를 못하지 않소." 싸움을 못하는 것이 나의
사고방식으로는 전혀 괴로울 일이 아니라고 나는 응수했다.

헤르거는 화살을 거두어 들였다. 그리고 내가 그의 장난에 몹시 마
음이 상한 것을 알아채고는 내 옆에 나란히 앉아 다정한 태도로 말을
걸었다. 그날 밤 헤르거는 장난기로 가득 차 있었다. 그는 미드주 한
잔을 나와 나누어 마셨다. 그리고 이런 말을 했다. "스켈드가 마법에

걸려 버렸다우." 이 말을 하고 그는 껄껄 웃었다.

스켈드는 그리 멀지 않은 곳에 있었다. 헤르거는 큰 소리로 이야기 했다. 그래서 나는 스켈드에게 우리 이야기가 들릴 것이라고 생각했다. 그러나, 헤르거는 스켈드가 알아 들을 수 없는 라틴말로 이야기하기 시작했다. 그가 라틴말로 말하는 데는 내가 모르는 다른 이유가 또 있는지도 몰랐다. 스켈드는 화살촉을 깎으며 전투를 기다리고 있었다. 헤르거에게 나는 물었다. "스켈드가 어떻게 마법에 걸렸나요?"

헤르거가 대답했다. "그가 마법에 걸린 것이 아니라면 아랍 사람으로 변하려는 모양이요. 그는 속옷을 매일 빨아 입고 몸도 매일 씻는다오. 당신은 그가 그러는 모습을 보지 못했소?"

나는 보지 못했다고 대답했다. 헤르거는 몹시 웃으면서 말했다. "스켈드는 여차여차한 자유민 여자를 위해서 그런 짓을 한다우. 그 여자는 그의 마음을 완전히 사로잡은 모양이요. 그녀를 위해 스켈드는 매일 목욕하고, 섬세하고 소심한 바보같이 행동한다우. 당신은 그런 점을 눈치 못 챘소?"

다시 한번 나는 눈치 못 챘다고 대답했다. 헤르거는 말했다. "그러면 당신은 도대체 뭘 보고 다니는거요?" 그리고 자신의 재치있는 말에 스스로 즐거워하며 웃어댔다. 나는 그의 말이 무슨 뜻인지 몰랐다. 아니면 웃을 기분이 아니었기 때문에 못알아 듣는 척 했는지도 모른다.

실컷 웃고난 뒤 헤르거가 머쓱해하며 말했다. "당신네 아랍 사람들은 너무 뚱해서 탈이야. 밤낮 툴툴거리기만 하고. 당신네 눈에는 재미있는 일이 하나도 없는 모양이요."

이 말에 나는 그의 생각이 틀렸다고 응수했다. 그는 나에게 그렇다면 재미있는 이야기를 하나 해보라고 요구했다. 그래서 나는 유명한 설교자의 설교 이야기를 그에게 들려 주었다. 여러분도 잘 아는 이야기이다. 유명한 설교자가 모스크(회교사원—역주)의 설교단 위에 서 있었다. 그의 훌륭한 설교를 들으려고 사방에서 남자 여자들이 몰려들었다. 그런데 하미드라는 남자 하나가 길다란 여자 옷을 입고 베일을 쓴 채 여자들 사이에 끼어 앉았다. 유명한 설교자가 말했다. "이슬람교 교리에 따르면 남자든 여자든 음모를 너무 길게 기르지 않는 것이 바람직합니다." 어떤 사람이 물었다. "오, 설교자시여, 얼마나 길어야 너무 긴 것입니까?" 다들 이 이야기는 알고 있다. 정말 야비한 농담이다. 설교자는 이렇게 대답했다. "보리 수염보다 길어서는 안 됩니다." 그러자 하미드가 자기 옆에 앉아 있던 여자에게 부탁했다. "자매님, 내 음모가 보리 수염보다 긴지 만져 보고 말씀해 주세요." 그 여자는 음모를 만지려고 하미드의 옷자락 밑으로 손을 넣었다. 자연히 그녀의 손은 하미드의 성기를 만지게 되었다. 그녀는 깜짝 놀라서 비명을 질렀다. 설교자는 이 소리를 듣고 매우 기뻐했다. 청중에게 그는 말했다. "여러분도 이 자매님 같이 설교에 귀기울이는 법을 배워야 합니다. 설교가 그녀의 마음에 얼마나 깊이 닿았는지 여러분도 보셨겠지요." 그러자, 아직도 충격에서 헤어나지 못한 그 여자가 이렇게 대답했다. "그것이 제 마음에 닿은 게 아니예요. 그것은 제 손에 닿았어요."

헤르거는 내 이야기를 들으면서도 내내 표정의 변화가 전혀 없었다. 웃기는 커녕 미소조차 떠올리지 않았다. 내 이야기가 다 끝나자 헤르거가 물었다. "설교자가 무엇하는 사람이오?"

이 말을 듣고 나는 그가 넓은 세상에 대해 아무것도 아는 것이 없는 어리석은 바이킹이라고 말해 주었다. 내 말에 헤르거는 껄껄대고 웃었다. 조금 전 우스개 이야기를 듣고는 전혀 웃지 않았는데 말이다.

그 때 스켈드가 고함을 질렀다. 불리위프의 용사들은 나까지 포함하여 모두 고개를 돌렸다. 자욱한 안개 저편의 산을 바라보았다. 내가 본 것은 멀리, 공중 높은 곳에, 타오르는 별처럼 빛나는 불빛이었다. 무사들도 모두 그것을 보았다. 그들은 중얼거리기도 하고 외마디 소리를 지르기도 하였다.

곧 두번째 불빛이 나타났다. 뒤이어 세번째, 그 뒤에 네번째가 계속 나타났다. 열두번째까지 세어 보고는 나는 셈을 포기하였다. 붉게 타오르는 불빛들이 한 줄로 늘어서서 나타났다. 뱀처럼 혹은 용처럼 굽이치는 모양이었다.

"자, 준비하시오." 헤르거는 나에게 이렇게 말하고 바이킹식 인사도 덧붙였다. "전투에서 행운이 있기를!" 나도 똑같은 말로 그에게 인사하자, 그는 다른 곳으로 사라졌다.

붉게 타오르는 불빛은 아직 멀리 있었지만 점점 가까이 다가오고 있었다. 그때 나는 우뢰 같은 소리를 들었다. 그 소리는 안개 속에서 으레 그러하듯 확대되어 깊고 우렁차게 "우르르 쾅"하고 울려 퍼졌다. 사실 안개 속에서는 속삭임 소리가 백 보나 떨어진 거리에서도 바로 귓가에 속삭이는 것처럼 똑똑히 들리는 법이다.

나는 신경을 곤두세우고 앞을 바라보며 그 소리에 귀기울였다. 불리위프의 용사들도 모두 무기를 꽉 그러 잡고 마찬가지 자세로 앞을 보며 귀기울였다. 글로우웜 드래곤 코르곤은 뇌성과 불꽃을 발하며 우리를 압도하였다.

불꽃은 점점 커졌다. 불꽃의 색깔은 기분 나쁘게 붉었다. 불꽃은 깜박거리기도 하고 넘실대기도 하였다. 용의 몸통은 길고 희미하게 빛났다. 몹시 무섭게 보이는 형상이었지만 나는 조금도 두렵지 않았다. 이 불꽃 행렬의 정체는 횃불을 들고 말탄 사람들이라고 판단했기 때문이다. 내 판단은 정확했다. 이윽고, 말탄 사람들이 안개 속에서 나타났다. 횃불을 높이 쳐 든 검은 모습과 식식거리며 돌진해 들어오는 검은 말들이었다. 전투는 개시되었다.

곧 끔찍한 비명과 고통소리운 외침 소리가 밤공기를 가득 채웠다. 최초로 돌격해 들어 오던 말탄 사람들이 해자에 부딪혔기 때문이다. 많은 말들이 엎어지고 넘어지는 통에 기수들은 말에서 떨어지고 횃불은 치직하는 소리를 내며 물속에 떨어졌다. 어떤 말들은 울타리를 넘으려다가 뾰족한 말뚝에 찔려 꼼짝도 하지 못했다. 울타리의 일부는 불이 붙었다. 무사들이 사방으로 달려 나갔다. 그때 나는 말탄 사람 한 명이 불타는 울타리를 뚫고 달려나가는 것을 보았다. 그리하여, 나는 처음으로 웬돌을 똑똑히 볼 수 있었다. 검은 말 등에 검은 옷을 입은 기수가 타고 있었는데 그의 머리는 곰의 머리였다. 나는 오싹 소름이 끼치도록 놀랐다. 두려움만으로도 죽을 수 있을 것 같은 공포에 사로 잡혔다. 그토록 끔찍한 모습은 생전 처음 보았기 때문이다. 그러나, 그와 동시에 에쓰고우의 손도끼가 그 기수의 등에 깊이 꽂혔다. 그가 말에서 굴러 떨어지자 곰의 머리도 그의 머리에서 굴러 떨어졌다. 그 밑에 사람 머리를 하고 있는 것을 나는 보았다. 번개처럼 빠른 동작으로 에쓰고우는 쓰러진 사람 위로 뛰어 올라 가슴을 깊숙이 찔렀다. 그리고 나서, 그 시체를 뒤집어 등에서 도끼를 뽑아 거두어들이고는 다시 싸우러 달려 갔다.

나는 창 공격을 받고 핑그르르 쓰러졌다가 다시 전투에 참가하였다. 많은 기수들이 이제 울타리 안에 들어와 있었다. 그들의 손에는 횃불이 타고 있었다. 어떤 이는 곰머리를 하고 있었고 어떤 이는 곰머리가 없었다. 그들은 둥글게 포위망을 만들어 휴롯궁과 부속 건물에 불을 지르려고 하였다. 그들의 그러한 소행을 막기 위해 불리위프와 그의 부하들은 참으로 용감하게 싸웠다.

안개 괴물 한 명이 말을 타고 나를 향해 공격해 들어 왔다. 나는 똑바로 섰다. 정말 나는 다음과 같이 행동했다. 나는 창을 위로 향하게 잡고 땅바닥에 단단히 두 발을 붙이고 서 있었다. 앞으로 하려는 행동을 생각만 해도 모골이 송연하였다. 그러나, 나의 창은 기수의 몸을 뚫고 지나갔다. 기수는 소름끼치는 비명을 질렀다. 허나 그는 말에서 떨어지지 않고 계속 달려갔다. 나는 복부에 통증을 느끼며 쓰러졌다. 고통으로 숨이 막힐 지경이었다. 하지만 잠시 후에는 다시 괜찮아졌다.

전투 중에 헤르거와 스켈드는 화살을 많이 쏘았다. 공중에는 화살이 날아가는 소리가 가득하였다. 이중 많은 화살이 명중하였다. 나는 스켈드가 쏜 화살이 한 기수의 목을 꿰뚫고 그대로 꽂혀있는 것을 보았다. 다음 순간 스켈드와 헤르거가 동시에 화살을 쏘아 한 기수의 가슴을 맞히는 것을 보았다. 그러더니 재빨리 다시 화살을 매겨서 다시 그 기수를 향해 쏘았다. 이 기수의 몸에는 순식간에 네 개의 화살이 꽂히게 된 것이다. 그가 말을 달리며 지르는 비명 소리는 듣기에도 끔찍하였다.

하지만, 헤르거와 스켈드는 자신들이 거둔 성과에 불만스러워 하는 눈치였다.(화살에 찔린 적이 말에서 떨어지지 않고 달아났기 때문에—역자 주) 스칸디나비아인들은 동물에 전혀 신성한 면이 없다고 믿는다. 그래서 화살을 제대로 사용하는 방법은 말을 죽여 기수를 말에서 떨어뜨리는 것이었다. 그들은 이런 말을 한다. "자기 말에서 떨어진 사람은 반만 사람이며 죽이기는 두 배로 쉽다." 그리하여 헤르거와 스켈드는 망설임 없이 즉각 말을 향해 화살을 쏘기 시작했다.*

나는 다음과 같은 광경도 보았다. 기수 하나가 검은 말 등에 몸을 낮게 굽히고 말을 달려 울타리 안으로 뛰어들더니 에쓰고우가 죽인 괴물의 시신을 붙잡아 말 목덜미 위로 휙하니 던져 올리고는 쏜살같이 가버렸다. 전에도 이야기했듯이 이 안개 괴물들은 죽은 동료의 시체를 남겨 두지 않고 데려 간다. 그래서, 아침이 되면 그들의 시체가 하나도 보이지 않는 것이다.

---

* 이슬람교의 율법에 따르면 동물을 잔인하게 대하는 것은 금지되어 있다. 예를 들면 짐을 싣고 다니는 동물이 불필요하게 짐의 무게에 시달리지 않도록 재빨리 짐을 내려 주어야 한다. 더구나 아랍 사람들은 말을 기르고 훈련시키는 일에 특별한 기쁨을 느낀다. 그러나 스칸디나비아인들은 동물에 대해 전혀 특별한 감정을 느끼지 않는다. 거의 모든 아랍인 관찰자들이 바이킹이 말을 사랑하지 않는 점을 지적하고 있다.

안개 속에서도 붉게 타오르는 횃불의 불빛에 의지하며 싸움은 상당 시간 격렬하게 계속되었다. 옆을 보니, 헤르거가 괴물 한 명과 힘겹게 싸우고 있었다. 나는 창을 새로 뽑아 들고 그 괴물의 등에 힘껏 찔렀다. 창은 깊이 박혔다. 헤르거는 피를 뚝뚝 흘리면서 감사의 표시로 팔을 들어 보이고는 다시 싸움터로 뛰어 들었다. 이에 나는 자신이 무척 자랑스럽게 느껴졌다.

내가 창을 거두려고 몸을 굽힌 사이에 말탄 사람이 하나 지나가면서 나에게 일격을 가했다. 나는 정신을 잃고 쓰러졌다. 그래서, 그 후에 일어난 일은 거의 생각이 나지 않는다. 내가 기절하기 전에 마지막으로 본 것은 로쓰가르 왕의 귀족이 사는 집 하나가 넘실거리는 화염 속에서 활활 타는 모습이었다. 그러나, 물에 흠뻑 적셔진 휴롯궁은 여전히 건재하였다. 무사한 휴롯궁을 보고 나는 마치 내가 바이킹이라도 되는 것처럼 기뻤다. 그것을 마지막 생각으로 하고 나는 정신을 잃고 말았다.

새벽녘에 누가 내 얼굴을 닦아주는 바람에 나는 정신이 들었다. 나는 부드러운 손길을 느끼며 한껏 기분이 좋아졌다. 그러다가 곧 나는 개가 내 얼굴을 핥고 있다는 사실을 알았다. 나는 술에 취한 바보가 된 기분이었다. 그래서, 말할 수 없이 비참한 심정에 사로잡히고 말았다.*

---

* 이븐 파들란의 원고를 최초로 번역했던 사람들은 아랍 문화에 대한 지식이 전혀 없는 기독교도들이었다. 이 귀절에 대한 그들의 해석은 그러한 무지를 반영하고 있다. 이탈리아 사람 라칼라(1847년)는 매우 자유분방하게 다음과 같이 번역하였다. "아침에 나는 개와 같은 취기에서 깨어나 내 상태를 보고 심히 부끄러웠다." 스코브만드는 1919년의 주석서에서 퉁명스럽게 다음과 같이 단정하고 있다. "이븐 파들란의 이야기는 신빙성이 없다. 그는 전투 중에 술에 취해 있었으며 자신도 그 사실을 인정하고 있기 때문이다." 공인된 바이킹 애호자 뒤 샤틀리에는 1908년, 보다 관대하게 말했다. "그 아랍인은 곧 전투에 취해버렸다. 그것이 바로 바이킹 영웅심의 정수이다."

수피교노이자 학자인 마수드 파르잔은 이븐 파들란이 이 대목에서 하고 있는 비유

나는 해자 속에 누워 있었다. 해자의 물은 핏빛으로 물들어 있었다. 나는 몸을 일으켜 연기가 피어오르는 마당을 가로 질러 걸어갔다. 온 갖 형태의 파괴와 죽음이 그곳에 널려 있었다. 땅은 피로 흠뻑 젖어 있었고, 피의 비라도 온 것처럼 많은 웅덩이에 피가 고여 있었다. 나는 살해 당한 귀족들의 시신을 보았다. 여자와 아이들의 시체도 있었다. 서너구의 시체는 불에 까맣게 타서 딱딱하게 표면이 굳어 있었다. 시체들이 땅바닥 여기저기에 널려 있어서 나는 그들을 밟지 않으려고 눈을 아래로 향하지 않을 수 없었다. 그토록 빽빽하게 시체들이 깔려 있었다.

방호 시설물 중에서 기둥 울타리 대부분이 불에 타서 사라졌다. 불에 타지 않은 부분에는 말들이 기둥에 몸이 꿰인 채 싸늘하게 죽어 있었다. 횃불이 여기 저기 흩어져 있었다. 그런데, 불리위프의 용사는 한 명도 눈에 띄지 않았다.

로쓰가르 왕국에는 울음이나 곡하는 소리가 전혀 없었다. 스칸디나비아 사람은 어떤 죽음에 대해서도 애도하지 않기 때문이다. 반대로

를 잘 설명해 주었다. 사실 파들란은 매우 오래된 아랍의 우스개 이야기에 나오는 인물에 자신을 비유하고 있는 것이다.

술에 취한 사람이 자기가 길가에 토해 놓은 오물 웅덩이에 쓰러져 있었다. 개 한 마리가 지나가다가 그의 얼굴을 혀로 핥기 시작하였다. 주정뱅이는 친절한 사람이 자기 얼굴을 닦아주는 줄로 오해하고 감사의 말을 했다. "알라께서 당신의 자녀를 부모에게 순종하는 자녀로 만들어 주시기를 기원합니다." 그러자, 개는 뒷다리를 하나 들고 술주정뱅이의 얼굴에 오줌을 누었다. 그는 이렇게 말했다. "형제여, 내 얼굴을 씻겨주려고 따뜻한 물을 가져오신 데 대하여 신의 축복이 내리시기를 바랍니다."

아랍에서 이 우스개 이야기는 술취함에 대한 경고이며, 술은 오줌과 같이 더러운 것이라는 사실을 교묘하게 일깨워 준다.

이븐 파들란은 자기가 술에 취해 있었다는 사실이 아니라 그가 운좋게도 개의 오줌 세례를 피했다는 사실에 독자가 주목해 주기를 바란 것 같다. 그가 조금 전에 전투에서 죽음을 모면했던 것처럼 말이다.

분위기는 여느 때와 다른 정적이 감돌았다. 수탉이 꼬꼬댁하고 울고 개가 멍멍 짖는 소리가 들렸다. 그러나, 해가 떴는데도 사람의 목소리는 전혀 들리지 않았다.

나는 이윽고 휴롯궁 안으로 들어갔다. 두 구의 시신이 투구를 가슴에 얹은 채 골풀 더미 위에 누워 있는 것이 보였다. 한 명은 불리위프 의신하 스켈드였다. 다른 한 명은 헬프다네였다. 그는 지난 번 싸움에서 부상을 당했었는데 지금은 싸늘하고 창백하게 식어 있었다. 두 사람은 모두 죽어 있었다.

레쎌도 있었다. 그는 가장 나이 어린 무사였는데 구석에 똑바로 앉아 여자 노예들의 간호를 받고 있었다. 레쎌은 지난 번 전투 때에도 부상 당했었는데 이번에 복부에 새로운 상처를 또 입은 것이다. 복부에 출혈이 심했다. 분명히 그는 몹시 고통이 심했을 터였다. 그런데도 그는 쾌활한 태도만을 보여 주었다. 그는 입가에 웃음을 머금고, 여자 노예들의 젖가슴과 엉덩이를 꼬집으며 장난을 걸었다. 이따금 여자 노예들은 상처를 싸매는 일에 방해된다고 그를 꾸짖곤 하였다.

그들이 상처를 치료하는 방법은 다음과 같다. 어떤 무사가 손이나 발에 부상을 당하면 끈으로 그 손발 주위를 묶고 물로 삶은 천으로 상처 위를 덮는다. 피를 응고시켜 멈추게 하기 위해 거미줄이나 양털을 상처 속에 집어 넣는 경우도 있다고 한다. 그런 일을 내가 직접 본 적은 없다.

어떤 무사가 머리나 목에 부상을 당하면 여자 노예들이 그 상처를 깨끗이 닦아 내고 잘 살펴 본다. 피부는 찢어졌어도 하얀 뼈가 온전하면 그들은 그런 상처에 대해 "별 문제 없다"고 말한다. 그러나 뼈에 금이 가 있거나 부서져 있으면 그들은 이렇게 말한다. "그의 생명이 빠져나와 곧 사라질 것이다."

어떤 무사가 가슴에 상처를 입으면 그들은 그의 손발을 만져 본다.

만약 손발이 따스하면 그런 상처에 대해 그들은 "별 문제 없다"고 말
한다. 그러나, 그 무사가 기침을 하거나 피를 토하면 그들은 "그는 피
로 말한다"고 하며 이를 매우 위급한 상태로 간주한다. 그 사람은 피
로 말하는 병으로 죽을 수도 있고 죽지 않을 수도 있다. 그것은 그의
운에 달렸다.

어떤 무사가 복부에 부상을 입으면 그들은 그에게 양파와 약초로 끓
인 수프를 먹인다. 그리고 나서 여자들은 그의 상처 주변에 코를 갖다
대 본다. 만약 그곳에서 양파 냄새가 나면 그들은 이렇게 말한다. "그
는 수우프 병에 걸려 있다." 그가 죽을 것이라는 것을 그들은 알고 있
는 것이다.

여자들이 레쎌에게 먹일 양파 수프를 준비하는 것을 나는 보았다.
레쎌은 수프를 먹었다. 노예 여자들이 그의 상처에 코를 대니 양파 냄
새가 났다. 그러자, 레쎌은 소리내어 웃으며 농담을 던지고 미드주를
달라고 했다. 여자들은 그에게 술을 갖다 주었다. 레쎌은 조금도 근심
하는 기색이 아니었다.

불리위프와 그의 무사들은 궁전의 다른 장소에서 회의를 하고 있었
다. 나도 그 틈에 끼어 들었으나 아무도 반겨 맞아주지 않았다. 내가
목숨을 구해 준 헤르거조차 나를 거들떠보지 않았다. 무사들은 심각한
대화에 깊이 몰두하고 있었기 때문이다.

나는 그 무렵 스칸디나비아어를 어느 정도 알고 있었지만 그들이 낮
은 어조로 빠르게 이야기하는 말을 알아 들을 정도는 못되었다. 하릴
없이 나는 다른 곳으로 가서 미드주를 마셨다. 그러자, 몸에 통증이 살
아났다. 노예 여자 한 명이 와서 나의 상처를 닦아 주었다. 장딴지와
가슴에 각각 하나씩 베인 상처가 있었다. 그 노예 여자가 간호해 주겠
다고 말할 때까지 나는 그런 상처가 있는 줄도 몰랐다.

스칸디나비아인들은 바닷물로 상처를 닦아 낸다. 그들은 바닷물이

샘물보다 치료 능력이 더 크다고 믿는다. 바닷물로 상처를 닦으면 상처가 몹시 쑤신다. 나는 그만 참지 못하고 신음 소리를 내었다. 이에 레쎌이 깔깔 웃으며 노예 여자에게 말했다. "그 사람은 아직도 아랍인이군." 나는 이 말에 심히 부끄러움을 느꼈다.

스칸디나비아인들은 암소 오줌을 데워서 상처를 닦아 내기도 한다. 노예 여자가 그렇게 해주겠다고 했지만 나는 거절하였다.

스칸디나비아인들은 암소 오줌을 아주 놀라운 물질로 여겨 나무 상자에 저장해 놓는다. 평상시에는 오줌이 걸쭉해져서 심하게 냄새날 때까지 끓여서 빨래할 때 세제로 사용한다.* 특히 올이 거친 하얀 옷을 빨 때 즐겨 사용한다.

나는 또한 바이킹들이 오랜 기간의 바다 항해 도중 식수가 떨어지면 각자 자기 오줌을 받아 마시면서 육지에 도착할 때까지 목숨을 부지한다는 이야기를 한두 번 들은 적이 있다. 나는 알라신의 은총으로 이런 말을 듣기만 했지 직접 본 적은 없다.

무사들의 회의가 끝나자 헤르거가 나에게로 왔다. 노예 여자가 치료한 상처는 불이 나는 듯 화끈거리고 아팠다. 나는 너무 아파서 미칠 지경이었다. 그렇지만, 아파도 전혀 내색하지 않고 쾌활한 표정을 짓는 바이킹의 태도를 흉내내기로 단단히 마음 먹었다. 나는 헤르거에게 말했다. "다음 번에는 어떤 별볼일 없는 일을 하게 될까요?"

헤르거는 나의 상처를 살펴 보더니 이렇게 말했다. "말은 충분히 탈수 있겠군." 나는 어디로 말을 타고 가야 하느냐고 물었다. 일순간에 나의 쾌활한 기분은 싹 사라지고 말았다. 정말이지 나는 몹시 지쳐서 쉬는 것 빼고는 다른 아무것도 할 힘이 조금도 없는 상태였다. 헤르거가 말했다. "오늘 밤, 글로우웜 드래곤이 다시 공격해 올 거요. 하지만

---

* 오줌은 탁월한 세제 화합물 암모니아의 원료가 된다.

지금 우리는 모두 지쳐 있고 인원도 극소수에 불과하오. 방호 시설물은 다 타고 망가져버렸소. 글로우웜 드래곤은 우리를 몽땅 죽여버릴 것이오."

이런 말을 그는 침착한 태도로 조용히 말했다. 나도 사태의 심각성을 느끼고 헤르거에게 물었다. "그래서 우리는 어디로 말타고 가는 건가요?" 나는 그들이 치른 너무나도 커다란 손실 때문에 불리위프와 그의 동료들이 로쓰가르 왕국을 포기하고 떠나려는 줄로 알았다. 그 점에 대해서라면 나도 반대할 생각이 없었다.

헤르거가 나에게 말했다. "굴 속에만 누워 있는 늑대는 결코 먹이를 얻을 수 없고, 자고 있는 사람은 결코 승리를 얻을 수 없는 법이요." 이는 바이킹의 속담이었다. 그 말을 듣고 나는 그들에게 다른 계획이 있다는 것을 알아차렸다. 즉, 우리는 말을 타고 안개 괴물이 있는 소굴로 공격해 들어가려는 참인 것이다. 그곳이 산이건 언덕이건 간에 내키지 않는 마음으로 나는 헤르거에게 언제 공격하러 갈 예정이냐고 물었다. 정오 무렵이라고 헤르거는 대답해 주었다.

그때, 한 아이가 궁전 안으로 들어오는 것이 보였다. 그 아이의 손에는 돌조각이 들려 있었다 헤르거는 그 돌조각을 유심히 살펴 보았다. 그것은 배가 불룩하고 못생긴 임산부의 머리 없는 조각상이었다. 우리는 전에도 한 번 이런 것을 본 적이 있었다. 헤르거는 그것을 보다가 갑자기 큰 소리로 욕설을 내뱉고는 떨리는 손에서 돌조각을 떨어뜨리고 말았다.

헤르거는 노예 여자를 불렀다. 그러자, 여자는 그 돌을 집어서 불 속에 던졌다. 뜨거운 불길에 닿자 그 돌조각은 금이 가더니 조각조각 갈라지고 말았다. 나중에 헤르거가 말하기를 그 조각들은 그 후 바다 속으로 던져졌다고 했다.

나는 헤르거에게 그 돌 조각상에는 어떤 의미가 있느냐고 물어 보았다. 그가 이렇게 대답했다. "그것은 시체를 먹는 괴물(the eaters of the dead)의 어머니를 조각한 상이랍니다. 그녀는 괴물들을 이끌고 시체 먹는 일을 지휘한다오."

그때, 불리위프가 궁전의 한가운데 서서 서까래에 아직도 매달려 있는 괴물의 팔을 올려다 보고 있었다. 그러더니 살해된 두 동료의 시신과 죽어가는 레쎌을 내려다 보았다. 그의 두 어깨는 축 처지고 턱이 가슴께까지 수그러졌다. 다음 순간, 불리위프는 그들 옆을 지나 문 밖으로 나갔다. 그가 갑옷을 입고 장검을 들고 새로운 전투를 위해 준비하는 모습이 문 틈으로 내다 보였다.

EATERS OF THE DEAD

공포의 사막

공포의 사막

불리위프는 일곱 마리의 튼튼한 말을 요구했다. 그리하여, 오전에 우리는 로쓰가르 왕의 궁전을 떠나 밋밋한 평원을 향해 말을 달렸다. 저 멀리 산이 보였다.

우리는 네 마리의 사냥개도 함께 데리고 갔다. 순백색의 털과 커다란 몸집을 하고 있는 동물로 어찌나 사납게 굴던지 개보다는 늑대에 더 가깝게 느껴졌다. 이것이 우리 공격 세력의 전부였다. 무시무시한 적에 비할 때 너무나도 보잘 것 없었다. 하지만, 바이킹들은 기습과 교활한 공격의 효과를 깊이 믿었다. 또한, 그들은 어떤 적과 맞서더라도 그들 각자가 서너명의 적과 맞먹는 힘을 지녔다고 스스로 생각하고 있었다.

나는 또 다시 전쟁을 치르러 떠날 마음이 전혀 내키지 않았다. 그런데, 스칸디나비아인들이 그런 생각을 품지 않은 것을 알고 매우 놀랐다. 몸이 너무 고달프기 때문에 그런 생각이 드는 것은 당연한 일인데도 말이다.

헤르거는 말했다. "으레 전투는 있는 법이요. 현세에서도 발할라에서도." 발할라는 그들이 생각하는 천국이었다. 이 천국은 그들에게 거대한 궁전을 의미한다. 그곳에서 무사들은 해가 뜨고 질 때까지 계속 싸운다. 밤이 되면 죽은 무사들도 다시 살아나서 모두 함께 연회에 참

석하여 끝없이 나오는 음식과 술을 먹고 마시며 마음껏 즐긴다. 그러
다가 해가 뜨면 다시 싸움을 시작한다. 또 다시 죽은 사람들도 다시 살
아나서 밤의 연회에 참석한다. 이것이 그들이 생각하는 영원한 천국의
모습이다.* 그런 까닭에 그들은 지상에 있는 동안 매일 싸우는 것을
전혀 이상하게 생각하지 않는 것이다.

우리의 진행 방향은 전날 밤 퇴각하던 기수들이 남긴 핏자국을 따라
정해졌다. 사냥개들이 이 붉은 자국을 따라 앞서 달리며 우리를 인도
하였다.

우리는 평원 위에서 딱 한 번 발길을 멈추었다. 퇴각하던 괴물이 떨
어뜨리고 간 무기를 회수하기 위해서였다. 그 무기는 손도끼였는데,
자루는 나무로 되어 있고 돌로 만든 도끼날은 가죽끈으로 손잡이에 단
단히 묶여 있었다. 도끼날은 매우 예리하였다. 날의 몸통 부분은 어찌
나 정교하게 다듬어졌던지 이 돌이 무기가 아니라 부유한 귀족 부인의
허영심을 만족시켜 주기 위해 세공된 보석과도 같았다. 이렇게 정교한
기술로 만들어진 이 도끼는 예리한 날로 인해 무서운 무기가 된 것이
다. 나는 세상에서 그런 물건은 난생 처음 보았다. 헤르거가 말하기를
웬돌은 자기네의 도구와 무기를 전부 이런 돌로 만든다고 하였다. 아
니면 바이킹들이 그렇게 생각하는 건지도 모른다.

우리는 점점 더 속력을 내면서 앞으로 앞으로 전진했다. 개들이 짖
으며 앞장 서서 달렸다. 나는 개들이 짖는 소리에 한결 기분이 좋아졌
다. 마침내 우리는 산 밑에 도착하였다. 우리는 망설임이나 모종의 의
식 절차 없이 곧장 산 속을 향해 말을 몰았다. 불리위프의 용사들은 각

---

* 어떤 신화학자들은 스칸디나비아인들이 이러한 영원히 계속되는 싸움의 개념을 처음
생각해낸 것이 아니라고 주장한다. 그것은 켈트족의 생각이라는 것이다. 사실이 어떻
든지간에 이븐 파들란의 바이킹 동료들이 그런 생각을 품고 있다는 것은 절대적으로
타당하다. 스칸디나비아인들은 그 무렵 150년 이상 켈트족과 접촉해왔기 때문이다.

기 골똘히 생각에 잠겨 음울하고 조용했다. 그들의 얼굴에는 두려움이 나타나 있었다. 그러나, 어느 누구도 말을 멈추거나 주저하지 않고 앞을 향해 똑바로 나아갔다.

산 속은 몹시 추웠다. 검푸른 나무들이 빽빽이 들어찬 숲 속에서 냉한 바람이 옷 속으로 파고들었다. 말들이 추워서 숨을 헉헉거렸고 달리는 개들의 콧구멍에서는 하얀 입김이 깃털처럼 피어 올랐다. 그래도 우리는 앞을 향해 계속 박차를 가하였다. 정오까지 달리고 나자 지금까지와는 다른 새로운 경치가 펼쳐졌다. 그곳에는 소금기 있는 호수가 하나 있었다. 황무지나 황야는 아닌데 황량한 지역이었다. 사막과 매우 흡사했지만 모래도 없고 건조하지도 않았다. 그곳은 축축하고 질척거렸으며 지면 가까이에는 아주 미세하게 안개가 서려 있었다. 스칸디나비아인들은 이 곳을 공포의 사막이라고 부른다.*

이 안개는 작은 구름 조각이 땅 위에 내려 앉은 것처럼, 조그만 주머니 혹은 작은 송이를 이루며 지면 위에 깔려 있었다. 어떤 곳은 공기가 맑았다. 어떤 곳은 지표 가까이 작은 안개 구름이 말 무릎 높이까지 서려 있었다. 이런 지역에 들어서면 개들의 모습이 안개에 싸여 보이지 않았다. 그러다가 잠시 후에는 안개가 걷히고 다시 앞이 탁 트인 지역이 나타났다. 황야의 풍경은 그런 식으로 계속되었다.

이러한 풍경이 나에게는 매우 놀랍고 신기하였다. 그러나, 스칸디나비아인들은 별로 대수롭지 않게 생각하였다. 이 지역에는 염분이 섞인

---

* 1927년에 발표한 논문에서 제이 지 톰린슨(J. G. Tomlinson)은 "공포의 사막"이라는 말이 볼중가 사가(Volsunga Saga)에도 나온다고 지적하면서, 따라서 이 말이 금기의 땅을 뜻하는 통칭이라고 주장하였다. 그런데, 톰린슨은 볼중가 사가에 그런 말이 나오지 않는다는 사실을 몰랐던 모양이다. 19세기 윌리엄 모리스의 번역에 "세상에서 가장 끝에 공포의 사막이 있다"라는 시행이 있지만, 사실상 이 시행은 모리스가 멋대로 만들어낸 귀절이다. 즉, 이는 그가 원래의 게르만 민족 무용담에다 첨가시킨 여러 대목 중 하나에 불과한 것이다.

호수와 땅 속의 갈라진 틈에서 뽀글뽀글 솟아 나오는 온천도 많다고 한다. 이러한 지역에는 밤이고 낮이고 항상 작은 안개 송이가 모여 있는데, 바이킹은 이런 곳을 김이 피어오르는 호수 지역이라고 부른다.

그곳은 말이 달리기 힘든 곳이어서 우리는 속력을 늦추어 전진하였다. 개들도 속력을 줄여 앞으로 나아갔다. 나는 개들이 전보다 덜 힘차게 짖는다는 것도 알아챘다.

우리 일행의 위치는 곧 완전히 뒤바뀌었다. 맨 앞에서 캥캥 짖으며 달리던 개들이 이제는 천천히 걷고 있었다. 개들은 이제 짖지도 않고 길잡이 역할을 하려고 하지도 않았다. 개들은 점차 뒤로 물러나 말 발 밑에까지 오게 되었다. 그리하여, 개가 말 발에 걸리는 바람에 종종 방해가 되는 경우도 있었다.

날씨가 점점 추워졌다. 심지어는 여기저기 땅위에 눈이 쌓여 있는 곳도 있었다. 그때는 여름이었는데 아무리 생각해 봐도 이상한 일이었다.

느린 속도로 우리는 상당한 거리를 전진했다. 나는 우리가 길을 잃고 돌아가는 길을 찾지 못할까봐 불안했다. 그런데 한 장소에 이르자 개들이 발을 멈추었다. 그 지역은 다른 곳과 다른 점이 하나도 없었다. 땅바닥에 무슨 표시나 물체가 있는 것도 아니었다. 그러나 개들은 마치 울타리나 눈에 보이는 장애물 앞에 도착한 듯이 딱 멈춰선 것이다. 우리 일행은 이곳에서 발을 멈추고 사방을 둘러보았다. 그곳은 바람 한 점 불지 않고 아무 소리도 들리지 않았다. 새소리나 짐승 소리도 전혀 없이 오직 정적만이 감돌았다.

불리위프가 말했다. "여기에서부터 웬돌의 땅이 시작되고 있군." 말들은 이 지역에 들어오자 겁을 내며 불안해했다. 무사들은 그들을 안심시키느라 목덜미를 가볍게 두드려 주었다. 사실은 말탄 사람들도 불안하기는 매한가지였다.

불리위프는 입술을 꽉 다물고 있었다. 말고삐를 잡고 있던 에쓰고우의 손은 가볍게 떨렸다. 헤르거는 안색이 창백해진 채 이곳 저곳으로 시선을 보냈다.

스칸디나비아 속담에 "두려움은 하얀 입을 하고 있다"라는 말이 있다. 그때 나는 그 말이 문자 그대로 사실임을 알았다. 무사들의 입술 주변이 온통 하얗게 변했기 때문이다. 그렇지만, 두렵다는 말을 하는 사람은 아무도 없었다.

이제 우리는 개들을 뒤에 남겨 두고 계속 앞으로 말을 달렸다. 눈이 더 많아져서 발 밑에서 사각사각 눈 밟히는 소리가 들렸다. 안개도 한층 더 짙어졌다.

아무도 입을 여는 사람이 없었다. 간간이 말한테 말을 거는 것 빼고는. 한 걸음 한 걸음 전진할 때마다 말들은 몰기가 점점 힘들어졌다. 무사들은 부드럽게 달래고 날카롭게 차면서 그들을 억지로 전진시키지 않을 수 없었다.

이윽고, 정면에 어떤 물체가 안개 속에 희미하게 보였다. 우리는 그 물체를 향해 조심스럽게 접근했다. 나는 다음과 같은 것을 목격하였다. 길 양쪽으로 튼튼한 기둥 위에 거대한 짐승의 두개골이 높이 걸려 있었다. 두개골의 턱은 공격 자세로 벌어져 있었다. 우리는 계속 전진했다. 나는 그것들이 큰 곰의 두개골임을 알게 되었다. 큰 곰은 웬돌이 숭배하는 동물이다. 곰의 해골이 웬돌 땅의 경계 구역을 보호해준다고 헤르거가 나에게 설명하였다.

이윽고, 우리는 또 다른 장애물을 발견하였다. 조금 떨어진 곳에 회색빛의 커다란 물체가 있었다. 말안장만한 높이의 커다란 바위였는데 그 위에 여자의 모습이 조각되어 있었다. 배와 젖가슴이 불룩 튀어나오고 머리와 팔다리가 없는 임산부의 모습이었다. 이 바위에는 희생 제물의 피가 묻어 있었다. 피는 붉은 줄무늬를 그리며 흐르고 있어 보기에도 섬뜩하였다.

아무도 금방 본 것에 대해 말하는 사람이 없었다. 모두 칼을 뽑아 들고 준비 태세를 갖추었다. 바이킹의 특징은 이런 점에 있었다. 웬돌의 땅에 들어오기 전까지 그들은 두려움에 사로잡혀 있었다. 그러나, 막상 그 땅에 들어와서 두려움의 원인과 가까운 거리에 있게 되자 그들의 불안은 싹 사라져버린 것이다. 정말 그들은 마음 편한 표정이었다. 말들만이 점점 두려워하며 앞으로 나아가기를 꺼리고 있었다. 나로서는 바이킹의 행동을 도무지 이해하기 힘들었다. 그들은 모든 일을 거꾸로 하는 것 같았기 때문이다.

그때, 시체 썩는 냄새가 나기 시작했다. 전에 로쓰가르 궁전에서 맡았던 적이 있는 냄새였다. 그 냄새가 또다시 콧속으로 스며들자 나는 기절할 것 같았다. 헤르거가 내 옆으로 달려오더니 부드러운 목소리로 물었다. "어쩐 일이요?"

나는 감정을 숨기지 못하고 솔직히 말했다. "무서워 죽겠어요."

헤르거가 이렇게 말해 주었다. "그것은 당신이 앞으로 올 일에 대해 미리 생각하고 무서운 일을 상상하기 때문이라오. 그런 생각을 하면 누구라도 피가 멈출 것 같이 두려울 수밖에 없지요. 앞 일을 미리 생각하지 말아요. 아무도 영원히 살지 못한다는 사실을 생각하고 명랑해지구료."

나는 그의 말이 사실임을 깨달았다. 그래서, 그에게 말했다. "우리 나라에는 이런 속담이 있답니다. ' 알라신께 감사하라. 지혜로우시게도 우리 인생의 시작이 아니라 끝에다 죽음을 마련해 두셨으니.'"

헤르거는 이 말에 미소를 짓더니 짧게 웃음을 터뜨렸다. "두려움에 관한 한, 아랍인도 사실을 말할 줄 아는구먼." 그는 이렇게 말하고 앞으로 말을 달려 불리위프에게 내가 한 말을 전했다. 불리위프도 껄껄 웃었다. 불리위프의 용사들은 이제 농담을 듣고 즐거워할 기분이었던 것이다.

이윽고 우리는 어떤 산에 도착하였다. 그 꼭대기에 이르자 말을 멈추고 웬돌의 마을을 내려다 보았다. 내가 본 바에 의하면 그 마을의 모습은 이러하다. 골짜기가 하나 있었다. 그 골짜기 안에 짚과 진흙으로 만든 초라한 오두막이 원을 그리며 서 있었다. 어린아이가 만든 것 같이 볼품없는 집이었다. 원 중앙에는 커다란 모닥불이 있었는데 우리가 도착했을 때는 연기만 피어오르고 있었다. 그런데 말도, 가축도, 움직이는 물체도, 여하한 종류의 생명체의 표시도 전혀 없었다. 움직이는 안개의 장막 사이로 그런 광경이 보였다.

불리위프는 말에서 내렸다. 무사들도 뒤따라 내렸다. 그중에 나도 끼어 있었다. 사실상 괴물의 미개한 마을을 내려다 볼 때, 나의 심장은 쿵쿵 소리를 냈고 숨이 턱턱 막혔다. 우리는 서로 낮게 수근거렸다. "왜 아무것도 움직이지 않을까요?" 내가 물었다.

"웬돌은 올빼미나 박쥐처럼 밤에만 활동하는 야행성 동물이요."하고 헤르거가 대답했다. "그들은 낮에는 잠만 자지요. 그래서 지금 그들은 잠자고 있는 중이요. 그러니 내려가서 그들을 덮쳐 모두 베어버립시다."

"우리는 너무 사람이 적은데요" 내가 말했다. 밑에는 오두막이 여러 채 있었기 때문이다.

"우리면 충분해요." 헤르거나 대답했다. 그리고는 나에게 미드주 한 잔을 건네 주었다. 나는 감사하는 마음으로 그것을 받아 마셨다. 그 술을 금지하거나 싫어하지 않는 데 대해 알라신을 찬양하면서.*

내가 한때 맛이 고약하다고 생각했던 이 술이 정말이지 이제는 혀에

---

* 술을 금지하는 이슬람교의 교리는 포도를 발효시켜 만든 포도주에 해당되는 것이다. 꿀을 발효시켜 만든 술은 특히 이슬람교도들에게 허용되고 있다.

쩝쩝 들러붙는 듯 맛이 좋았다. 이렇듯 이상한 일도 여러 번 반복하면 하나도 이상하게 느껴지지 않는 법이다. 같은 이치로 나는 이제 웬돌의 무시무시한 악취도 의식하지 못하게 되었다. 한참 그 냄새를 맡고 나니까 코가 마비되어 버렸기 때문이다.

스칸디나비아인들은 냄새 맡는 문제에 있어서만은 매우 까다로웠다. 전에도 이미 말했듯이 그들은 깔끔하지 못하다. 또한 그들은 온갖 조악한 음식이나 술을 먹는다. 그런데 그들은 모든 신체기관 중에서 코를 가장 높게 친다. 전투에서 귀를 잃으면 별 문제가 아니다. 손가락이나 발가락 혹은 손을 하나 잃으면 약간 문제가 된다. 그래도 이런 상처쯤은 무사히 받아 넘긴다. 그런데 코를 잃으면 그들은 죽은 것과 마찬가지로 심각하게 받아들인다. 코끝이 살짝 잘려나가기만 해도 마찬가지다. 다른 나라 사람이라면 그런 정도는 아주 작은 상처로 대수롭지 않게 여길텐데 말이다.

전투나 싸움 중에 코뼈가 부러지는 것은 별 문제가 아니다. 많은 바이킹이 그런 이유로 구부러진 코를 하고 있었다. 그런데, 코가 잘리는 것은 왜 그렇게 두려워하는지 나는 그 이유를 도대체 모르겠다.*

기운을 내어 불리위프의 용사들과 나는 말을 산 꼭대기에 남겨 두고

---

* 코를 잃는 데 대한 두려움을 보통 정신분석학에서 거세 공포증으로 해석한다. 1937년 『원시 사회에서의 신체 이미지의 변형』이라는 논문에서 엥겔하르트는 많은 문화권에서 그런 생각을 갖고 있다고 밝힌 바 있다. 예를 들면, 브라질의 나나마니족은 간음죄를 지은 사람의 왼쪽 귀를 잘라 처벌한다. 이것이 성적 능력을 감소시킨다고 생각했기 때문이다. 어떤 사회에서는 손가락이나 발가락을 중요시 여기고, 혹은 바이킹의 경우처럼 코를 중요시 여기는 곳도 있다. 많은 사회에서 남자의 코크기가 그의 성기 크기를 반영한다는 미신을 믿고 있다.

원시 사회에서 코를 매우 중요시 여긴 이유는 수렵 생활의 잔재적인 태도를 반영한다고 에머슨은 주장한다. 사냥으로 생활을 영위하던 시절, 사냥감을 발견하고 적을 피하는 데에 후각은 절대적으로 중요한 기능이었다. 그런 생활에서 후각을 잃는 것은 그야말로 치명적인 손상이었을 것이다.

마을을 향해 걸어갔다. 그러나, 말들은 너무 놀라 있었기 때문에 그대로 놔둘 수는 없었다. 우리 중 누군가가 남아서 말들을 보살펴야 했다. 나는 속으로 은근히 내가 그 일에 뽑히기를 바랐다. 그러나, 할타프가 뽑혔다. 그는 이미 부상을 입고 있어서 별 쓸모가 없었기 때문이다.

이리하여, 우리는 주의 깊게 산을 내려가기 시작하였다. 잎이 누렇게 병든 덤불과 시들어 죽어가는 관목숲을 지나 웬돌의 마을을 향해 밑으로 내려갔다. 우리는 아무 소리도 내지 않고 살금살금 움직였다. 이윽고, 괴물이 사는 마을의 중심부에 도착하였다.

불리위프는 말을 전혀 하지 않고 손짓으로만 방향과 명령을 지시했다. 그의 손짓을 보고 두 명씩 짝을 지어 각각 다른 방향으로 가야한다는 것을 알아챘다. 헤르거와 나는 가장 가까이에 있는 진흙 오두막을 공격하게 되었다. 다른 사람들은 다른 오두막을 공격하게 되었다. 각기 공격해야 할 오두막 앞에 정렬할 때까지 모두들 기다렸다. 그 순간, 고함 소리를 지르며 불리위프가 그의 거검 룬딩을 높이 쳐들고 공격 개시 신호를 보냈다.

나는 헤르거와 함께 오두막 안으로 뛰어들었다. 머리 속에서 피가 뛰고 손에 든 검이 깃털처럼 가볍게 느껴졌다. 정말이지 나는 내 생애에서 가장 치열한 전투를 벌일 준비가 되어 있었다. 그런데 안에는 아무것도 없었다. 오두막은 버려진 채 황량하였다. 짚으로 만든 조잡한 침대들만 덩그러니 남아 있을 뿐이었다. 침대는 그 모양새가 하도 꼴사나워서 사람의 침상이 아니라 동물의 둥우리에 가까웠다.

우리는 밖으로 달려나와 다음 오두막을 공격하였다. 그 오두막도 텅비어 있었다. 실상 모든 오두막이 텅 비어 있었다. 불리위프의 무사들은 몹시 당황하였다. 그들은 당혹과 놀람의 표정을 짓고 오두막을 차례차례 노려보았다.

그때, 에쓰고우가 우리를 불렀다. 우리는 모두 가장 큰 오두막 안으로 모여들었다. 그 오두막도 다른 오두막과 마찬가지로 버려져 있었다. 그러나, 안은 텅 비어 있지 않았다. 오두막의 바닥에는 가느다란 뼈들이 흩어져 있었다. 우리가 밟을 때마다 섬세하고 약한 뼈들이 새 뼈처럼 바삭바삭 소리를 냈다. 나는 매우 놀라, 도대체 무슨 뼈인지 알아보려고 허리를 굽혔다. 놀랍게도 둥그스름한 눈구멍과 이빨 몇 개가 여기 저기 흩어져 있었다. 알고보니 그야말로 우리는 사람 얼굴뼈 깔개 위에 서 있는 꼴이었다. 더욱 기가 막힌 것은, 오두막의 한 쪽 벽에 사람 해골의 머리 부분이 높이 쌓여 있었다. 사람의 두개골은 오지그릇처럼 뒤집혀서 쟁여져 있었는데 하얗게 반짝거렸다.

나는 속이 메슥거려서 토하려고 밖으로 나왔다. 헤르거가 설명해주었다. 웬돌은 사람이 달걀이나 치즈를 먹듯이 자기네가 죽인 사람의 뇌수를 먹는다는 것이다. 그것은 그들의 습관이라 했다. 생각만 해도 끔찍한 일이지만 사실이 그러니 어쩔 수 없는 일이다.

또 다른 무사가 우리를 불러서 다른 오두막에 들어가 보았다. 그 오두막에는 왕좌 같은 커다란 의자가 있었다. 그 의자는 거대한 나무 하나를 다듬어서 만든 것이었다. 높은 등받이는 부채꼴 모양이었고 뱀과 악마들의 모습이 조각되어 있었다. 발치에는 두개골에서 나온 뼈들이 흩어져 있고, 의자 팔걸이에는 피와 하얀 치즈 같은 물질이 묻어 있었다. 하얀 물질은 인간의 뇌수였다. 그 방에서는 송장 냄새가 진동하였다.

의자 주변에는 임산부를 새긴 작은 돌조각들이 원 모양을 그리며 놓여 있었다.

헤르거가 말했다. "이곳이 그녀가 다스리는 자리군." 그의 목소리는 낮고 두려움에 차 있었다.

나는 그가 한 말의 뜻을 알아 들을 수 없었다. 속이 또 울렁거리기 시작했다. 나는 땅바닥에 토했다.

헤르거와 불리위프, 다른 무사들도 모두 심란해 하였다. 그렇지만 아무도 토하는 사람은 없었다. 그 대신 그들은 모닥불을 뒤적여 빨간 불씨를 꺼내서는 오두막에 불을 질렀다. 오두막들은 천천히 탔다. 모두 축축한 상태였기 때문이다.

그리고 나서 우리는 산꼭대기로 다시 올라갔다. 거기에서 말을 타고 웬돌의 땅을 떠났다. 공포의 사막도 지나쳤다.

불리위프의 무사들은 모두가 우울한 얼굴이었다. 웬돌이 교활함과 영리함에서 자기들을 능가하였기 때문이다. 그들은 적의 기습을 예상하고 자기네 소굴을 버리고 달아난 것이다. 오두막이 불타는 것쯤은 그들에게는 별로 큰 손실이 아닐 터였다.

EATERS OF THE DEAD

난장이의 충고

난장이의 충고

우리는 떠났던 길로 다시 되돌아 왔다. 갈 때보다 훨씬 빠른 속력으로 말을 몰았다. 말들이 열심히 달리려고 했기 때문이다. 마침내 우리는 산을 내려와 밋밋한 평원에 이르렀다. 멀리 바닷가에 로쓰가르 왕의 집과 궁전이 보였다. 그런데 불리위프는 방향을 틀더니 다른 쪽으로 우리를 이끌었다. 바닷바람이 휘몰아치는 높은 바위산 쪽이었다. 나는 헤르거 옆에 나란히 서서 달리면서 그 이유를 물었다. 그가 대답하기를 그 지역에 사는 난장이를 찾으러 가는 길이라고 했다.

그 말을 듣고 나는 몹시 놀랐다. 스칸디나비아에는 난장이가 전혀 없었기 때문이다. 길가에서도 볼 수 없었고, 왕들의 발치에 앉아 있는 난장이도 없었고, 돈을 세거나 장부를 정리하는 난장이도 없었다. 그 밖에 난장이들이 할 만한 일을 하는 난장이도 전혀 볼 수 없었다.*

스칸디나비아인 중에 나에게 난장이 얘기를 하는 사람은 하나도 없었다. 그래서, 나는 이렇게 키가 큰 사람** 사이에서 난장이가 생길 리

---

* 이집트가 지배하던 시절부터 지중해 지방에서는 난장이가 특히 똑똑하고 믿음성 있다고 여겨졌다. 그래서 장부 정리와 돈 계산하는 일이 그들에게 주어졌다.

** 바이킹 시대에 살던 사람들로 확실시되는, 스칸디나비아에서 발견된 약 90구의 해골을 조사한 결과, 그 평균 키가 약 170 센티미터(5피트 6인치)쯤 되는 것으로 나타났다.

없다고 지레짐작했었다.

이윽고, 우리는 속이 텅 비어 있고 바람이 몹시 불어치는 동굴이 많은 지역에 도달했다. 불리위프는 말에서 내렸다. 불리위프의 무사들도 모두 말에서 내렸다. 그런 다음 우리는 걸어서 전진했다. 쉬쉬하는 소리가 어디선가에서 들려왔다. 둘러보니 한두 개의 동굴에서 김이 모락모락 피어오르는 것이 보였다. 한 동굴로 들어가니 그 속에 난장이들이 있었다.

그들의 몸집은 보통 난장이들 정도였지만 머리통이 매우 컸다. 행동거지로 보면 나이가 꽤나 많은 것같이 보였다. 남자도 있고 여자도 있었는데 모두 나이가 많이 들어 보였다. 남자들은 턱수염이 나 있고 엄숙한 표정이었다. 여자들도 얼굴에 털이 나 있어서 꼭 남자처럼 보였다.

난장이들은 모두 털가죽이나 담비 가죽으로 만든 옷을 입고 있었다. 또한 각자 망치로 두드려 만든 금붙이 장식이 달린 얇은 가죽 허리띠를 두르고 있었다.

난장이들은 우리를 보고 공손하게 맞아주었다. 두려움의 빛은 조금도 없었다. 이 사람들은 마법의 힘을 지니고 있어서 어떤 사람도 두려워할 필요가 없노라고 헤르거가 가르쳐 주었다. 그러나, 그들은 말을 보면 불안해 한다. 알고 보니 그래서 말을 뒤에 남겨 두고 걸어서 온 것이었다. 헤르거는 또한 난장이가 지닌 마법의 힘은 허리에 맨 얇은 허리띠에 들어 있다고 하였다. 그렇기 때문에 난장이가 만약 자기 허리띠를 잃어버리면 그는 그것을 되찾기 위해 무슨 짓이든 할 것이라 했다.

헤르거는 이런 말도 해주었다. 난장이들이 나이가 많이 들어 보이는 것은 그들이 실제로 나이가 많아서라는 것이다. 난장이는 보통 사람보다 훨씬 오래 살기 때문이라고 하였다.

헤르거는 또한 이런 이야기도 해주었다. 난장이들은 아주 어릴 때부터 사춘기의 특징을 나타낸다. 심지어는 유아기 때부터 음부에 털이 나며 성기가 아주 커진다. 사실상 부모들이 자기 아이가 난장이라는 것을 처음 알게 되는 것은 이런 특징 때문이다. 난장이는 마법의 힘을 지닌 존재이기 때문에, 아이가 난장이라고 밝혀지면 같은 난장이들과 살도록 산으로 데려다 주어야 한다. 자기 아이를 산에 데려다 주고 난 부모는 신들께 감사하며 동물 등을 희생 제물로 바친다. 난장이를 낳는 것은 매우 귀한 행운으로 여겨지기 때문이다.

이는 헤르거가 말한 바와 같이 스칸디나비아 사람들의 믿음이다. 나는 그 사실 여부는 알지 못하며 다만 들은 대로 전할 뿐이다.

쉬쉬하는 소리와 수증기는 커다란 솥에서 나고 있었다. 난장이들은 망치로 두드려 편 쇠붙이 조각을 담금질하기 위해 그 속에 집어 넣었다. 난장이들이 만드는 무기는 스칸디나비아인들 사이에 아주 훌륭한 것으로 평가되었다. 정말이지, 불리위프의 무사들은 동굴 안을 이곳 저곳 열심히 기웃거리고 있었다. 마치 귀한 비단을 파는 상점에서 여자들이 넋을 잃고 기웃거리듯이.

불리위프는 난장이들에게 무엇인가 물어보았다. 그러자, 동굴의 맨 꼭대기로 안내되었다. 그곳에는 난장이 한 명이 앉아 있었다. 다른 난장이들보다 훨씬 늙고, 수염과 머리카락은 아주 새하얗고, 얼굴에는 쭈글쭈글 주름이 지고 골이 깊게 패어 있었다. 이 난장이는 "텡골"이라고 불렸다. 이 말은 선과 악의 심판자이며 또한 예언자라는 뜻이다.

이 텡골은 사람들 말마따나 마법의 힘을 가진 것이 틀림없었다. 그는 불리위프를 보자마자 즉시 그의 이름을 부르며 인사하고 앉으라고 권했기 때문이다. 불리위프는 앉았다. 우리는 조금 떨어진 곳에 모여서 있었다.

불리위프는 텡골에게 선물을 주지 않았다. 스칸디나비아인들은 난장이들에게 경의를 표하는 법이 없다. 그들은 난장이들의 호의는 거저 받아야 한다고 생각한다. 난장이의 호의를 받기 위해 선물을 주는 것은 나쁜 일이라고 믿었다. 불리위프가 앉자, 텡골은 그를 유심히 바라보았다. 그리고 나서 눈을 감더니 앉은 채로 몸을 앞뒤로 흔들면서 말하기 시작하였다. 텡골은 어린아이처럼 높은 어조로 말했다. 헤르거는 그의 말을 다음과 같이 통역해 주었다.

"오, 불리위프여, 당신은 위대한 용사지만 안개 괴물 웬돌이라는 강적을 만났습니다. 이는 필사의 투쟁이 될 것이며, 당신은 이 위기를 극복하기 위해 당신의 힘과 지혜를 모두 동원해야 할 것입니다."

텡골은 몸을 앞뒤로 흔들어가며 이런 식으로 한동안 이야기를 이어나갔다. 그 요지는 불리위프가 힘든 강적을 만났다는 것이다. 그런 사실은 나도 이미 잘 알고 있고 불리위프 자신도 잘 알고 있는데 말이다. 하지만, 불리위프는 참을성 있게 그의 말을 듣고 있었다.

또한, 불리위프는 난장이가 여러 번 자기를 조롱하며 웃어도 전혀 화내지 않았다. 난장이는 이렇게 그를 조롱했다. "당신은 소금기 있는 호수와 늪으로 안개 괴물을 공격하러 갔다가 허탕을 쳤기 때문에 나한테 찾아 온 거지요. 그 일로 당신은 조언과 충고를 구하러 나한테 온 거지요. 마치 아들이 아버지에게 자기 계획이 모두 수포로 돌아갔으니 어떻게 하면 좋겠느냐고 조언을 구하는 것처럼." 텡골은 이 말을 하고 나서 길게 웃었다. 그러더니, 그의 늙은 얼굴은 일순 엄숙한 표정으로 변했다.

그는 말했다. "오, 불리위프여, 나는 미래를 알고 있습니다만 당신도 이미 알고 있는 일밖에는 가르쳐 줄 수 없습니다. 당신과 당신의 모든 용감한 무사들은 자신의 용기와 기술을 모두 합쳐 공포의 사막에 사는 괴물을 공격하러 갔었습니다. 그러나, 이 일은 당신 스스로를 속인 속임수에 불과하였습니다. 그런 것은 진정한 영웅이 할 일이 못되기 때문입니다."

나는 난장이의 말을 듣고 깜짝 놀랐다. 그 일이 나에게는 영웅적인 일로 생각되었기 때문이다.

텡골이 계속 말했다. "고귀한 불리위프여, 당신은 당신답지 않은 일을 한 것입니다. 당신의 영웅다운 마음 속 깊은 곳에서는 그 사실을 알고 있었습니다. 마찬가지로 글로우웜 드래곤과의 싸움도 가치 없는 일이었습니다. 그 일로 당신의 훌륭한 용사가 많이 희생되었지요. 당신의 모든 계획은 도대체 무슨 소용이 있습니까?"

여전히 불리위프는 대꾸하지 않았다. 그는 난장이 앞에 앉아서 조용히 기다리고 있었다.

난장이가 계속 말했다. "영웅의 중대한 도전은 적에게 있는 것이 아니라 자신의 마음 속에 있습니다. 당신이 웬돌의 소굴을 덮쳐 잠자는 웬돌을 여러 명 죽였다 한들 그게 무슨 소용이겠습니까? 당신이 그들을 아무리 많이 죽인들 그들과의 싸움은 끝이 나지 않을 것입니다. 사람의 손가락을 자르고 그가 죽기를 기다리는 거나 진배없지요. 사람을 죽이려면 머리나 심장을 찔러야 합니다. 웬돌의 경우도 마찬가지지요. 이 모든 것은 당신도 이미 알고 있는 사실이니, 따로 나의 조언이 필요하지 않을 것입니다."

몸을 앞뒤로 흔들면서 난장이는 이런 식으로 불리위프를 질책하였다. 불리위프는 머리를 푹 수그리고 아무 대답도 하지 않으면서 난장이의 힐책을 고스란히 받아들였다.

텡골은 말을 이어나갔다. "당신은 올바른 영웅으로서가 아니라 평범한 범부로서 그 일을 했던 것입니다. 영웅은 누구도 감히 하려고 하지 않는 일을 감행합니다. 웬돌을 죽이려면 그들의 머리와 심장을 공격해야 합니다. 즉, 천둥 동굴에 살고 있는 그들의 어머니를 정복해야 합니다."

나는 이 말이 무슨 뜻인지 이해할 수 없었다.

"당신도 이런 사실을 알고 있습니다. 이는 인간의 역사를 통해 항상 그래왔으니까요. 당신의 용감한 무사들이 하나씩 차례 차례 죽어가야 할까요? 아니면 당신이 동굴 속의 어머니를 쳐부셔야 할까요? 이는 예언의 문제가 아닙니다. 다만 범부의 선택이냐 영웅의 선택이냐 문제입니다."

이번에는 불리위프가 무어라고 대답하였다. 그러나, 그 음성이 낮은데다가 동굴 입구를 할퀴는 맹렬한 바람 소리 때문에 내 귀에는 잘 들리지 않았다. 불리위프의 대답이 어떠했는지 모르지만 난장이는 그의 말을 듣고 이렇게 응답하였다.

"영웅다운 대답입니다, 불리위프. 나도 그런 대답이 나오리라 예상했습니다. 그러면, 이제 당신을 도와드리겠습니다." 그의 말이 끝나자마자 난장이 여러 명이 동굴의 컴컴한 구석에서 밝은 곳으로 걸어나왔다. 그들의 손에는 여러 가지 물건이 들려 있었다.

텡골이 말했다. "이것은 얼음이 처음 녹기 시작할 때 잡힌 바다표범의 가죽으로 만든 긴 밧줄입니다. 이 밧줄을 이용해서 당신은 천둥 동굴로 통하는 바다의 입구까지 도달할 수 있을 것입니다."

"고맙소." 불리위프가 말했다.

텡골이 말했다. "이것은 수증기와 마법으로 벼리어낸 일곱 자루의 단검입니다. 당신과 무사들을 위한 것이지요. 천둥 동굴에서는 커다란 장검이 아무 소용 없을 것입니다. 이 새로운 무기들로 무장하고 가시면 당신이 바라는 모든 것을 이룰 것입니다."

불리위프는 단검을 받아 들고 난장이에게 감사했다. 그는 일어섰다. "이 일을 언제 하면 좋을까요?" 그가 물었다.

텡골이 대답했다. "어제가 오늘보다 낫고 내일이 모레보다 낫습니다. 그러니, 서두르시오. 단단한 마음과 튼튼한 팔로 당신의 목적을 이루십시오."

"우리가 이 일에 성공하고 나면 어떤 일이 벌어질까요?" 불리위프
가 이렇게 물었다.

"그러면 웬돌은 치명적인 부상을 입고 단말마의 고통 속에서 마지막
몸부림을 치게 될 것입니다. 이 마지막 고통이 끝난 후에는 이 땅에 영
원한 평화와 햇살이 비칠 것입니다. 그리하여, 당신의 이름은 스칸디
나비아 왕국의 모든 궁전에서 영광스럽게 노래불리워질 것입니다. 영
원토록."

"죽은 사람들의 공적은 그런 식으로 기려지지요." 불리위프가 말했
다.

"그것은 사실입니다." 난장이가 이렇게 대꾸하고 다시 소리내어 웃
었다. 어린아이나 어린 소녀가 깔깔거리는 듯한 웃음이었다. "살아 있
는 영웅들의 공적도 노래로 기려지지요. 하지만, 보통 사람의 업적은
결코 노래로 불리우지 않습니다. 이런 사실은 당신도 이미 알고 있습
니다."

이윽고 불리위프는 동굴에서 나와, 우리 각자에게 난장이의 단검을
나누어 주었다. 우리는 바람이 휘몰아치는 바위산에서 내려와 밤이 될
무렵, 로쓰가르 왕국의 궁전으로 되돌아왔다.

이상의 모든 사건은 실제로 일어났던 일로서 나는 내 두 눈으로 똑
똑히 보았다.

EATERS OF THE DEAD

공격 전날 밤의 사건들

공격 전날 밤의 사건들

그날 밤에는 안개가 끼지 않았다. 안개는 산에서 내려오긴 했으나 숲 속 나무 사이에서 머물며 들판으로 기어나오지 않았다.

로쓰가르의 대궁전에서는 출정 전야 연회가 성대하게 열렸다. 불리위프와 그의 무사들은 빠짐없이 이 대연회에 참석하였다. 잔치 음식으로 뿔달린 두 마리의 커다란 양*을 잡아 요리했는데 우리는 그것을 남김없이 모두 먹어치웠다.

사람들은 각각 엄청난 양의 미드주를 마셔댔다. 불리위프는 대여섯 명의 노예 소녀들을 범했다. 더 많은 수일는지도 모른다. 하지만, 흥청망청 즐기는 가운데서도 불리위프나 그의 무사들이 진심으로 즐거워한 것은 아니다. 이따금 나는 한쪽에 치워둔 바다표범 밧줄과 난장이 단검을 그들이 흘끗 바라보는 것을 보았다.

어느덧, 나는 다른 사람들과 어울려 먹고 마시고 놀았다. 나는 하도 오랫동안 그들과 함께 생활했기 때문에 그들과 같은 종족이 된 기분이었다. 정말이지 그날 밤, 나는 태어날 때부터 바이킹이었던 것 같은 기

---

* 1924년 다알만은 다음과 같이 썼다. "출정 전야 연회에서는 정력을 증진시키기 위해 숫양을 먹었다. 뿔달린 숫놈이 암놈보다 그 면에서 효력이 우수하다고 판단되었기 때문이다." 그런데 사실상, 이 무렵에는 숫양과 암양 모두 뿔이 달려 있었다.

분마저 느꼈다.

헤르거는 몹시 취해서 허심탄회하게 웬돌의 어머니에 관해 나에게 이야기해 주었다. 그는 이렇게 말했다.

"웬돌의 어머니는 몹시 나이가 많은데 천둥 동굴에서 살고 있다오. 이 천둥 동굴은 이곳에서 그다지 멀지 않은 절벽 바위 틈에 있지요. 그 동굴에는 입구가 두 개 있는데 하나는 바다로 통하고 하나는 육지로 통하지요. 하지만, 육지로 통하는 입구는 웬돌이 지키고 있어요. 그들의 어머니를 보호하려고 말입니다. 그래서, 우리는 육지쪽에서 공격해 들어갈 수 없어요. 그리로 들어가면 우리는 모두 죽고 말 테니까요. 그런 이유에서 우리는 바다로부터 공격해 들어가려는 것이라오."

나는 그에게 물었다. "웬돌의 어머니는 도대체 어떤 존재인가요?"

어떤 스칸디나비아인도 그것을 아는 사람은 없다고 헤르거가 대답했다. 다만, 그녀는 그들이 죽음의 천사라고 부르는 노파보다도 더 늙었고, 보기에 소름끼치게 생겼으며, 머리에 화환처럼 뱀을 여러 마리 두르고 있고, 말할 수 없이 힘이 세다는 소문만 나돌고 있다고 하였다.

헤르거는 마지막으로, 웬돌이 온갖 일에 대해 그녀의 지시를 받으러 찾아간다는 말을 덧붙였다.* 그리고 나서 그는 몸을 돌리더니 금세 잠이 들었다.

헤르거가 잠든 후에 다음과 같은 일이 일어났다. 밤이 깊어서 잔치

---

* 조셉 칸트렐은 이렇게 말하고 있다. "독일과 스칸디나비아 신화에는 여자들이 특별한 힘과 마술적 자질을 지녔기 때문에 남자들이 그들을 두려워하고 불신한다는 이야기가 많이 나온다. 중요한 신들은 모두 남자이다. 그러나, 문자 그대로 해석하면 ' 살해된 자 중에서 선택하는 사람들 ' 이라는 뜻의 발키리(Valkyries)는 죽은 무사들을 천국으로 보내는 여자들이다. 발키리는 세 명이 있다고 한다. 노른(Norn)이라고 불리는 운명의 신도 세 명이다. 노른은 인간이 태어나는 순간 입회하여 그의 운명을 결정해주는 신이다. 노른은 과거의 신 우르쓰(Urth), 현재의 신 베르탄디(Verthandi), 미래의 신 스쿨드(Skuld)가 있다. 노른신들은 인간의 운명을 ' 짠다 '. 그런데 베짜는

는 끝나가고 무사들도 하나 둘 잠에 곯아떨어질 즈음, 불리위프가 나를 찾아온 것이다.

불리위프는 내 옆에 앉더니 뿔모양의 술잔으로 미드주를 마시기 시작했다. 그러나, 그가 전혀 취한 상태가 아니라는 것을 나는 금방 알아차릴 수 있었다. 그는 내가 잘 알아 들을 수 있도록 천천히 스칸디나비아말로 이야기했다.

처음에 그는 이렇게 물었다. "당신은 난장이 텡골의 말을 알아 들었소?"

나는 헤르거의 도움으로 알아 들었노라고 대답했다. 헤르거는 이제 코까지 골고 있었다.

불리위프가 나에게 말했다. "그렇다면 당신도 내가 죽으리라는 것을 알고 있겠군." 이 말을 할 때 그의 눈은 맑고 흔들림이 없었다. 나는 순간 어떻게 대답해야 할지 막막하였다. 그러다가 마침내, 바이킹 식으로 그에게 말했다.

"성취될 때까지는 어떤 예언도 믿지 마시오."**

것은 여자가 하는 일이다. 그래서인지 보통 노른은 젊은 처녀들로 그려진다. 운명을 지배하는 앵글로 색슨족의 신 위어드(Wyrd)도 여신이다. 여자를 인간의 운명과 연결시키는 생각은 여자를 비옥함의 상징으로 본 초기 개념이 변형되어 나타난 듯하다. 비옥함의 여신은 지상에 있는 곡식과 생물의 성장과 개화를 통제하는 신이다."

칸트렐은 또한 다음과 같이 적고 있다. "실제로 예언, 주문 외우기, 기타 무당의 기능은 스칸디나비아 사회에서 나이 많은 여자들에게 맡겨졌다. 더구나 여자에 대한 일반적인 생각은 의심의 요소를 많이 품고 있다. 하바말에 다음과 같은 귀절이 있다. '누구든 처녀나 결혼한 여자의 말을 믿어서는 안된다. 여자들의 마음은 수레바퀴 모양이어서 본질적으로 변덕스럽기 때문이다.'"

벤딕슨은 말한다. "초기 스칸디나비아 사회에서는 성에 따른 힘의 구분이 있었다. 즉, 남자는 물리적인 일을 지배하고 여자는 심리적인 문제를 지배하였다."

** 이 말은 다음과 같은 바이킹의 속담을 응용한 것이다.

"밤이 될 때까지 낮을 칭찬하지 말며, 순장의 불에 탈 때까지 여자를 칭찬하지 말며, 시험해 볼 때까지 검을 칭찬하지 말며, 결혼할 때까지 처녀를 칭찬하지 말며, 다 불리위프가 말했다. "당신은 우리 사고방식을 많이 알고 있구려. 사실을 말해 주시오. 소리를 그릴 줄 아오?"

나는 그릴 줄 안다고 대답했다.

"그렇다면 만용을 부리지 말고 자신의 안전을 돌보기 바라오. 당신은 이제 외국인이 아니라 바이킹처럼 옷을 입고 말하고 하니 말이요. (그러니 바이킹처럼 용맹을 부리다 죽는 일이 없도록 하라는 당부임 ─역주) 부디 살아 남도록 유의하시오."

그의 동료 무사들이 그에게 인사할 때 하는 식으로 나는 손을 그의 어깨에 얹었다. 그러자, 그가 빙그레 웃었다. 그리고, 그는 이렇게 말했다. "나는 아무것도 두렵지 않소. 그러니 위로도 필요치 않소. 내가 당신 스스로의 안전을 돌보라고 하는 것은 당신을 위해서 하는 말이요. 자, 이제 자두는 것이 현명할 거요."

그렇게 말하고, 그는 내게서 몸을 돌렸다. 그리고는 한 노예 소녀에게 열중하기 시작하였다. 그들이 있는 곳은 내가 앉아 있는 곳에서 열두 발짝도 되지 않았기 때문에, 노예 소녀의 신음 소리와 웃음 소리를 들으면서 나는 돌아 누웠다. 그러다 이윽고 잠이 들었다.

건널 때까지 얼음을 칭찬하지 말며, 마셔 볼 때까지 술을 칭찬하지 말라."

인간의 본성과 세상에 대한 이렇듯 신중하고, 현실적이고, 다소 냉소적인 입장은 스칸디나비아인과 아랍인이 공유하는 특징이다. 스칸디나비아인처럼 아랍인도 종종 세속적이거나 풍자적인 말로 그러한 견해를 표현한다. 예를 들면, 현자에게 질문하는 한 남자에 관한 수피교의 이야기가 있다.

"제가 시골길을 가다가 시냇물 속에 들어가 세정식을 해야 하는 경우를 상상해 보세요. 그 의식을 행하는 동안 저는 어느 쪽을 바라보겠습니까?" 이 말에 현자는 이렇게 대답한다. "당신 옷이 있는 방향이지. 도둑맞지 않도록."

EATERS OF THE DEAD

천둥 동굴

천둥 동굴

최초의 분홍색 새벽빛이 하늘을 물들이기도 전에, 불리위프와, 나를 포함한 그의 무사들은 로쓰가르 왕국을 출발하여 바다 위로 높이 솟은 절벽길을 따라 말을 달렸다.

이 날, 나는 기분이 좋지 않았다. 머리가 몹시 아팠기 때문이다. 또한 전날 밤 연회에서 너무 많이 먹고 마신 탓에 위장에서 신트림이 올라왔다. 분명히 불리위프의 무사들도 모두 나와 같은 상태일 터였으나, 아무도 그런 내색을 하지 않았다.

우리는 절벽 사이로 난 길을 따라 경쾌하게 말을 달렸다. 이 해안에 면한 절벽은 모두 높고 수직으로 뻗어 있어 접근이 불가능했다. 온통 회색빛의 바위 절벽이 곧바로 파도가 세찬 바다와 이어져 있었다.

어떤 곳은 해안선을 따라 바위가 많은 해변이 있기도 했다. 그러나, 종종 절벽과 바다가 직접 만나서 파도가 천둥처럼 바위에 부딪치곤 하였다. 사실 대부분이 그런 지형이었다.

나는 헤르거를 보았다. 그는 난장이가 준 바다표범 밧줄을 자기 말에 싣고 갔다. 나는 그에게로 가서 나란히 달렸다. 그날 우리는 무엇을 하게 되느냐고 나는 그에게 물어 보았다. 사실 나는 그다지 크게 궁금한 것도 아니었다. 머리와 배가 너무나 심하게 아팠기 때문이다.

헤르거가 말했다.

"오늘 아침, 우리는 천둥 동굴에 사는 웬돌의 어머니를 공격할 것이요. 어제 내가 당신에게 말했듯이, 바다로부터 공격하게 될 것이요."

나는 달리면서 말에서 바다를 내려다 보았다. 바다는 바위 절벽을 세차게 후려치고 있었다.

"그러면 배로 공격하나요?" 나는 헤르거에게 물었다.

"아니요." 헤르거는 이렇게 대답하고 바다표범 가죽으로 만든 로프를 손바닥으로 탁 때렸다.

나는 그의 행동이 무슨 뜻인지 곧 알아차렸다. 우리는 로프를 타고 절벽 아래로 기어내려가서 동굴 입구를 찾아 가야 하는 것이다. 나는 그런 생각을 하기만 해도 몸서리가 쳐졌다. 전에는 한번도 높은 장소에라곤 가본 적이 없기 때문이다. 평화의 도시 바그다드에 있는 높은 건물에조차 나는 가기를 꺼렸었다. 나는 헤르거에게 나의 딱한 사정을 호소하였다.

헤르거가 말했다. "당신은 행운에 감사해야겠군."

나는 무엇이 행운이냐고 물었다. 헤르거가 대답했다. "당신에게 고소 공포증이 있다면 오늘 그것을 극복하게 될테니 말이요. 당신이 그렇게 커다란 도전에 직면하여 성공하고 나면 바로 영웅이 되는 것이요."

나는 그에게 말했다. "나는 영웅같은 건 되고 싶지 않아요."

내 말에 그는 껄껄 웃었다. 단지 내가 아랍인이기 때문에 그런 말을 하는 것이라고 그는 말했다. 그는 또한 내 머리가 뻣뻣해서 그런다고 덧붙였다. 바이킹은 음주 후의 두통을 그렇게 표현한다. 내가 이미 말했듯이 그건 사실이었다.

또한, 내가 절벽을 기어내려가야 한다는 생각에 몹시 괴로워한 것도 사실이다. 정말이지 나는 이런 기분이었다. 즉, 이 세상에서 무슨 짓이라도 하라면 할 수 있을 것 같았다. 생리중인 여자와 잠자리를 같이 한다거나, 금으로 만든 술잔으로 술을 마시거나, 돼지똥을 먹거나, 두 눈을 잡아 뽑거나, 심지어 죽기까지 할 수 있을 것 같았다. 저 진저리나는 절벽을 기어내려가느니 이런 일 중 어떤 것이라도, 아니 몽땅 다라도 할 수 있을 것 같았다.

나는 기분이 몹시 좋지 않았다. 헤르거에게 나는 말했다. "당신과 불리위프, 모든 당신의 동료들은 당신네 기질에 맞게 영웅이 될지 모르지요. 하지만, 나는 이 일에 상관하지 않겠어요. 당신네 일원이 되지도 않겠어요."

내 말에 헤르거는 웃었다. 그러더니 불리위프를 불러 빠른 어조로 무슨 말인지 하였다. 불리위프는 어깨 너머로 그의 말에 대답했다. 그러자, 헤르거가 나에게 말했다. "불리위프 말씀이 당신도 우리처럼 똑같이 행동해야 한다는구려."

정말로 나는 절망 상태에 빠져 헤르거에게 부르짖었다. "나는 이런 일은 할 수 없어요. 당신들이 나를 강제로 시킨다면 분명히 나는 죽어버리고 말 겁니다."

헤르거가 물었다. "당신이 어떻게 죽는다는 말이요?"

나는 그에게 말했다. "나는 로프를 놓치고 말 거요."

내 말에 헤르거는 또 다시 껄껄대고 웃었다. 그리고, 모든 바이킹들에게 내 말을 반복해서 들려주었다. 모두가 내 말에 신나서 웃었다. 불리위프가 몇 마디 말하였다.

헤르거가 통역해 주었다. "불리위프 말씀이 로프에서 손을 떼어야만 로프를 놓치게 되는 것이라는군요. 그런데, 그건 바보나 하는 짓이라는군요. 불리위프 말씀이 당신은 아랍인이기는 하지만 바보는 아니라는데요."

불리위프의 말에는 인간의 본성을 정확히 파악하는 일면이 있었다. 불리위프는 내가 밧줄을 타고 절벽을 내려갈 수 있다는 말을 그의 방식대로 표현한 것이다. 그의 말을 듣고 나니 나도 할 수 있을 것 같은 믿음이 생겨났다. 그러자, 조금씩 마음이 밝아지기 시작하였다.

헤르거가 나의 마음을 알아채고 이런 말을 해주었다.

"사람들은 각자 자기에게 특별한 두려움을 품고 있지요. 어떤 사람은 밀폐된 공간을 무서워하고 또 어떤 사람은 물에 빠져 죽을까봐 두려워하지요. 그런데 두 사람은 서로를 보고 웃으며 바보라고 놀립니다. 그러니, 두려움도 일종의 편애에 불과한 셈이지요. 어떤 여자를 특히 좋아한다거나, 돼지고기보다 양고기를 좋아한다거나, 양파보다 양배추를 더 좋아하는 것과 마찬가지지요. 말하자면, 두려움은 두려움일 뿐이랍니다."

나는 헤르거의 철학을 들을 기분이 아니었다. 나는 헤르거에게 그 말을 하였다. 사실상 나의 감정은 두려움이 아니라 분노에 가까워지고 있었기 때문이다.

그러자, 헤르거가 내 얼굴을 보고 웃으면서 이런 말을 하였다.

"알라신께 감사하라, 인생의 시작이 아니라 끝에 죽음을 놓아 두셨으니."

퉁명스럽게 나는 대답했다. 끝을 재촉해서 좋을 것은 뭐냐고 말이다.

"사실, 아무도 끝을 재촉하지 않아요." 헤르거가 내 말에 응수했다. 그리고, 이렇게 말했다.

"불리위프를 보시오. 그가 똑바로 앉아 있는 모습을. 자기가 곧 죽을 것이라는 사실을 뻔히 알면서도 앞을 향해 열심히 달리는 모습을 보시오."

나는 대답했다. "그가 죽으리라는 것을 나는 몰랐는데요."

"그래요" 헤르거가 말했다. "하지만, 불리위프는 알고 있다오."

헤르거는 더 이상 나에게 아무 말도 하지 않았다. 우리는 상당한 시간을 앞을 향해 계속 달렸다. 어느덧, 해가 중천에 떠서 밝게 빛나고 있었다.

이윽고, 불리위프는 정지 신호를 보냈다. 무사들은 모두 말에서 내려 천둥 동굴 속으로 들어갈 준비를 하였다.

이때쯤 나는 이들 바이킹이 지나치게 용감하다는 사실을 익히 알고 있었다. 그러나, 발 밑으로 뻗어 있는 깎아지른 듯한 벼랑을 내려다보니 심장이 가슴 속에서 뒤틀리는 느낌이 들었다. 나는 당장에라도 토할 것 같은 기분이었다.

실제로 벼랑은 완전히 수직으로 밋밋하게 뻗어 있어서 손으로 붙잡거나 발로 디딜 공간이 전혀 없었다. 높이는 300미터 정도나 되는지 밑이 까마득했다. 정말이지 바위 절벽에 부딪히는 파도가 어찌나 까마득히 아래던지 아주 조그맣게 보였다. 화가의 매우 섬세한 필치처럼 아주 작았다. 그렇지만, 실제로는 그렇지 않다는 것을 나는 익히 알고 있었다. 까마득한 아래로 일단 내려가면, 그 파도들은 세상의 어느 파도 못지않게 크리라는 것을.

이러한 절벽을 기어내려가는 것은 나에게 미친 짓으로밖에 보이지 않았다. 입에 거품을 물고 날뛰는 미친 개보다 훨씬 미친 짓이었다. 그러나, 바이킹들은 평소때나 마찬가지로 태연하게 일을 시작했다.

불리위프는 단단한 나무 말뚝을 땅에 몇 개 박도록 지시했다. 말뚝 둘레에 바다 표범 가죽 로프를 묶고 밧줄의 한 끝을 절벽 아래로 던졌다.

로프는 절벽 높이보다 길이가 훨씬 짧았다. 그래서 던졌던 로프를 다시 걷어 올려 로프 두 줄을 모아 하나로 묶었다. 이제 절벽 밑바닥 파도 있는 데까지 로프가 닿았다.

오래지 않아, 이런 로프 두 줄이 절벽 아래로 늘어뜨려졌다. 불리위프가 일행을 둘러보고 말했다.

"내가 제일 먼저 내려가 보겠소. 내가 바닥까지 무사히 내려가면 로 프가 튼튼하다는 뜻이니, 모두들 따라 내려오도록 하시오. 나는 밑에 서 기다리겠소. 저 아래 보이는 좁은 바위 턱 위에 있겠소."

나는 그가 말한 좁은 바위 턱을 내려다 보았다. 그것을 좁다고 하는 것은 낙타보고 친절하다고 하는 것과 매한가지다. 사실상, 그 바위 턱 은 거친 파도에 끊임없이 씻기고 깎여서 둥근 바위가 가느다란 바위띠 로 변해 있었다.

불리위프가 말을 이었다.

"우리가 모두 밑바닥에 도착하면 천둥 동굴로 웬돌의 어머니를 공격 하러 갑시다."

이런 말을 하는 불리위프의 목소리는 너무도 일상적인 어조여서, 마 치 노예에게 스튜를 끓여 오라거나 집안의 잔일을 시키는 사람이 하는 말 같았다.

이 말을 끝으로 불리위프는 뚜벅뚜벅 절벽 끝에 다가섰다.

불리위프가 절벽을 타고 밑으로 내려가는 방식은 내가 보기에 매우 특이하였다. 그러나, 바이킹들은 별로 특이하다고 생각하지 않는 모양 이었다.

헤르거가 말하기를 매년 바다새들이 절벽 표면에 둥지를 틀 무렵이 면 바이킹들은 방금 불리위프가 내려가는 방식으로 바다새알을 모은다 고 하였다.

불리위프가 내려가는 방식은 이러하다. 그가 허리에 멜빵을 매면 위 에 남은 동료들이 모두 힘을 합해 그를 절벽 밑으로 내려준다. 그러는 동안 불리위프는 몸을 지탱하기 위해 절벽 표면에 매달려 있는 두번째 로프를 붙잡는다. 불리위프의 한 손에는 단단한 참나무 지팡이가 들려 있다. 지팡이의 한 쪽 끝은 가죽 끈으로 그의 손목에 고정되어 있다. 이 지팡이로 절벽을 찌르면서 그는 그 반동을 이용하여 절벽 아래로 내려간다.*

불리위프는 아래로 아래로 내려갔다. 그의 몸은 점점 작아졌다. 그가 멜빵과 지팡이와 로프를 민첩하게 조절하며 내려가는 모습을 나는 지켜 보았다. 그러나, 나는 그 일이 결코 쉽지 않다는 것을 알았다. 그것은 많은 연습과 훈련을 필요로 하는 아주 힘든 작업이었기 때문이다.

마침내 그는 무사히 바닥에 도착하여 좁은 바위 턱 위에 내려섰다. 파도가 그의 몸을 후려치고 있었다. 정말이지, 그의 몸은 너무 작아 보여서 그가 무사하다는 표시로 손을 흔드는 모습이 거의 보이지 않을 지경이었다. 이윽고, 멜빵이 위로 끌어 올려졌다. 멜빵과 함께 참나무 지팡이도 올라왔다. 헤르거가 나를 향해 말했다. "다음엔 당신 차례요."

나는 기분이 좋지 않다고 대답했다. 또한 내려가는 방법을 더 잘 배우기 위해 나중에 내려갔으면 좋겠다고 말했다.

헤르거가 말했다.

"나중에 내려갈수록 점점 힘든 법이요. 위에서 내려줄 사람이 점점 줄어드니까요. 마지막 사람은 멜빵없이 내려가야 합니다. 에쓰고우가 마지막으로 내려갈 것이요. 그의 팔은 무쇠니까요. 우리는 호의에서 당신을 두번째로 내려 보내는 것이라오. 자, 어서 내려가요."

그의 눈빛을 보고 나는 차례를 늦출 희망이 전혀 없음을 알아챘다. 할 수 없이 나는 멜빵을 허리에 매고 두 손으로 참나무 지팡이를 힘껏 움켜쥐었다. 손에 땀이 나서 미끌거렸다. 온몸에도 식은땀이 흘러내렸다. 절벽 아래로 내려서자 차가운 바람이 확 불어닥쳤다. 땀에 젖은 내

---

* 덴마크의 패로우 섬에서는 아직도 이와 비슷한 방식으로 절벽을 타며 섬주민의 주요 식량인 새알을 모으고 있다.

몸은 부르르 떨렸다. 로프를 붙잡고 나를 내려준 다섯 명의 바이킹을 마지막으로 본 것은 바로 그때였다. 이제 그들은 나의 시야에서 사라졌다. 나는 절벽 아래로 내려가기 시작했다.

나는 바람이 세차게 몰아치는 바위 절벽에 매달려 밧줄을 타고 내려가야 하는 사람이 겪어야 할 많은 경험을 마음의 눈에, 또한 마음의 기억 속에 기록해두리라 결심했다. 알라신께도 많은 기도를 드리리라 마음먹었다.

그러나, 위에 남은 바이킹 친구들이 시야에서 사라지자마자, 나는 온갖 나의 결심을 깡그리 잊어버리고 말았다. 다만 나는 정신 나간 사람처럼, 아니면 너무 늙어서 머리가 제 기능을 잃은 노인처럼, 혹은 어린아이나 바보처럼, 거듭거듭 입 속으로 중얼거렸다. "알라께 감사를, 알라께 감사를……."

사실 나는 그 때 무슨 일이 있었는지 거의 기억나지 않는다. 다만 바람이 심하게 불었다는 사실만 생생하게 떠오른다. 바람이 어찌나 심하게 불었던지 내 몸은 바위 벽에서 앞뒤로 흔들렸다. 몸이 하도 빨리 움직이는 바람에 시야가 흔들려서 바위벽이 흐릿하게 보였다.

여러 차례 나는 바위벽에 부딪혔다. 그때마다 뼈마디에서 우두둑 소리가 나고 살껍질이 찢어졌다. 한번은 머리를 심하게 부딪혔는데 눈앞에 별 같은 하얀 점들이 반짝반짝했다. 나는 기절하는 줄 알았다. 그러나, 기절은 하지 않았다. 이윽고 내가 그때까지 살아 온 전생의 시간보다 더 길게 느껴진 시간이 지난 후에, 나는 바닥에 도착했다. 불리위프가 내 어깨를 탁 치며 잘 했다고 칭찬했다.

멜방은 다시 올려졌다. 파도가 내 몸을 때렸다. 옆에 있는 불리위프의 몸도 파도에 맞았다. 이제 나는 미끈미끈한 암초 위에서 몸의 균형을 유지하느라고 기를 써야만 하였다. 그러느라 정신 팔려서 나는 다른 사람들이 내려오는 모습을 하나도 보지 못했다.

나의 유일한 소망은 바다로 휩쓸려 들어가지 않는 것이었다. 정말이지 내 눈으로 직접 본 바에 의하면, 파도는 세 사람이 차례로 상대방 머리에 올라서 있는 길이보다도 높았다.

파도가 몰려올 때마다 나는 그 차갑고 거센 힘에 휩쓸려 잠시 정신을 잃곤 하였다. 또한 여러 번 다리에 힘을 잃고 넘어졌다. 나의 몸은 바닷물로 흠뻑 젖었다. 그리고 몸이 하도 심하게 덜덜 떨리는 바람에, 달리는 말처럼 이빨에서 따각따각하는 소리가 났다. 이빨이 부딪혀서 말을 할 수 없을 정도였다.

이윽고, 불리위프의 무사들이 모두 내려왔다. 모두 무사했다. 에쓰고우는 무지무지한 팔 힘으로, 혼자 마지막으로 내려왔다. 그가 바닥에 내려 섰을 때, 그의 다리는 단말마의 순간처럼 맥없이 후드득 떨었다. 그가 정신을 차릴 때까지 우리는 잠시 기다려 주었다.

그런 다음 불리위프가 말했다.

"이제 물 속으로 들어가서 동굴까지 헤엄쳐 들어갈 거요. 내가 앞장서겠소. 이빨 사이에 단검을 물고 가시오. 그래야 두 팔로 자유롭게 물결을 헤치고 나갈 수 있을 거요."

이 새로운 미치광이 같은 말은 도저히 더 이상 아무것도 견딜 수 없는 순간에 나를 덮쳤다. 내 생각에 불리위프의 계획은 어리석고 어리석기 그지 없었다.

나는 파도가 몰려와 울퉁불퉁 튀어나온 바위에 철썩 부딪히는 것을 보았다. 파도는 다시 거인이 잡아당기는 것처럼 물러나더니 힘을 다시 모아 새로이 돌격해 들어 왔다.

나는 그것을 보면서 아무도 그 속에서 헤엄칠 수 없다고 생각했다. 그 속에 뛰어드는 사람은 순식간에 뼈가 산산조각이 날 판이었다.

그러나, 나는 아무런 항의도 하지 않았다. 나의 이성은 이미 마비 상태였기 때문이다. 내 생각에 이미 나는 죽음 가까이 있었기 때문에 죽음에 조금 더 가까워진다고 한들 별 상관이 없을 것 같았다.

그래서, 나는 단검을 꺼내어 허리띠 속에 끼워 넣었다. 이빨이 너무 심하게 부딪혀서 입에 물 수 없었기 때문이다. 다른 바이킹들은 춥다거나 힘든 기색을 조금도 보이지 않았다. 오히려 새로운 힘이 솟아나는 듯 파도가 몰려 올 때마다 환영하는 눈치였다. 또한 그들은 머지 않은 전투를 기대하며 행복한 미소를 지었다. 그것 때문에 나는 그들이 몹시 미웠다.

불리위프는 파도의 움직임을 유심히 바라보았다. 그리고 적당한 때를 골라 파도 속으로 뛰어들었다.

나는 망설였다. 그런데 누군가가 ─ 헤르거라고 생각된다 ─ 나를 떠다 밀었다. 나는 마비될 듯 차가운 바닷물 속으로 깊이 곤두박질했다. 정말이지, 나는 거꾸로 섰다 옆으로 누웠다 하며 좌충우돌하였다. 눈 앞에는 초록빛 물 외에는 아무것도 보이지 않았다.

문득 바다 깊은 곳으로 발을 차며 내려가는 불리위프의 모습이 보였다. 나는 그의 뒤를 따라 헤엄쳐 갔다. 그는 바위 틈에 난 일종의 통로 속으로 헤엄쳐 들어갔다. 나는 뭐든지 그가 하는대로 따라 하였다.

일순간, 커다란 파도가 그를 세게 잡아당기며 넓은 바다 속으로 처박으려고 하였다. 나도 같은 상황에 처했다. 불리위프는 그 순간, 두 손으로 바위를 꽉 부둥켜 안고 파도의 힘에 저항하였다. 나도 똑같이 했다. 바위를 어찌나 꽉 끌어안고 있었던지 허파가 터질 지경이었다.

그러자 다음 순간, 파도가 반대편 방향으로 밀려갔다. 나는 바위와 장애물에 부딪혀 튀어오르며, 엄청난 속도로 떠밀려 앞으로 전진했다. 그러더니 다시 파도의 방향이 바뀌어 전처럼 뒤쪽으로 잡아당겼다. 나는 불리위프가 하는 대로 바위에 꽉 매달려 있지 않을 수 없었다.

이제 허파에 불이 붙은 듯 확확거렸다. 나는 이 얼음같이 차가운 바다 속에서 그다지 오래 견디지 못하리라는 생각이 들었다.

그 순간, 파도가 앞으로 밀려왔다. 나는 파도 속에 곤두박질했다. 그리고는 여기 저기 신나게 부딪히더니, 갑자기 내 몸이 솟아오르며 코로 숨을 들이마시고 있었다.

정말이지 이 일이 어쩌나 순식간에 일어났던지, 나는 너무 놀라 안도의 숨을 몰아쉴 생각조차 하지 못했다. 안도감을 느끼는 것이 당연한데도 말이다. 또한 나는 살아남는 행운을 주신 알라신께 감사할 생각도 하지 못했다. 나는 그저 숨을 가쁘게 들이마셨다. 내 주위에는 불리위프의 무사들이 수면 위로 머리를 내놓고 나처럼 숨을 몰아쉬고 있었다.

우리는 일종의 연못이나 호수 같은 곳 안에 있었다. 둥글고 매끄러운 바위 지붕이 있는 동굴 속이었다. 바다 쪽으로 통로가 하나 있었는데 방금 우리가 그곳을 통과해서 들어온 것이다. 바로 앞쪽에는 평평한 바위가 있었다. 서너 명의 검은 모습이 모닥불 주위에 웅크리고 앉아 있었다. 그들은 높은 목소리로 찬미가를 불렀다. 그제서야 나는 이 동굴이 천둥 동굴이라고 불리는 이유를 알았다. 파도가 부딪쳐 올 때마다 동굴 속에서 그 소리가 어쩌나 크게 울려 퍼지던지, 귀가 먹먹하고, 공기 자체가 흔들리며 내리누르는 듯한 느낌이 들었다.

이 곳, 동굴 속에서 불리위프와 그의 무사들은 공격을 개시했다. 나도 그들과 합세하였다. 짧은 단검으로 우리는 동굴 속에 있던 네 명의 괴물을 죽였다. 나는 처음으로 괴물의 모습을 똑똑히 보았다. 가물거리는 모닥불 불빛은 파도 소리가 천둥처럼 울릴 때마다 미친듯이 날뛰었다.

괴물의 생김새는 다음과 같다. 그들은 모든 점에서 사람처럼 생겼다. 하지만 지구 상에서 사는 여느 사람과는 전혀 달랐다. 그들은 키가 작았다. 가슴은 넓고 웅크린 자세였다. 손바닥, 발바닥, 얼굴만 빼고는 온 몸이 털로 덮여 있었다. 얼굴은 매우 컸다. 입과 턱은 크고 불쑥 튀어 나왔으며 흉한 몰골이었다. 머리도 보통 사람보다 컸다. 눈은 머리 깊숙이 박혀 있었다. 이마는 넓었는데, 털북숭이 이마 덕분이 아니라 넓은 뼈대 덕분이었다. 이빨 또한 넓적하고 날카로웠다. 그런데 많은 수의 이빨이 갈려져 납작해져 있었다.

신체의 다른 부위와 성기, 그리고 몇 개의 구멍을 살펴보더라도 그들은 사람 같았다.*

괴물 하나가 천천히 죽어갔다. 그는 무슨 소리를 냈는데 내 귀에는 사람의 말소리처럼 들렸다. 하지만 그것이 진짜 사람 말이었는지는 모르겠다. 지금까지도 그 문제에 관한 한 분명한 확신을 갖지 못하고 있다.

불리위프는 네 명의 죽은 괴물을 찬찬히 조사하였다. 그들의 털은 숱이 많고 뒤엉켜 있었다.

그때, 희미하게 노랫소리가 들려왔다. 그 소리는 파도가 치는 소리에 맞춰 낮아졌다 높아졌다 했다. 소리는 동굴 깊숙한 곳에서 흘러 나오고 있었다. 불리위프는 우리를 이끌고 동굴 깊숙이 들어갔다.

그곳에 세 명의 괴물이 있었다. 그들은 땅바닥에 엎드린 채 얼굴을 땅에 대고 두 손을 쳐들어 탄원하는 자세를 취하고 있었다. 그들 앞에는 한 늙은 괴물이 컴컴한 곳에 숨어 있었다. 탄원자들은 노래를 읊고 있었는데 우리가 온 것을 알지 못했다. 그러나, 구석에 있던 괴물이 우리를 보더니 우리가 접근하자 끔찍한 소리로 비명을 질렀다. 그 괴물이 웬돌의 어머니일 것이라고 나는 생각했다. 그러나, 그녀가 여자라는 아무런 표시도 보이지 않았다. 그녀는 성을 구분할 수 없을 정도로 늙어 있었기 때문이다.

---

* 웬돌의 신체적 특징에 대한 이같은 묘사는 많은 논란을 불러일으켰다. 이 점에 대해서 알려면 부록을 참고하라.

불리위프는 혼자서 탄원자들을 덮쳐 모두 죽였다. 한편 웬돌의 어머니는 어두운 구석으로 되돌아가서 무시무시하게 고함을 질렀다. 나는 그녀를 잘 볼 수 없었다. 뱀들이 그녀 주위를 에워싸고 있었기 때문이다. 정말로 뱀들이 그녀의 발과 손, 목 둘레를 칭칭 감고 있었다.

뱀들은 쉭쉭 소리를 내며 혓바닥을 날름거리고 있었다. 뱀들이 온통 그녀를 에워싸서 그녀의 몸에도 바닥에도 있었기 때문에 불리위프의 무사 중 아무도 감히 그녀에게 가까이 가지 못했다.

그때 불리위프가 그녀를 공격했다. 그가 그녀의 가슴 깊숙이 단검을 찌르자 그녀는 무서운 비명을 질렀다. 불리위프는 뱀을 조금도 두려워하지 않았기 때문이다. 그는 여러 번 단검을 웬돌의 어머니에게 내리쳤다. 그러나, 그 여자는 결코 쓰러지지 않고 계속 꼿꼿이 서 있었다. 그녀의 몸에서는 분수처럼 피가 솟구쳤다. 피는 불리위프가 찌른 몇 군데의 상처에서 흘러 나오고 있었다. 내내 그녀는 무시무시하고 소름 끼치는 소리로 비명을 질렀다.

마침내 그녀는 털썩 넘어졌다. 죽은 것이다. 불리위프가 그의 무사들을 향해 몸을 돌렸다. 그제서야 우리는 시체를 먹는 괴물, 웬돌의 어머니가 불리위프에게 상처를 입혔다는 것을 알았다. 머리핀처럼 생긴 조그만 핀이 그의 배에 깊이 박혀 있었다. 이 핀은 심장이 박동할 때마다 바르르 떨었다. 불리위프가 그것을 뽑아내자 피가 솟구쳐 올랐다. 그러나 치명상을 입고도 불리위프는 주저앉지 않았다. 그는 꼿꼿이 서서 동굴을 떠나자는 명령을 내렸다.

우리는 제 2의 육지쪽 통로를 통해 동굴을 빠져 나왔다. 이 입구에는 원래 보초가 있었는데 그들의 어머니가 죽어가며 비명을 지르자 모두 도망쳐버렸다. 그리하여, 우리는 별 어려움 없이 동굴을 빠져 나갈 수 있었다.

불리위프는 동굴에서 우리를 이끌고 나와, 말 있는 곳으로 갔다. 그러더니, 땅바닥에 털썩 쓰러지고 말았다.

스칸디나비아인으로서는 보기 드물게 우울한 표정의 에쓰고우가 들 것을 만들도록 지시했다. 우리는 불리위프를 들것에 싣고, 들판을 가로질러, 로쓰가르 왕국을 향해 길을 떠났다.

그 동안 내내 불리위프는 쾌활하고 즐거운 모습을 보였다. 그는 내가 알아 듣지 못할 이야기를 많이 하였다. 딱 한 번 나는 그의 말을 알아 들었다.

"로쓰가르는 우리를 보는 게 반갑지 않을 거야. 또 잔치를 베풀어야 할 판이니까. 지금쯤 그의 창고는 이미 바닥이 나 버렸을 걸."

무사들은 이 말에 박장대소했다. 불리위프가 또 무슨 말을 하니까 그들은 즐겁게 웃었다. 그들의 웃음은 진심에서 우러나오는 것이었다.

드디어, 우리는 로쓰가르 왕국에 도착했다. 왕국 사람들은 우리를 환호와 기쁨으로 맞아 주었다. 불리위프가 치명상을 입었는데도 슬픈 기색을 전혀 보이지 않았다.

불리위프의 피부는 점점 잿빛으로 변해갔다. 그의 몸은 심하게 떨렸다. 그의 눈은 열병에 걸린 사람의 눈처럼 몽롱하게 빛나고 있었다. 나는 그러한 증세가 무엇을 뜻하는지 너무도 잘 알고 있었다. 스칸디나비아인들도 마찬가지였다.

양파 수프 한 대접을 그에게 가져다 주었다. 그러나, 그는 이렇게 말하며 그것을 거절했다. "나는 수프 병에 걸렸소. 나 때문에 괜히 신경들을 쓰지 마시오."

그는 축하연을 베풀어 달라고 요청했다. 그는 또한 연회를 주관하겠노라 고집을 부렸다. 로쓰가르 왕 바로 옆자리 돌침상에 기대어 앉은 채 불리위프는 미드주를 마시며 흥겨워 하였다.

나는 그와 가까운 곳에 있었기 때문에 연회 도중에 그가 로쓰가르 왕에게 하는 말을 들을 수 있었다.

"나에게는 노예가 한 명도 없어요."

"내 노예가 곧 당신이 노예라오."

로쓰가르 왕이 대답했다.

그러자, 불리위프가 또 말했다.

"나에게는 말도 없어요."

"내 말이 모두 당신의 말이요. 그러니 그 문제에 관해서는 더 이상 신경쓰지 마시오." 로쓰가르 왕이 대답했다.

그 소리를 듣고 불리위프는 몹시 행복해 하였다. 상처를 붕대로 감은 딱한 모습을 하고서도 미소를 지었다. 그날 밤, 그의 양 볼에는 혈색이 다시 돌아왔다. 정말이지 그의 기력은 시시각각 회복되는 것처럼 보였다. 도저히 가능하다고 믿을 일이 못 되지만, 그는 한 노예 소녀의 몸을 탐하기까지 하였다. 소녀와의 일이 끝난 후, 그는 농담 삼아 나에게 말했다.

"죽은 사람은 아무한테도 쓸모없는 법이요."

그리고 나서 불리위프는 잠이 들었다. 그의 안색은 점점 창백해지고 숨소리는 점차 약해졌다. 나는 그가 잠에서 영영 깨어나지 못할까봐 두려웠다. 자면서도 자신의 검을 손에 꽉 쥐고 있는 걸로 보아, 불리위프 자신도 나와 같은 생각을 하고 있었던 모양이다.

EATERS OF THE DEAD

웬돌의 최후

웬돌의 최후

나도 어느새 잠이 들고 말았다. 그런데 헤르거가 "빨리 일어나요" 하며 나를 깨웠다.

멀리서 천둥 같은 소리가 들려왔다. 나는 돼지 피막으로 만든 창문* 쪽을 보았다. 아직 동이 트지 않았다.

그러나, 나는 나의 검을 꽉 잡았다. 사실 나는 잘 때 무장을 풀지 않았다. 내 몸에서 무기를 떼어 놓고 싶지 않았기 때문이다. 나는 서둘러 밖으로 나갔다. 아직 동트기 전의 시각이었다. 대기는 안개로 자욱하였고, 멀리서 들려오는 말발굽 소리로 가득 차 있었다. 말발굽 소리는 마치 천둥 소리처럼 우르릉 우르릉 울려 퍼졌다.

헤르거가 말했다.

"웬돌이 오는 거요. 그들은 불리위프가 치명상을 입은 것을 알고, 자기네 어머니에 대한 마지막 복수를 하려는 거요."

나를 포함하여 불리위프의 무사들은 각기 성곽 둘레에 자리를 잡고 기다렸다. 이 성곽은 웬돌을 막으려고 지난 번에 우리가 쌓았던 것으

---

* 원래의 뜻은 "돼지 창문"이다. 스칸디나비아인들은 유리 대신 잡아 늘인 피막을 이용하여 좁은 창문에 씌웠다. 이런 피막은 반투명체였다. 피막 유리창을 통해서 밖을 잘 내다볼 수는 없지만, 빛은 집 안으로 충분히 들어올 수 있었다.

로 매우 보잘 것 없었다. 하지만 그밖에 다른 방호물이 전혀 없었기 때문에, 그것에 의존하는 수밖에 달리 방도가 없었다.

우리는 안개 속을 뚫어져라 바라보았다. 말탄 사람들이 달려오는 것을 보기 위해서였다. 나는 몹시 두려울 것이라 예상했지만 의외로 태연하였다. 나는 이미 웬돌의 모습을 보고 그들이 사람과 비슷한 생물이라는 사실을 알고 있었기 때문에 그다지 두렵지는 않았던 것이다. 그들도 상처를 입으면 죽는 우리와 같은 필멸의 존재에 불과하였다.

나는 웬돌이 두렵지는 않았지만, 그들과의 마지막 결전은 두려웠다. 웬돌을 두려워하지 않는 사람은 나 혼자였다. 불리위프의 무사들은 몹시 두려워하는 것이 역력했다. 그들은 두려움을 숨기려고 애썼지만 내 눈을 속일 수는 없었다.

우리가 웬돌의 어머니를 죽인 것은 사실이지만, 우리도 대장 불리위프를 잃었으니 피장파장이었다. 우리는 우울한 심정으로 점점 가까이 다가오는 천둥 소리를 들으며 조용히 기다렸다.

그런데 내 뒤쪽에서 웅성거리는 소리가 들렸다. 뒤돌아 보니 그곳에 불리위프가 있었다.

불리위프는 안개처럼 창백한 모습으로, 붕대를 감은 채 하얀 옷을 입고, 로쓰가르 왕국의 땅 위에 꼿꼿이 서 있었다. 그의 양 어깨에는 갈가마귀 두 마리가 앉아 있었다.

불리위프의 모습을 모고 바이킹들은 불리위프가 왔다고 큰 소리로 외쳤다. 그들은 들고 있던 무기를 공중에 높이 쳐들고 용감히 싸우자고 외쳐댔다.*

---

* 이 대목은 라지의 원고에서 따온 것이다. 라지의 주요 관심사는 전투 기술이었다. 이븐 파들란이 알고 있었는지는 모르지만, 불리위프의 재등장이 갖는 의미는 지금까지 알려져 있지 않았다.

스칸디나비아의 신화에서 오딘은 양어깨에 갈가마귀를 데리고 있는 것으로 묘사된 불리위프는 말을 한 마디도 하지 않았다. 고개를 옆으로 돌리지도 않았다. 또한 사람을 보고도 전혀 아는 내색을 보이지 않았다.

그는 자로 잰 듯한 걸음걸이로 앞으로 걸어 나갔다. 성곽의 선 너머 까지 나가더니 그 곳에 똑바로 선 채 웬돌의 최후 공격을 기다리고 있 었다. 갑자기 그의 어깨에 앉아 있던 갈가마귀들이 푸드득 공중으로 날아 올랐다. 불리위프는 이제 거대한 장검 룬딩을 꽉 잡고 웬돌의 공 격에 맞서 싸우기 시작하였다.

안개 자욱한 새벽, 웬돌의 총공격이 드디어 개시된 것이다. 어떠한 말이 그때의 광경을 묘사할 수 있을 것인가. 피가 얼마나 쏟아졌는지, 고함과 비명 소리가 어떻게 공중에 꽉 찼는지, 무서운 고통에 떨며 말 과 말탄 사람들이 얼마나 죽어갔는지, 어떤 말이 제대로 표현할 수 있 으랴.

나는 강철같은 팔을 지닌 에쓰고우가 죽는 모습을 목격하였다. 그의 머리는 웬돌의 칼에 싹둑 베어져, 장난감처럼 땅바닥에서 톡톡 튀며 뒹굴었다. 혀는 입 밖으로 쑥 나와 있었다.

위쓰가 죽는 모습도 보았다. 그는 창에 가슴을 찔렸는데 그 창은 땅 바닥에 푹 박혀버렸다. 위쓰는 가슴이 창에 꿰인 채 땅바닥에 못박힌

다. 이 새들은 그에게 세상의 온갖 소식을 가져다 준다. 오딘은 스칸디나비아의 모든 신들 중에서 가장 중요한 신으로서 우주의 아버지로 생각되었다.

오딘은 특히 전쟁을 주관한다. 그가 때때로 사람들 가운데 나타난다고 스칸디나비 아 사람들은 믿었다. 신의 모습으로 나타나는 경우는 매우 드물고 주로 평범한 여행 자의 모습으로 나타난다고 생각되었다. 그가 나타나기만 해도 그의 적은 놀라 도망간 다고 한다.

흥미롭게도, 오딘의 부활에 관한 이야기가 있다. 그는 살해되었다가 9일 만에 다시 살아났다고 한다. 대부분의 학자들이 오딘의 부활 이야기가 기독교의 영향을 받기 전 에 생겼다고 믿는다. 여하튼, 부활한 오딘은 여전히 필멸의 존재여서 언젠가는 다시 죽을 것이라고 스칸디나비아인들은 믿었다.

꼴이 되었다. 그는 바다에서 갓 잡혀 올라 온 물고기처럼 몸을 뒤틀며 괴로워하였다.

한 어린 여자아이가 말굽에 밟혀 죽는 것도 보았다. 아이의 몸은 납작하게 눌리고 귀에서는 피가 흘러나왔다.

나는 로쓰가르 왕의 노예 여자도 보았다. 그녀는 말탄 사람에게 쫓겨·도망가다가 몸이 두 동강이로 깨끗이 베어졌다. 많은 어린아이들이 그런 식으로 살해되는 것을 나는 보았다.

말들이 뒷발을 들고 펄쩍펄쩍 뛰는 바람에 그 위에 탔던 웬돌들이 떨어지는 광경도 보았다. 그들이 떨어져서 등을 땅에 댄 채 정신을 잃고 쓰러져 있을 때, 여자와 노인들이 달려들어 죽여버렸다.

나는 로쓰가르의 아들 위글리프도 보았다. 그는 싸움 현장에서 달아나 비겁하게 안전한 곳을 찾아 몸을 숨기고 있었다. 그 날 나는 전령은 보지 못했다.

나는 세 명의 웬돌을 죽였다. 그런데, 어깻죽지에 창을 맞았다. 상처는 불 속에 뛰어든 것처럼 확확거렸다. 피가 계속 솟아올라 팔을 다 적시고 가슴있는 데까지 흘렀다. 나는 곧 쓰러질 것 같은 생각이 들었으나, 정신없이 계속 싸웠다.

이윽고, 해가 안개 속을 뚫고 떠올라 새벽빛이 환하게 우리를 비추기 시작하였다. 안개가 어느덧 걷히고 말탄 사람들도 사라져버렸다.

환한 새벽빛 속에서 사방에 시체가 널려 있는 모습이 또렷이 보였다. 웬돌의 시체도 많이 있었다. 그들은 동료의 시신을 수습하지 않고 그냥 가버렸기 때문이다. 그것은 사실상 그들의 종말을 뜻하는 것이었다. 그들은 혼란에 빠져 있는 상태라 다시는 로쓰가르 왕국을 공격할 수 없을 터였다. 로쓰가르 왕국 사람들은 모두 그러한 사실을 알고 몹시 기뻐했다.

헤르거가 나의 상처를 닦아 주었다. 그는 의기양양해 있었다. 그러나 불리위프의 시신이 로쓰가르 왕의 궁전 안으로 옮겨질 때, 그의 의기양양함은 사라지고 말았다.

불리위프는 수십 번도 넘게 죽은 셈이었다. 그의 몸은 수많은 적의 칼세례를 받아 난도질당해 있었다. 그의 얼굴과 몸은 아직도 따스한 자신의 피로 흠뻑 젖어 있었다.

헤르거는 이러한 광경을 보고 그만 눈물을 흘리고 말았다. 그는 나에게서 얼굴을 돌려 눈물을 감추려고 했지만, 사실 그럴 필요는 조금도 없었다. 나 자신도 눈물이 흘러 앞이 보이지 않았기 때문이다.

불리위프는 로쓰가르 왕 앞에 뉘어졌다. 왕은 애도사를 말해야 할 의무가 있었다. 그러나, 그 노인은 그런 말을 도저히 할 수 없었다. 그는 다만 다음과 같이 말하고 궁전을 떠났다.

"여기 신들에게 어울리는 무사이자 영웅이 누워 있도다. 위대한 왕으로서 그의 장례식을 거행하라."

로쓰가르 왕은 수치심을 느꼈던 게 분명하다. 그 자신도 전투에 참가하지 않았기 때문이다. 또한 그의 아들 위글리프는 겁장이처럼 달아나버렸다. 많은 사람들이 그 장면을 목격하고 여자같은 행동이라고 욕했다. 이 일로 해서 왕은 더욱 부끄러움을 느꼈을지 모른다. 혹은 내가 모르는 다른 이유가 있는지도 모르겠다. 사실, 그는 너무 늙은 사람이었기 때문이다.

왕이 나가고 난 뒤 다음과 같은 일이 발생했다. 위글리프가 전령에게 나지막한 목소리로 이렇게 말한 것이다.

"이 불리위프는 우리에게 많은 일을 해주었지. 그런데, 죽음으로 끝낸 덕에 그 일이 더 크게 보이는군."

위글리프는 자신의 부왕이 궁을 나가자마자 이렇게 말했던 것이다.

헤르거는 이 말을 들었다. 나도 들었다. 나는 먼저 검을 뽑아 들었다. 헤르거가 나를 말렸다. "이 사람하고 싸우지 마시오. 그는 여우인

데다, 당신은 상처를 입고 있잖소."

나느 헤르거에게 말했다. "그런 일은 조금도 상관없어요." 나는 그 자리에서 왕자 위글리프에게 도전했다. 위글리프는 칼을 뽑았다.

그 순간, 헤르거가 뒤에서 나를 힘껏 걷어찼다. 아니면 한방 먹인 것인지도 모른다. 전혀 뜻밖의 상황이라 나는 피할 사이도 없이 쭉 뻗어버렸다. 그러자, 헤르거가 잽싸게 위글리프 왕자를 상대로 싸우기 시작했다. 그 사이에 전령이 무기를 집어 들고, 살그머니 몸을 움직였다. 헤르거 뒤에 가서 그의 등을 찔러 죽이려는 속셈이었다.

나는 전령의 배 깊숙이 칼을 찔러 넣어 죽였다. 칼에 찔리는 순간 전령은 비명을 질렀다. 위글리프 왕자는 그 소리를 들었다. 두려움 없이 싸우던 그의 기세는 이제 한풀 꺾여, 헤르거와의 싸움에 심히 두려워하는 기색이 역력했다.

그런데, 이들이 싸우는 소리가 밖에 있던 로쓰가르 왕의 귀에까지 들린 모양이었다. 왕은 다시 궁 안으로 들어오더니 싸움을 중지하라고 간청하였다.

그러나, 왕의 간청도 소용이 없었다. 헤르거는 확고한 결심을 보이고 있었다. 그는 불리위프의 시신 사이로 두 다리를 벌리고 서서 위글리프를 향해 칼을 휘둘렀다. 헤르거가 칼로 찌르자 위글리프는 로쓰가르 왕의 식탁 위로 쓰러졌다. 그는 왕의 술잔을 꽉 잡더니 자기 입술로 그것을 가져갔다. 그러나, 그는 술을 마시지 못한 채 죽어버렸다. 그리하여, 이 문제는 일단락 되었다.

이제 불리위프의 일행 열세 명 중에서 네 명만이 남았다. 나도 그 중 하나였다. 우리는 불리위프를 나무 지붕 아래에 눕히고 그의 두 손에 미드주 한 잔을 쥐어 주었다. 그리고 나서, 헤르거가 모여 있는 사람들을 향해 물었다.

"누가 이 고귀한 사람과 함께 죽겠는가?"

그때, 로쓰가르 왕의 노예 여자 한 명이 자기가 불리위프와 함께 죽겠다고 대답했다. 그러자, 스칸디나비아식 장례 절차가 시작되었다.

이반 파들란은 시간이 흐름에 대해 아무런 언급을 하고 있지 않았지만, 장례 의식 전까지는 며칠 정도의 시간 간격이 있었을 것이다.

배가 한 척 로쓰가르 궁전 아래쪽 해변 위에 준비되었다. 금은 보물이 그 속에 쌓이고 두 마리 말의 시체도 그 속에 던져졌다.

배 안에 텐트가 하나 세워지고, 이제 죽음으로 인해 뻣뻣하게 굳은 불리위프가 그 안에 앉혀졌다. 그의 시신은 그 지방의 추운 기후 탓에 거무스름한 빛을 띠고 있었다.

그런 다음 노예 소녀가 불리위프의 용사들과 차례차례 몸을 섞었다. 그녀는 나와도 몸을 섞었다. 내가 그녀와 육체 관계를 갖고 나자 그녀가 나에게 말했다.

"나의 주인께서 당신께 감사하십니다."

그녀의 표정과 태도는 너무도 쾌활하고 기쁨에 넘쳐 있었다. 스칸디나비아인들이 보통 보이는 즐거운 태도와는 다른, 한껏 고양된 기쁨이었다.

그녀는 다시 옷을 입었다. 이 옷에는 많은 눈부신 금은 장식이 달려 있었다. 그녀가 옷을 입고 있을 동안, 나는 그녀에게 기쁜가 보다고 말했다.

그녀는 아름다운 처녀이고 또 젊은데 곧 죽게 된다는 사실이 내 마음에서 떠나지 않고 있었다. 그녀는 나에게 이렇게 대답했다.

"곧 주인님을 만나뵙게 될 것이므로 저는 매우 기쁘답니다."

그녀는 그때 미드주를 한 방울도 마시지 않은 상태였다. 그래서, 그녀가 진심을 말하고 있다는 사실을 나는 알았다. 그녀의 얼굴은 행복한 아이처럼 환하게 빛나고 있었다. 혹은 아이를 가진 여자의 얼굴처럼 눈부셨다.

나는 그녀에게 말했다.

"당신이 주인님을 만나거든 내가 소리를 그리기(쓰기) 위해 살아남았다고 전해 주시오."

이 말을 그 소녀가 이해했는지는 알 수 없다. 나는 이렇게 그녀에게 덧붙여 말했다.

"그것은 당신 주인님의 뜻이었다오."

"그렇다면 그분께 말씀드리겠어요."

소녀는 이렇게 말하고 매우 즐거운 표정으로 불리위프의 다른 무사에게로 옮겨 갔다. 그녀가 내 말의 뜻을 이해했는지는 의문이다. 스칸디나비아인들의 쓰기 개념이란 나무나 돌에 새기는 것밖에 없기 때문이다. 그런데, 그런 일을 하는 경우도 매우 드물었다. 더구나 나의 스칸디나비아어는 명확하지 못했다. 그러나, 소녀는 밝은 얼굴을 하고 다음 사람에게로 갔다.

저녁이 되었다. 해가 바다 속으로 모습을 감추자, 불리위프의 배는 해변 위에 준비를 다 갖추었다. 처녀가 배 안에 세워진 텐트 속으로 들어갔다. 죽음의 천사라 불리는 노파가 단검으로 그녀의 가슴팍을 찔렀다. 그와 동시에 나와 헤르거는 그녀의 목을 조르는 밧줄을 잡아 당겼다. 우리는 그녀를 불리위프 옆에 나란히 앉혀 놓고 배를 떠났다.

그날 하루종일 나는 아무 음식도 먹거나 마시지 않았다. 내가 그 일을 해야 한다는 사실을 알았기 때문에 구토라는 곤란한 상태를 겪고 싶지 않아서 그랬던 것이다. 그러나, 그날 나는 어떤 일을 함에 있어서도 전혀 불쾌감이나 혐오감을 느끼지 않았다. 머리가 핑 돌거나 기절하지도 않았다. 내가 그토록 말짱했던 데 대해서 나는 은근히 스스로 자랑스럽기까지 하였다.

처녀는 죽는 순간 빙그레 미소를 지었다. 이 미소는 그녀가 죽은 다음에도 사라지지 않고 그대로 남아 있었다. 그리하여, 그녀의 주인 옆에 앉혀졌을 때도 처녀의 창백한 얼굴에는 이 미소가 떠올라 있었다.

불리위프는 얼굴이 검게 변하고 눈은 감겨져 있었다. 그러나 그의 표정은 말할 수 없이 평화롭고 고요하였다. 이 두 스칸디나비아인 남녀를 내가 본 마지막 모습은 이렇듯 아름다웠다.

이제 불리위프의 배는 불이 붙여져 바다 속으로 밀어 넣어졌다. 스칸디나비아인들은 바위 투성이 해변에 서서 자기네 신들에게 많은 축원을 하였다. 나는 배가 활활 불타면서 파도에 떠밀려 가는 것을 보았다. 이윽고 배는 시야에서 사라졌다. 이제 밤의 어둠만이 스칸디나비아 땅에 고요히 내리고 있었다.

EATERS OF THE DEAD

귀　향

귀 향

나는 로쓰가르 왕국의 무사들, 귀족들과 어울려 몇 주일을 더 머물렀다. 이는 매우 유쾌한 시간이었다. 로쓰가르 왕국 사람들은 친절과 호의를 베풀어 주고, 나의 상처를 잘 돌보아 주었기 때문이다. 나의 상처는 알라신 덕분에 잘 치유되었다.

그러나 얼마 지나지 않아 나는 고국으로 돌아가고 싶은 생각이 간절해졌다. 나는 로쓰가르 왕에게 나의 사정을 이야기했다. 나는 원래 바그다드의 칼리프가 파견한 사자로서, 그가 부여한 임무를 완수해야 하며, 그렇지 못할 경우 그의 분노를 사게 될 것이라고 말이다.

아무리 이야기해도 로쓰가르 왕에게는 마이동풍이었다. 그는 내가 고귀한 무사이니 그의 나라에 머물면서 명예로운 무사로서의 삶을 살기를 바란다고 말했다. 그는 내가 영원한 그의 친구이며 그가 가진 것 중에서 내가 갖고자 하는 것은 무엇이든 주겠노라고 했다. 그러나, 그는 내가 떠나는 것은 몹시 싫어하며 온갖 구실과 핑계를 대어 나의 출발을 늦추었다.

로쓰가르 왕은 나보고 상처를 돌보아야 한다고 말했다. 나의 상처는 분명히 다 나았는데도 말이다. 그는 또한 내가 기력이 회복되어야 한다고 말했다. 나의 기력은 다 회복되었는데도 말이다.

마지막으로, 그는 배를 준비시킬 때까지 내가 기다려야 한다고 말했다. 그 일은 예삿일이 아니라는 것이다. 배가 언제 다 준비되느냐고 물으면 그는 애매한 대답을 하기 일쑤였다. 마치 그 일이 자기와는 별 상관없다는 태도였다. 그럴 때 내가 떠나겠다고 우기면 그는 화를 내며 그의 대접이 소홀해서 그러느냐고 따져 물었다. 그러면 나는 그의 친절과 호의에 감사를 표하며 온갖 만족의 표현을 하지 않을 수 없었다. 머지 않아 나는 이 늙은 왕이 내가 전에 생각했던 것만큼 어리석지는 않다고 생각하기 시작했다.

드디어 나는 헤르거를 찾아 가서, 나의 딱한 사정을 하소연하였다. 나는 그에게 말했다.

"이 왕은 내가 생각했던 것만큼 바보는 아닌 모양이오."

헤르거가 대답했다.

"당신이 잘못 생각한 것이오. 왕은 바보라서 분별있게 행동을 못한다오."

헤르거는 자기가 왕에게 주선하여 나의 출발을 성사시키겠노라고 나에게 약속하였다.

일은 이렇게 진행되었다. 헤르거는 로쓰가르 왕에게 알현을 청하였다. 그는 왕이 국사를 잘 돌보고 백성들의 형편을 잘 살펴서, 백성들의 사랑과 존경을 받는 위대하고 지혜로운 군주라고 치켜올렸다. 이러한 아첨에 늙은 왕의 마음은 상당히 누그러졌다.

헤르거는 다음에 왕의 다섯 아들에 대해 말했다. 그 중 오직 한 명만이 살아남았는데, 그가 바로 불리위프에게 전령으로 찾아갔던 울프가르로서, 지금은 먼 나라 땅에 있노라고 왕에게 상기시켰다. 울프가르는 고국으로 소환되어야 하며, 그 일을 수행할 사절단이 조직되어야 하는데, 울프가르가 유일한 왕위 계승자이기 때문이라고 헤르거가 말했다.

헤르거는 이런 말을 왕에게 하는 데 그치지 않고, 웨일류 왕비도 개인척으로 만나 이야기를 나누었다. 그녀는 남편에 대해 커다란 영향력을 미치고 있었기 때문이다.

어느 날 밤의 연회에서 로쓰가르 왕은 배 한 척과 선원을 준비시켜 울프가르를 그의 왕국으로 돌아오도록 파견하라고 명령하였다. 나는 그 일행에 참여하겠노라고 요청하였다. 이번에 늙은 왕은 나의 요청을 거절할 수 없었다.

배가 준비를 갖추는 데는 며칠이 걸렸다. 나는 그 동안 주로 헤르거와 함께 시간을 보냈다. 헤르거는 그 나라에 그대로 남아 있는 쪽을 선택하였다.

어느 날, 우리는 절벽 위에 서서 해변에 있는 배를 구경하고 있었다. 그 배에는 항해에 필요한 물품과 식량이 실리고 있었다. 헤르거가 나에게 말했다.

"당신은 곧 긴 여행길에 오르게 되는군요. 당신의 안전을 위해 우리는 기도할 것이오."

누구에게 기도할 거냐고 나는 그에게 물었다. 그러자, 그가 대답했다.

"오딘과 프레이, 토르와 위르드, 그리고 당신의 안전한 여행길에 도움을 줄 수 있는 다른 여러 신에게 기도하겠소." 이들은 스칸디나비아 신들의 이름이다.

나는 대답했다.

"나는 한 분의 신만을 믿지요. 자비와 사랑의 신 알라만을요."

헤르거가 말했다.

"나도 그건 알아요. 당신네 나라에서는 신 하나면 충분할지 모르지만, 여기에서는 달라요. 이곳에는 신들이 많이 있고 모두 중요한 역할을 담당하지요. 그러니 우리는 당신을 위해 모든 신들께 기도를 드리겠어요."

그래서, 나는 헤르거에게 고맙다고 인사했다. 진심으로 성실하게 기도한다면 비신자의 기도도 훌륭한 것일 수 있기 때문이다. 또한, 나는 헤르거의 성실성에 대해 조금도 의심을 품지 않았다.

헤르거는 오래 전부터 내가 그와 다른 신을 믿고 있다는 것을 알고 있었다. 그러나, 내가 출발할 날짜가 점점 다가 오자 그는 나의 신앙에 대해 여러 차례 질문하였다. 그것도 내가 생각할 겨를이 없도록 하여 진실을 밝혀내기 위해 엉뚱한 때에 느닷없이 질문하곤 하였다. 언젠가 불리위프가 나의 쓰기 능력을 시험해 본 것처럼, 헤르거도 시험삼아 많은 질문을 한다고 나는 생각했다. 항상 나는 그에게 똑같은 식으로 대답했다. 그리하여 그의 당혹감은 점점 커졌다.

어느 날, 그는 전에 한번도 그런 질문을 한 적이 없는 것같은 표정으로 나에게 물었다.

"당신의 신 알라는 어떤 분이요?"

나는 그에게 대답했다.

"알라는 한 분 뿐인 유일한 신으로서, 만물을 지배하고, 모든 것을 보고, 모든 것을 알며, 모든 것을 주관하는 분입니다."

전에도 나는 이렇게 대답했었다.

얼마 후에, 헤르거는 나에게 물었다.

"당신은 그 알라신을 화나게 한 적이 한번도 없소?"

나는 대답했다.

"물론 있지요. 그러나 알라는 용서와 자비가 넘치는 분이랍니다."

헤르거가 말했다.

"그의 마음에 내킬 때 용서한다는 말이요?"

나는 그렇다고 대답했다. 그러자, 헤르거는 나의 대답을 곰곰이 생각하는 눈치였다. 한참 있다가 그는 고개를 가로 저으며 이렇게 말했다.

"그러면 위험성이 너무 클텐데요. 사람은 여자든, 말이든, 무기든, 어떤 것이든 간에 한 가지 것만 너무 믿어서는 안 되거든요."

"하지만 난 그래요." 내가 말했다.

헤르거가 대답했다.

"당신 좋을대로 하시구려. 하지만 세상에는 사람이 모르는 일이 너무 많답니다. 사람이 모르는 것은 신들의 영역에 속하지요."

이렇게 하여 나는 그가 결코 나의 신앙에 설득되지 않을 것이며, 나도 그의 믿음에 설득되지 않을 것을 알았다. 그런 상태로 우리는 헤어졌다. 정말 그것은 슬픈 이별이었다. 나는 헤르거와 남은 무사들과 이별하는 것이 무척 가슴 아팠다. 헤르거도 나와 같은 무거운 심정이었다. 나는 그의 어깨를, 그는 나의 어깨를 꽉 잡아 주었다. 그리고 나서 나는 단족의 땅까지 나를 데려다 줄 검은 배에 올라탔다.

건장한 선원들을 싣고 배는 벤덴땅의 해변에서 스스르 미끄러져 점점 멀어졌다. 내 눈에 웅장한 휴롯궁의 반짝거리는 지붕 꼭대기가 보였다. 몸을 돌리자, 우리 앞에는 잿빛의 광막한 대양이 펼쳐져 있었다. 그런데 이런 일이 생겼다.

이븐 파들란의 원고는 이 지점에서 갑자기 끝이 나고 말았다. 원래는 분명히 이어지는 부분이 있겠지만, 그 부분의 원고는 아직 발견되지 않고 있다. 물론, 이것은 순전히 역사가 일으킨 사고지만, 모든 번역자들이 이 갑작스러운 종결에 대해 긍정적인 평가를 내리고 있다. 이러한 종결은 어떤 새로운 모험의 시작, 어떤 새롭고 이상한 광경의 서두를 암시함으로써 해서 묘한 적절성을 지니기 때문이다. 물론, 우리는 지난 천 년의 세월 때문에 그 새로운 모험을 맛볼 수 없게 되었지만.

EATERS OF THE DEAD

안개 괴물

안개 괴물

윌리엄 하우웰즈가 강조한 바처럼, 어떤 살아 있는 동물이 죽어서 수세기 동안 화석으로서 보존되는 것은 상당히 드문 일이다. 특히 인간처럼 작고, 연약하고, 땅에서 생활하는 동물의 경우에는 더욱 그러하다. 그리하여, 원시인의 화석기록은 놀랍도록 자료가 적다.

교과서에 수록된 "인간의 계보" 도표는 잘못된 점을 포함하고 있다. 그래서 몇년마다 수정되곤 한다. 그 계보에서 가장 논란의 여지가 많은 가지는 보통 "네안데르탈인"이라고 이름 붙여진 부분이다.

네안데르탈이라는 명칭은 1856년 이 종류의 최초의 유해가 발견된 독일의 한 계곡 이름에서 딴 것이다. 이 해는 다윈의 『종의 기원』이 출판되기 3년 전이었다.

빅토리아 사회는 이 유해의 발굴에 대해 불쾌감을 표현하면서 네안데르탈인의 원시적이고 야만적인 측면만을 강조하였다. 지금까지도 네안데르탈인이라는 말은 보통 사람들에게 거칠고 완강하고 무딘 사람과 동의어로 통하고 있다.

초기 학자들이, 약 35,000년 전에 네안데르탈인이 사라지고 크로마뇽인이 나타났다고 단정내린 것은 일종의 안도감을 불러일으켰다. 네안데르탈인의 두개골이 괴물같은 야수성을 보이는 데 반해 크로마뇽인의 해골은 훨씬 섬세하고 민감하여 지적인 인상을 주고 있기 때문이다. 그리하여, 우월하고 현대적인 크로마뇽인이 네안데르탈인을 멸종시켰다는 생각이 일반적으로 자리잡게 되었다.

그러나, 문제는 우리에게 네안데르탈인의 유해가 온전한 것이 거의 없다는 데 있다. 알려진 바로는 80여점이 있지만, 그중 약 12점만이 연구 가치가 있을 정도로 완전하거나 연대 추정이 가능하다. 네안데르탈인이 어떻게 생겼는지, 혹은 그들에게 무슨 일이 발생했는지에 관해 우리는 아무 것도 확실하게 말할 수 없는 처지이다. 최근의 연구 결과에 따르면 그들이 괴물이나 짐승같이 생겼을 것이라는 빅토리아인의 생각에 의문을 품지 않을 수 없다.

1957년의 논평에서 스트라우스와 케이브는 다음과 같이 썼다.

"만약 그가 다시 살아나 목욕하고, 면도하고, 현대인의 복장을 하고 뉴욕의 지하철에 나타난다면, 다른 사람보다 더 관심을 끌지 의문이다."

또 다른 인류학자는 보다 분명하게 말했다.

"사람들은 그가 거칠게 생겼다고 생각할 수 있다. 그러나, 자기네 누이가 그와 결혼한다고 해도 반대는 하지 않을 것이다."

이와 같이 인류학자들이 이미 믿고 있는 사실에서 조금만 더 앞으로 나가면, 네안데르탈인이 현대인의 해부학적 변형체로서, 결코 사라진 것이 아니라, 여전히 우리와 함께 살고 있다는 이야기가 성립될 수 있다.

네안데르탈인과 관련된 문화 유물을 재해석하면 이들에 관해 우호적인 견해를 가질 수 있게 된다. 과거의 인류학자들은 크로마뇽인의 등장과 더불어 최초로 나타난 동굴 벽화의 아름다움과 풍부함에 깊이 감명을 받은 바 있다. 그들의 두개골과 마찬가지로 이 동굴 벽화들은 "야만적인 미개성"을 대신하여 새롭게 등장한 놀라운 감수성을 나타내는 증거가 되었다.

그러나, 네안데르탈인도 그 자체로 주목받을 만하다. 프랑스의 르 무스티에 유적지 이름을 따서 무스티리인이라고 불리는 그들의 문화는 상당히 높은 수준의 돌 세공 기술로 특징지어질 수 있다. 이들의 돌 세 공 기술은 그들 이전의 문화 수준보다 훨씬 우수하다. 또한 네안데르 탈인은 뼈로 만든 도구도 사용했음이 밝혀졌다.

무엇보다도 인상적인 것은, 네안데르탈인이 장례식을 거행한 최초 의 인류 조상이라는 사실이다. 르 무스티의 유적지에서 한 십대 소년 이 잠자는 자세로 해자 속에 누워 있는 것이 발견되었다. 그의 옆에는 부싯돌 도구 일습과 돌도끼, 구운 고기 등이 놓여 있었다. 그것들은 내 세에서 고인에게 소용될 물건이라는 데에 대다수 인류학자들이 동의하 고 있다.

종교적인 감정에 대한 다른 증거도 있다. 스위스에는 동굴곰을 모시 는 사당이 있다. 그들은 동굴곰을 숭배하고 존경하고 또한 먹기도 하 였다. 이라크에 있는 샤니다르 동굴에는 한 네안데르탈인이 꽃과 함께 무덤에 매장되어 있다.

삶과 죽음을 향한 이 모든 태도 및 자의식적인 세계관은 사고하는 인간과 다른 동물 세계를 구분하는 핵심적인 요소이다. 현존하는 증거 물을 바탕으로 하여, 네안데르탈인이 이러한 태도를 처음으로 보여주 었다는 결론에 도달하지 않을 수 없다.

네안데르탈인에 대한 전반적인 재평가 작업의 결과는 이븐 파들란 이 만난 "안개 괴물"의 모습과 일치하고 있다. 이들 괴물에 대한 파들 란의 묘사는 네안데르탈인의 모습과 유사하여, 실제로 네안데르탈인이 수천년 전에 지구상에서 사라졌는지, 아니면 이들이 역사 시대까지 존 속했는지의 문제를 야기시킨다.

유추에 근거하여 논의는 두 가지 방향으로 나뉜다. 기술적으로 우월한 문화를 지닌 소수의 사람들이 불과 수년 동안에 보다 원시적인 사회를 멸망시켜버린 역사적 예들이 있다. 유럽인들이 신세계(아메리카 대륙)를 정복한 경우가 그런 것이다. 그러나, 이웃하는 보다 발전하고 문명화된 사람들에게 알려지지 않은 원시적인 사회가 외딴 곳에 존속하고 있는 예도 있다. 최근에 필리핀에서 그런 부족이 발견된 바 있다.

이븐 파들란의 괴물에 대한 학문적 논쟁은 옥스퍼드 대학의 제프리 라이트우드와 필라델피아 대학의 E. D. 구드리치의 견해로 잘 요약될 수 있다.

1971년 라이트우드는 이렇게 말했다.

"이븐 파들란의 설명은 네안데르탈인에 대한 정확한 정보를 제공하는 데 매우 큰 도움이 되고 있다. 그의 묘사는 이 원시인의 문화 수준에 대한 우리의 생각과 화석 자료와 일치하고 있기 때문이다. 우리가 이미 이들이 약 삼,사만년 전에 흔적 없이 사라졌다고 단정을 내리지 않았다면, 우리는 당연히 파들란의 이야기를 즉각 받아들여야 옳을 것이다. 그들이 사라졌다고 믿는 이유는 오직 그 후에 아무런 화석도 발견되지 않았기 때문이다. 그러나, 그러한 화석이 없다고 해서 실제로 그들이 존재하지 않는다는 증거가 되지는 못한다.

객관적으로 볼 때, 일단의 네안데르탈인이 스칸디나비아의 외딴 지역에서 매우 최근까지 존재했을 가능성을 부인할 어떠한 이유도 없는 것이다. 여하튼 이러한 가정은 파들란의 묘사와 딱 들어 맞는다."

회의론으로 유명한 고생물학자 구드리치는 1972년 정반대의 의견을 내놓았다.

"이븐 파들란의 보고서가 지니는 전반적인 정확성 때문에, 우리는 그의 이야기에 포함된 과장된 점을 간과하기 쉽다. 그런 것이 몇 가지 있는데, 이는 문화적인 편견이나 이야기를 재미있게 꾸미려는 화자의 의도에서 생긴 것이다. 파들란은 바이킹을 거인이라고 부른다. 사실은

분명히 그렇지 않은데 말이다. 그는 바이킹들의 더럽고 술 좋아하는
면을 강조한다. 그러나, 그보다 덜 까다로운 관찰자들은 그 점을 그다
지 놀라운 것으로 보지 않았다. 소위 '웬돌'에 대한 그의 묘사는 털이
많다는 점과 짐승같이 생겼다는 데 중점을 두고 있다. 그러나 실제로
는 그다지 털이 많지도 짐승같지도 않을 수 있다. 그들은 단순히 호모
사피엔스의 일족으로서, 문명화된 스칸디나비아인들과 떨어진 곳에 고
립되어 살고 있었는지도 모른다.

이븐 파들란의 글 안에서도 '웬돌'이 실제로는 호모 사피엔스라는
생각을 뒷받침해주는 증거가 있다. 그가 묘사하는 임신한 여자의 돌조
각은 프랑스의 오리냑 공업 지대 유적지와 오스트리아의 빌렌도르프에
서 발견된 선사 시대 조각들과 매우 흡사하다. 그런데 이 두 지역에서
발견된 유물의 문화 수준은 본질적으로 네안데르탈인이 아니라 현대인
의 것이다.

미숙한 관찰자들 눈에는 종종 문화적인 차이가 신체적인 차이로 보
인다는 점을 우리는 결코 잊어서는 안된다. 특별히 무지한 경우에만
그러한 실수를 하는 것이 아니다. 1880년대라는 비교적 최근에도 교육
받은 유럽인들이, 원시적인 아프리카 사회에서 사는 흑인이 인간인지,
아니면 인간과 원숭이가 교접해서 생긴 동물인지 궁금해하는 일이 가
능하였다. 또한, 우리는 문화 수준이 극도로 차이나는 두 사회가 나란
히 병존할 수 있다는 가능성을 간과해서도 안된다. 그러한 현상은 오
늘날에도 나타나는데, 예를 들면, 오스트레일리아에서는 석기 시대와
제트기 시대를 아주 가까이에 모두 볼 수 있다. 그러므로, 이븐 파들란
이 묘사한 바를 해석하는 데 있어 우리는 구태여 네안데르탈인의 화석
을 끌어들일 필요는 없다."

결국, 이러한 논쟁은 과학적 방법 자체가 지닌 한계성이라는 문제로

인해 결론을 얻지 못하고 있다. 물리학자 게르하드 로빈스는 이렇게 말한다.

"엄밀하게 말하자면, 어떠한 가설이나 이론도 증명 가능하지 않다. 다만, 그것이 틀렸다는 증명만 가능할 뿐이다. 우리가 어떤 이론을 믿는다고 말할 때 그 말이 정말로 의미하는 바는 우리가 그 이론이 틀렸다고 증명할 수 없다는 뜻이다. 결코 의심의 여지 없이, 그 이론이 옳다는 것을 보여줄 수 있다는 뜻이 아닌 것이다.

"어떤 과학적 이론이 수년, 혹은 수세기 동안 그 입장을 고수하면서 그것을 뒷받침하는 수많은 증거 자료를 모으게 되는 수도 있다. 그러나 어떤 이론이든 항상 약점이 있는 법이며, 단 하나의 반증 자료만 있으면 그 가설은 무너지고 새로운 이론이 요구되는 것이다. 언제 그러한 반증 자료가 나타날지는 아무도 알 수 없다. 어쩌면 내일 나타날지도 모르고, 어쩌면 영영 나타나지 않을지도 모른다. 그러나, 과학의 역사를 볼아보면 우연이나 극히 사소한 증거물에 의해 무너진 강력한 이론의 잔해가 무수히 흩어져 있다."

이것이 바로 제프리 라이트우드가 1972년 제네바에서 열린 고생대 인류학에 관한 제7차 국제 심포지움에서 한 말이 의미하는 바다.

"나에게 필요한 것은 단지 하나의 두개골이다. 아니 두개골의 조각, 아니면 턱뼈 조각이라도 좋다. 사실상, 오직 하나의 온전한 이빨만 있어도 나에게 충분하다. 그러면 이 논쟁에는 결론이 내려지기 때문이다."

그가 말하는 증거물이 발견될 때까지 논쟁은 계속될 것이다. 그리고, 그때까지는 누구든 자기가 타당하다고 여기는 입장을 고수할 수 있는 것이다.

역자 후기

이 소설은 천 년 전 아랍 사람인 이븐 파들란이라는 실명의 화자를 내세워, 그가 남긴 역사적 기록을 바탕으로 엮은 모험기의 형식으로 되어 있다. 파들란은 모종의 사건으로 한 부유한 상인의 미움을 사서 칼리프의 사절이 되어 북구 볼가강 유역 사칼리바 왕국으로 파견된다. 그는 온갖 고초를 겪으며 드디어 바이킹의 땅에 도착하지만 뜻밖의 사태를 만나 자신의 임무와는 상관없는 모험의 길에 오르게 된다.

이븐 파들란을 포함한 13명의 바이킹 용사들은 불리위프라는 영웅의 지휘 하에 북구의 머나먼 나라 로쓰가르 왕국을 향해 떠난다. 포쓰가르 왕국은 부와 번영을 누리는 평화로운 나라였다. 그러나, 늙은 왕 로쓰가르는 자만과 허영에서 "휴롯"이라는 거대하고 아름다운 궁전을 무방비 상태로 지어 놓는다. 불리위프 일행의 임무는 파멸 직전의 위기에 처한 이 왕국을 "웬돌"이라는 무서운 괴인들의 손아귀에서 구해내는 것이다.

이 소설의 매력은 상당 부분 화자의 성격과 서술 방식에 기인한다. 파들란은 호기심과 관찰력이 뛰어나지만 우리와 별반 다를 바 없는 평범한 인물로서, 자신의 의지와는 상관없이 강제로 참여하게 된 모험에서 많은 고통과 어려움을 겪으며 불평을 일삼는다. 최초로 그의 눈에 비친 바이킹은 더럽기 그지 없는 야만족에 불과하였다. 그러나, 점차 그는 바이킹족에게서 진정한 용기를 배우며 겁장이 서생에서 용감한 용사로 변해간다. 파들란은 상당히 흥미로운 장면을 묘사할 때도 결코 호들갑 떠는 일 없이 객관적이고 냉정한 관찰자의 위치를 고수한다.

그럼에도 불구하고 그의 이야기는 재미있고 흥미진진하다. 그 이유는 독자 스스로 충분히 찾아낼 수 있으리라.

　이 소설은 재미있을 뿐 아니라 감동적이다. 영웅 부재의 시대를 사는 우리에게 불리위프라는 인물이 보여주는 영웅적 태도는 우리의 가슴에 흔치않은 감동을 안겨준다. 한편, 우리는 스스로에게 다음과 같은 질문을 던지게 된다. 현대의 풍요로운 물질 문명을 바탕으로 하늘을 찌를듯 거창하게 지어 놓은 "휴롯 궁" 안에서 우리는 안전하고 행복한가? 우리의 안전을 위협하는 "웬돌"의 정체는 무엇일까? 우리는 과연 우리의 웬돌을 맞아 전력을 다해 싸우는 작은 현대의 영웅이 될 수 있을 것인가?

　이 소설은 유익하기도 하다. 처음에는 한 아랍인이 바이킹 사회에서 겪는 문화적 차이에서 오는 충격이 고스란히 우리의 충격으로 전달된다. 그러나 점차 그 충격이 이해로 바뀌면서, 우리는 자신도 모르는 사이에 편견을 한 꺼풀씩 벗고, 양쪽을 모두 바라볼 수 있는 폭넓은 시야의 소유자로 성장해간다. 이븐 파들란처럼.

1994. 5.　옮긴이.

옮긴이 노영숙

1956년 경북 대구 출생
1979년 이화 여자 대학교 영문과 졸업
1988년 이화 여대 영문과 석사 과정 졸업
1993년 경희 대학교 영문과 박사 과정 수료
현재 경희 대학교 영문과 강사

시체를 먹는 사람들

지 은 이 / 마이클 크라이튼
옮 긴 이 / 노　　　영　　　숙

펴 낸 이 / 한　　　익　　　수
펴 낸 곳 / 도서출판 큰나무

초판 발행 : 1994년 6월 10일
2판 발행 : 1994년 9월 10일

등록 / 1993년 11월 30일(제 5-396 호)
주소 / 120-090　서울시 서대문구 홍제동 215
전화 / 736-9653　팩스 / 732-8694

ISBN 89 - 7891 - 004 - 1

✳ 잘못된 책은 바꾸어 드립니다.

값 5,000원